第十章 业孽 一八五

第十一章 思凡 二四九

番外一 梦 二八〇

番外二 小满 二八六

目录

第七章 人间 〇〇一

第八章 入夜 〇六一

第九章 崩析 一二五

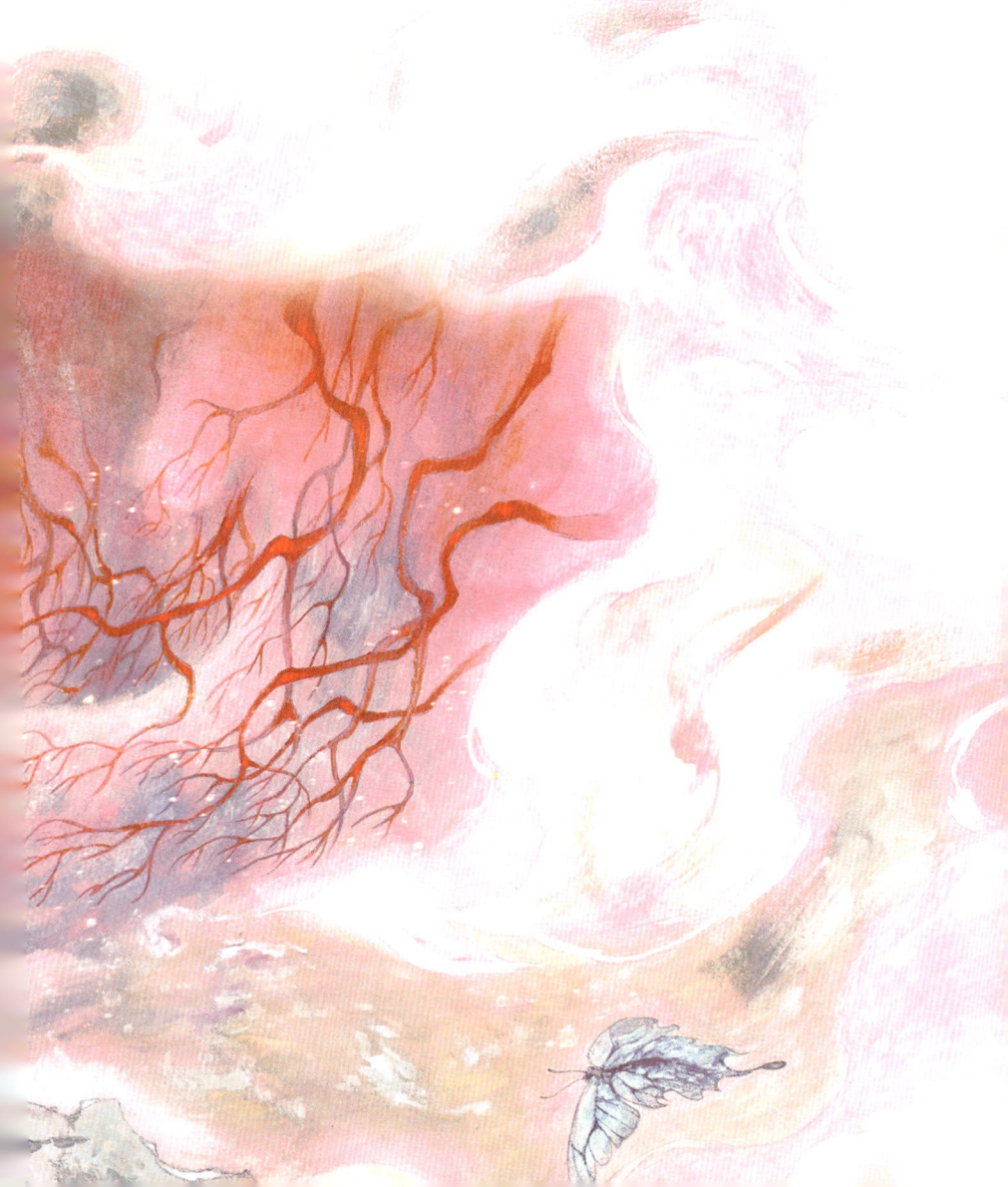

你是我看不破的自我，是我的道心所向。

第七章 人间

一百年 听起来很短 犹如朝暮之间
可是朝生暮死
却已经是一个人的一生

（一）

从陵光往梁国旧都走肯定是渡水方便，于是楼观雪非常缺德地直接偷了一条横在野外的船。

乌篷小船顺着河流往东，汇入江海，两岸慢慢变成辽阔的青山，河边长满了芦苇和荻花。

骨笛果真趁宋归尘救人时，火急火燎地溜了回来。不过从宋归尘手里脱身，还是把它累得几乎脱了一层皮。它满腹委屈，碍于主人一贯冷心冷情，只能"呜呜哇哇"地往夏青怀里钻——嘤嘤嘤，那个紫衣服的人太可怕了，吓死我了。

夏青握住它："行了行了，瞧你这怂样。"

骨笛哭累了，抽抽噎噎地抖了抖，睡了过去。

它睡着之后便又成了一个冷冰冰的死物。

夏青摸了摸上面的笛孔，一时间有些好奇，抬头问楼观雪："你专门把它做成笛子的形状，可为什么我没见你吹过一次？"

楼观雪将黑发束在脑后，更有了一种金枝玉叶的散漫感觉，漠然回道："不想吹。"

夏青："行吧。"

他穿着灰色的衣袍，毫不讲究地盘腿坐在船板上，摸了下骨笛的口，突然道："那我可以吹吗？"

楼观雪看他一眼："随你。"

"哦，谢谢。"夏青也真是闲得慌，真的把笛子伸到嘴边，吹出了一个短促的音。

声音一出来他就被惊到了——不愧是神骨啊。

清越空灵，似乎要扬上九天，震得河岸芦苇和荻花在风中瑟瑟。

他一下子来了精神。

其实夏青不怎么会乐器，曲不成调，纯粹是好奇地随便乱按，于是吹出来的音也杂乱无章，听得芦苇里的白鹤齐齐拍打翅膀离开，走前还嫌弃地留下几根羽毛砸他脸上。

不捧场就不捧场，还踩一脚干什么！

"呸呸呸。"夏青停止了噪声污染，伸出手把空中的鹤毛挥走，顺带吐出嘴里被风吹进的芦苇絮。

楼观雪偏过头，看不下去了，从他手里把骨笛拿了过来，淡淡道："你要是实在无聊就先睡吧，之后的日子可没这么清闲的时候。"

夏青抓着头上的一根羽毛，眼神幽幽看着他说："只要你把我手上的绳子摘下来，我就能一直清闲到离开。"

"离开？"也不知道这两个字触到了楼观雪的什么笑点，他抬眸嗤笑一声，轻声道，"等那团火过来带你走？"

夏青想也不想："对啊。"

楼观雪盯着他看了一会儿，唇角的笑略有深意："在你眼中，它就那么无所不能？"

"嗯。"可不是吗。

楼观雪手指把玩着骨笛："你猜我若是不放你走，它会怎么做？"

夏青手里还拿着羽毛，愣了愣，奇怪地看他："你疯了？"

楼观雪微笑："一个假设。"

夏青一噎："没这个假设，它能把我带过来，肯定也有办法把我带走。"

楼观雪勾唇："哦？它那么厉害，怎么在摘星楼就那么怕我？"

夏青暗道：怪就怪那团火只是个一岁的小破孩，尿得要死啊！

他吐槽："它连我都怕，更别说你了。"

楼观雪睫毛很长，他意味不明地笑了下，没再说其他。

003

但是夏青被他提起这个两人一直没去聊的话题，却有点儿忍不住了。

"说起来，见过宋归尘后，我觉得它说的那段剧情里，除了你之外，宋归尘估计也不会配合吧。"

宋归尘虽然仿佛注定为红尘所累，可是骨子里的超然物外、清风霁月也不是假的。

能牵累他的红尘，过于沉重，绝对不会是温皎能给的。

楼观雪轻轻一笑，许久才慢慢道："夏青，你就没发现吗？它跟你说了那么多，却没提到过一件具体的事、一个具体的时间。"

夏青愣住。

楼观雪说："它提到了我，提到了傅长生，提到了宋归尘，提到了温皎，却从来没提过温皎是通过什么契机接触到我，没提过宋归尘是什么时候见到的他，没提过任何未来会发生的准确的事。"

一根羽毛轻轻擦过夏青的睫毛，他心里那个最大的疑惑点，被楼观雪直接挑明。

是啊，系统说这是一本书，可是夏青身为穿书者，在剧情上却没有一点了解，他什么都不知道……

楼观雪也是第一次对摘星楼发生的事给出评价。

对那个当初听来就觉得讽刺好笑、从来懒得在意的故事，他语气冷淡，黑眸深沉，一字一句只为说给夏青听。

"它甚至开门见山地告诉你，这个世界的其他一切都不重要，重要的只是温皎和他身边人的纠葛。

"我倒是觉得，不说具体的事和时间，是因为它能确定的也就只有那几点——确定傅长生会对温皎死心塌地，确定宋归尘会将温皎救出宫。"

夏青的灵魂仿佛麻了一下，很久才找回自己的声音："因为这个世界本来就是……"——一篇古早狗血虐文。

但他还没说完，楼观雪已经开口，微笑，缓缓说："如果是那个连你自己都无法说服的理由，就没必要对我说了。"

夏青麻了，烦躁地抓头发："那你说，那团火到底是什么玩意儿！"

楼观雪手指抚摸过笛口，漫不经心："不清楚，但它给我的感觉，一直像个自作聪明的蠢货。"

夏青憋了半天："你的意思是到了它说的时间我也走不了？"

楼观雪挑眉："你就那么急着离开？"

夏青："不然呢！"

楼观雪静看他一眼又移开视线，不说话了。

满天的芦苇絮和星光混合在一起，水光与月色相融。

夏青默默地吐口气，俯身把手伸进水里，往自己脸上浇了点，冷意让他混乱的思绪稍稍静下来。

"它最初的目的，是让我上你的身，替你挖心给温皎。它说你三个月后会死。"

夏青喃喃道："三个月后。"

他理了下时间线，系统带他过来是在三月初，现在是四月，燕兰渝说过，伏妖大阵大祭司需要准备一个月。

如果没猜错的话……六月，就是浮屠塔诛妖之时了。

浮屠塔，浮屠塔。

原来从开始到现在，从来就没逃离过这三个字。

浮屠塔里到底关了什么啊？

楼观雪点到即止，这一晚目的达到，也不想再逼他，出声道："想不明白就睡吧。"

夏青不吭声，半边身子都趴在船边，怏怏看着对面摇晃的芦苇荡。

"这哪儿睡得着啊。"他有气无力地说，"楼观雪，你把我的希望弄没了。"

楼观雪一下子被逗笑了，语气却比夜风还凉："希望？待在我身边就那么煎熬？"

夏青嘀咕说："啥啊，这是两回事。你这样让我不得不去想，如果走不了该怎么办。"

楼观雪眼中的冷色这才散了不少。

"不行,你把我搞得失眠,你得负责。"

夏青一下子又说。

楼观雪:"嗯?"

夏青:"我当初讲故事哄你睡觉,你现在给我吹首曲子不过分吧?"

船行进获花深处,周围是半人高的芦苇,青黑色的水草夹杂其中,细碎的虫鸣伴随着淅淅水声。

楼观雪垂眸看了他一眼,拿起笛子才沉声道:"想听什么?"

夏青:"随便吧。"

他趴在船边,手腕从灰色的袍中伸出,缓慢搅动着寒刺骨的河水。

获花飞散在空中,星星点点,像是星河倾落。

夏青是没想到,楼观雪居然真的给他吹了一首曲子——一首和骨笛的音色非常贴近的清冽悠扬的曲子。

曲声很低,像是古老的民谣。蒹葭凝着白露,虫鸣细细碎碎。

竟和这一晚的心情也很相近。

夏青安静听完也没睡,问他:"这首曲子叫什么?"

楼观雪说:"以前经常听瑶珂哼的,不知道名字。"

"哦。"

夏青伏在船上,之后也真的在水声虫鸣里睡去。

楼观雪说之后的日子没那么清闲的确是真的。

琉璃塔崩塌的混乱处理完,燕兰渝自然知道了楼观雪失踪的事。

在这事面前,摄政王的死都显得不足为道,她一身素色衣裙坐于凤榻,面目狰狞,赤红了双眼,恨不得把那个成事不足败事有余的哥哥的尸体挖出来挫骨扬灰!

"找!给我传令下去!十六州掘地三尺也要把陛下给我找出来!"

民间的传闻千奇百怪,不过最令人信服的,还是琉璃塔的坍塌让其后的皇家庭院也化为废墟,摄政王死在里面,而陛下落入护城河,生死未卜。至于琉璃塔为什么崩塌,民间一直认为跟浮屠塔内的大妖有关，陵光道士齐聚，就说明有大事要发生。

有了燕兰渝的命令，陵光城外各个地方，都开始严格限制进出。

不过，楼观雪好像压根不想走官路。

他顺着河，带着夏青到了一个小镇里。小镇的消息不通达，二人很顺利地入住客栈。

夏青眼巴巴地问："你会易容术吗？"

楼观雪说："不需要。"

夏青："那你怎么去梁国旧都啊？梁国在沧州吧，离这儿还有好远。"

楼观雪："不急。"

夏青困惑："不急着去沧州，你这么大费周章出陵光干什么？"

楼观雪勾唇一笑："先找个地方休息几天。"

夏青一愣："休息？你怎么了？"

楼观雪盯着他，脸色苍白，唇色殷红，笑起来："看不出来吗？"

夏青人都蒙了："看出来什么？"

楼观雪平静地说："我中了毒。"

夏青更惊了，急得上上下下打量他，难以置信地拔高声音："毒？你什么时候被下的毒？"

楼观雪看了他一眼，才慢吞吞道："风月楼。"

夏青蒙了。

在风月楼能被下毒？被下了药还差不多吧。

说起来，他现在都还没搞明白，那一晚楼观雪在风月楼里干了什么。

楼观雪说："别说话，我先睡一觉。"

"……哦。"

夏青吞下满肚子的疑问，乖乖地拿着骨笛守在旁边，但是楼观雪这一觉注定睡不安稳。

燕兰渝这回是铁了心要找出楼观雪，活要见人死要见尸，三更半夜的时候，一队士兵踹门而入，刀剑出鞘，厉声道："客栈里的所有人都下来！"

这动静把掌柜的吓得够呛，苍白着脸开口："军爷……"

夏青从窗户边探头，往下看了一眼，皱着眉。

这咋办？

他想去叫醒楼观雪，但是走到床边又停住了。

上一回楼观雪被"障"所困，黑雾枷锁重重，这一次他身边却是一片柔和的神光，不过神情也没轻松到哪里去就是了。

人都下去了，士兵还要上来搜查，一间房一间房地查找。

在他们即将暴力撞开门时，夏青先出去了，他也不确定士兵认不认得自己。

不过他想，燕兰渝都没见过自己，士兵们应该没什么印象吧？

"军爷，怎么了？发生什么事了？"他做出一副茫然无措的样子，惶恐不安地看着外面黑压压的一群人。

士兵冷眼看他，呵斥："把里面所有人都给我带出来！"

夏青一惊。

幸好他聪明，反应快得很，一下子瞪大眼，慌忙摇头："使不得使不得！使不得啊军爷。"

士兵："朝廷有令，你敢抗旨不遵？"

夏青急得满头大汗："这这这，这不是草民想抗旨，是贱内得了肺痨，不能见人啊军爷，我怕她传染给您！"

"肺痨？"

在这个时代，肺痨等同于绝症，所以士兵闻言脸色一变。

夏青擦汗："对，草民就是打算带贱内前往陵光看病的。"

士兵的神色变幻莫测，而后一下子把掌柜的揪过来："你进去，看看里面的是不是他夫人。"

掌柜的脸色苍白，身子摇摇欲坠，内心苦不堪言，他可不想进去接触一个病秧子。"军爷，我……"他的目光落到夏青脸上时猛地一愣，这两人的样貌气质过于出众，他想忘也难，一下子瞪大眼出声道,"不!军爷!里面那根本不是他的妻——"

要糟。

这掌柜的大半夜不睡怎么也跟上来了?

夏青握了下手里的木剑,只是还没等他动手。

客栈的招子摇摇晃晃,一股暗香从回廊尽头传来。那香并不馥郁,甚至带了点清苦的味道,仿佛致幻的毒药,将寂寂长夜镀上迷离。几个士兵包括整个客栈的人,还没来得及反应,便已经不受控制,僵尸般愣在原地。

这不是迷药,这更像一种控制人神志的法术。

夏青人都傻了。

随后他看到有人从回廊尽头走来,莲青色的衣裙掠地无声,头发是灰白的,身形和手臂都瘦得像枯枝,手拿烛灯,拖曳在地上的影子瘦长而恐怖。夏青都以为自己见鬼了。

而看清来人的脸后,他默默改了想法:这不是鬼……

(二)

铜盏烛灯明明灭灭,映出她瘦得两颊凹陷的脸。女人长发是银灰色,带着一种濒死之人的灰败暗淡。

莲青色衣裙掠地无声,她就站在客栈的回廊,眼眸隔着火光静静看向夏青。

腰间红线坠下的药块、叶子轻轻作响,女人瘦得跟竹竿似的,给人冰冷古怪的感觉,可是样貌气质却又很出众,端雅尊贵如云岸神女。

夏青不由得有些发呆。

察觉到夏青呆愣的视线,她任由他看了半天,才吹口气,把烛灯吹灭,往前走:"别发呆了,先带上你夫人跟我走。"

不知道是不是太久没开口说话的原因,她的声音干涩而喑哑。

夏青触电般回神,跟着她走,视线却直接往下,落到了她腰间红线牵缠的草叶、药块上。

"我叫薛扶光。"这个像是从古墓里爬出来的女人又开口。

夏青在她面前有点儿蒙,不知道该怎么说话,随后闷声道:"哦。我叫夏青。"

薛扶光笑起来,"嗯"了声,语气温柔,随意地问:"什么时候娶的妻?"

夏青一哽,心里微妙地升起一丝尴尬来:"不,我没娶妻,这是我随便编来骗他们的。"

薛扶光:"不是妻子?那里面是你什么人?"

夏青想了下:"算朋友吧。"

薛扶光笑起来,平静道:"能让你做到这个地步,应该也是不一般的朋友。"

夏青:"……也没多么不一般。"

几乎是进屋的瞬间,薛扶光腰间的药木就当当啷啷晃起来。"嘘——"她的手指只剩皮包骨,摁住腰间的那一串植物,转身问道,"他怎么了?"

夏青几乎想也不想地说:"他中了毒。"

"毒?"月色下薛扶光眉目冷淡,黑眸中带了分讥诮之意,"我见遍了世间的毒,可没见过这么一种。"

"他骗了你。"说完这句话,她手指移开,药块牵扯着红线,不断发出"嗡嗡"的震动声,莲状的青光自她脚下溢出,卷着冷淡苦涩的药草香,带着浩瀚深邃的杀意。

这就动了杀机?

别啊!

夏青忙开口:"不是的,薛……"他思来想去还是不知道怎么喊她,直唤名字总觉得怪怪的,最后抓耳挠腮,艰难地说,"那个,他就算骗我,应该也是没恶意的。"

实际上楼观雪那话的确不像是真的。"看不出来吗?我中了毒。"这看得出来才有鬼啊!楼观雪当时的样子,和刚从摘星楼里出来、被"障"折磨的时候差不多。

薛扶光偏头，静静看了他一眼。她的眼睛很黑，瞳孔比常人稍大一圈，在干瘪消瘦的脸上就更显得幽深。

薛扶光像是身体不好，受了寒，她轻声咳嗽了下，随后说："好。"

杀意潮水般退去，她拿着灯盏站在一旁，说："带上他，跟我走。"

"哦。"夏青心里其实已经确定她的身份了，但是依旧觉得不真实。虽然梦若镜花水月，可袅袅烟尘里那潋滟的石榴色衣裙给他留下的印象太深——她应该没这么瘦，脾气也没现在这样孤僻冷漠。这位蓬莱的二师姐在凡间的身份好像尊贵无比，天性或许有些傲，但端庄和优雅写入骨，她总能拿捏好度，不至于像现在这样一言不合就动杀机。

他掀开床帐才发现，楼观雪不知道什么时候已经醒了。

夏青吓了一跳，浅褐色的眼眸瞪大，随后嘀咕："你醒了怎么不早点儿出声？"

楼观雪黑发静落，唇角殷红，带着笑："配合你演戏啊，夫君。"

一声"夫君"喊得夏青头皮发麻，人都要炸了。夏青直接伸手捂住他的嘴："你要死啊！"

楼观雪低笑一声。

夏青冷冰冰道："别发疯了，有人来接我们了。"

"哦。"楼观雪从善如流地从床上走下来，缥碧色的发带随着夜风飘动，墨发雪衣，容颜却是妖冶颓靡的，他懒懒看向窗边的人。

薛扶光毫不掩饰对他的提防，可到底是活了一百年，片刻移开视线说："走吧。"

空气中那种摄人心魄的冷香还未散，四面八方青色的雾已经聚起。

薛扶光走在前面，掌灯驱散雾霾，引出一条路来。

穿过小镇的主干道前往偏僻村野，路越走越窄，隐隐约约还有些鸡鸣犬吠。

楼观雪根本就没去问薛扶光是谁。

夏青疑惑道："你不是中毒那到底是什么？还有，为什么骗我？"

楼观雪垂眸，淡淡道："我没骗你，那跟中毒也没区别。"

011

夏青吐槽："这叫没骗我？你知不知道就因为你那句话，你差点儿死了？"

"知道。"楼观雪笑了下，眼眸戏谑，"我发现，你的这些师兄、师姐对我意见还真挺大的。"

夏青已经放弃反驳了。

楼观雪状似天真无辜，问："为什么？难道他们都觉得我对你居心叵测？"

"闭嘴。"夏青面无表情，冷冰冰，"回答我前一个问题。"

楼观雪别过头，闷声笑了几下，随后才开口，语调懒散，像是在说一件非常平常的事："哦，我需要留点儿时间吸收神光。"

夏青诧异："神光？"

楼观雪拿着骨笛，似笑非笑："嗯，换句话说，就是'神'的力量。"

"咔"，薛扶光的脚踩过一地枯枝，步伐猛地一顿，莲青色衣袖里的手指微缩，她一下子回过头来。

目光却是看向夏青，手中灯盏驱散迷雾，声音平静："夏青，过来。"

啥？

他人傻在原地，只是手腕已经被楼观雪握住了，冰冷又强势。

楼观雪笑道："他不想过去。这位薛师姐，你还是专心带路吧。"

夏青无语了。

你一定要得罪整个蓬莱才肯罢休吗？

薛扶光眸光寒冷彻骨，哑声说："我就说木灵怎么会响，原来是神光啊。"

她讽刺一笑："百年之前，楼家先祖试图吸收'神'的三魂，求长生不老，结果暴毙。没想到百年之后他的后人更是不知死活，开始觊觎'神'的力量。"

她语气冰冷，手中烛火摇曳，在眼里汇成一道竖立的刃。

下一秒，风卷着周围植物的万千叶子飞到了薛扶光身边，而后青光浩荡，在空中凝聚成一把色泽纯粹的薄剑来。

是剑魂的状态，留几片青叶作尾，力量搅动风云，恢宏不容小觑！

周围群山林涛阵阵。

夏青被这剑气吓到了。在这个世界，他见到的道士都是沽名钓誉之辈，除了那个黑衣老者外，没见过什么高人，突然体会到这样撼动天地的力量，一时间有些愣。

宋归尘虽然拿的是思凡剑，可是从未出过剑。

不像薛扶光，当真是我行我素。

但他很快反应过来。

这两人要干架？

夏青忙做和事佬，和稀泥："不是，薛师姐你冷静一下，当务之急还是先离开这里吧，等下士兵追来就不好了。"

薛扶光看他一眼，对他似乎还是很有耐心。

百年来早将七情六欲磨得麻木，她的怒意和杀意都散得很快，只轻声问："你一定要保着他？"

"啊？"夏青硬着头皮，"嗯，是吧。"

薛扶光："为什么？"她的裙摆无风自动，青叶簌簌落地。

夏青："因为……"——因为我和他现在算是朋友？

但是他还没说完，楼观雪已经在旁边不怕事大地笑道："我们的关系，他还没跟你说清楚吗？"

你说得那么奇怪干什么！

夏青现在只想捂住他的嘴。

薛扶光今晚第二次收了杀心。

风静叶落，周围的雾也散了。

前方一片田野，黄土阡陌通向一个掩藏在群山间静谧和谐的小山村。

薛扶光皱了下眉，问道："你真的和他成了好友？"

夏青百口莫辩，但怕之后再出现类似的事，硬着头皮含糊道："对。刚才不说，只是有些难为情。"

楼观雪笑得不行。

013

薛扶光手中的灯散成星辉,她垂眸,想了想才道:"也是,毕竟他连神光的事都跟你说,能做到这般毫无保留。"

她的视线直直看向夏青道:"纵使这样也不可全然相信,知道吗?"

夏青干巴巴:"哦,好的。"

深更夜半,整个村庄都在沉睡,薛扶光把他们带到了一个带院子的木屋内,便拿着灯转身离开。

她走前为夏青指了下路:"我就在最深处的那间房中,这些天应该都会待在这里,你有什么事都可以去找我。"

夏青继续干巴巴道:"好的,谢谢薛师姐。"

薛扶光听到这个称呼,恍惚片刻,随后笑道:"还真是你的风格。已经确定我是师姐,也要在前面加一个'薛'字表示抗拒。罢了,等什么时候你真的想清楚了,会自己接受一切的。"

夏青不知说什么是好。

她说:"我那片叶子现在在你身上是吗?"

"嗯。"

薛扶光道:"明天带着它来找我。"

(三)

送走了薛扶光,夏青紧绷的精神才松懈下来,赶紧给自己倒了一杯水缓解情绪。

同样是百年之前熟悉又陌生的同门,可宋归尘和薛扶光给他的感觉完全不同。

在薛扶光面前,他恨不得自己是个哑巴。

从孤儿院开始,夏青就极少有这种被人管教、关心的感觉,刚才别扭得说话都是一字一字干巴巴地往外蹦。

楼观雪笑意散去,眉宇间带了很深的倦色。他把骨笛放在桌上,点亮了屋内的灯,垂眸说:"我们先在这里待三天。"

夏青喝完一杯水不够缓解心情,又倒了一杯,听到楼观雪这话,顿时气不打一处来,"咚"的一下放下茶杯,浅褐色眸中蹿着火,咬牙切齿:"楼观雪,你最好今晚就把你要做的事都跟我解释清楚。"

走了一个宋归尘,又来一个薛扶光,他这几天为了楼观雪,先是接受了自己避之如洪水猛兽的阿难剑,后面又是风评被害。什么玩意儿?再不给个解释根本说不过去!

楼观雪开始解发带,衣袍落下堆叠如雪,看了他一眼,慢悠悠笑道:"嗯?我解释得还不够清楚吗?"

"清楚个屁。"夏青冷冰冰地说,"神光什么时候有的?"

楼观雪将缥碧色的发带握在手中,随意道:"哦。风月楼,璇珈体内。"

夏青一愣,非常疑惑:"神光是每个纯鲛都会有的吗?"

楼观雪本来是打算休息的,但夏青这副兴师问罪的样子让他颇感有趣,眸中带了点儿兴味,懒洋洋坐到了夏青对面,答道:"不是。当年神宫之变,璃国先祖觊觎'神魂',鲛族圣女珠玑觊觎'神'的力量。但两人的下场都不怎么样,璃皇夺魂暴毙,而珠玑被另外两位圣女阻拦,神光被一分为三。"

夏青本来只是想问清楚楼观雪的目的,没想到,这人真的什么都跟他讲啊……短短几句话,夏青人都傻了,感觉自己直接接触到了这个世界最深的真相。

他半天才找回自己的声音,讷讷道:"所以,'神'的力量被三位圣女瓜分。璇珈是鲛族圣女,她就是珠玑的转世?"

楼观雪支颐,淡淡道:"离开通天海,鲛族没有转世,只有死亡。她不是珠玑,珠玑现在应该已经死了。"

夏青不说话了,呆呆地盯着他。

楼观雪红唇绽开,笑容靡艳:"乖。没事,你想问什么都可以问。"

夏青本来震惊的心情被他一句"乖"搞没,扯了下嘴角,抓了抓头发,做贼似的往窗外、门口看了看,随后直言开口道:"瑶珂是不是三圣女之一?"

015

"是。"

夏青愣怔，眼眸定定地看着他："所以，瑶珂是你守着死去的，璇珈是在那一晚死的，现在你说要去梁国一趟，因为珠玑就在梁国是吗？你去梁国……是为了找珠玑，收集全'神'的力量？"最后一句说出来，他嗓子都有些发哑。

楼观雪微微一笑，似乎也不打算在他面前隐瞒："对啊。"

夏青灵魂都静了片刻，很久，才轻声问："楼观雪，你到底要干什么？"

楼观雪想也不想："找一个答案。"

"啊？！"夏青被这个回答震惊了。他刚才已经神游天外，给楼观雪找了各种乱七八糟的理由，比如"获得力量杀死燕兰渝""夺回政权""报杀母之仇"，等等，结果没想到他还是那么不按照常理出牌。

夏青不假思索说："什么答案？"

楼观雪笑了一下，慢条斯理地将发带系到了手腕上，淡淡说："一个从五岁开始就困扰我的问题的答案。"

这就是不想回答了。

夏青沉默了片刻，心里涌出浓浓的烦躁和郁闷来。

他本来是世外之人，可以安安静静看这个世界的一切风起云涌，但是楼观雪非要在孤舟上说出那些话来，让他发现一切不合理之处，逼着他剥离局外人的身份，被牵扯入纷乱的俗世。可拽他入红尘后，让他站在一团错综复杂的线索里，又不告诉他真相。

或许也不该这么说。

楼观雪其实已经告诉了他全部的真相，走的每一步，都把目的明明白白摆在他眼前，从来没有遮掩。

摘星楼引他上身是为了养精蓄锐破障。

风月楼是为了璇珈，选妃灯宴是为了离开。

唯一保留的，只是自己心里的想法。

偏偏夏青最想知道的，就是他的想法……

他也不知道为什么。

夏青低头，眼眸看着桌上摇晃的烛火，发了很久的呆。

微微的橘红色光落在他脸上，眼眸第一次带上些迷茫。

乡村深夜田野间传来各种蛙鸣、虫声。

夏青突然开口道："你得到珠玑身上'神'的力量，就会回陵光，对吗？"

楼观雪说："嗯。"

夏青："然后呢？除却找那个答案，你会报复燕兰渝吗？"

楼观雪唇角笑意不明："你真是高估了那个女人。"

夏青没理他，又说："是不是除了瑶珂外，没人知道你出生时被下了血阵？在所有人眼中，你只是一个傀儡皇帝，因为畏惧燕兰渝才想离开陵光。宋归尘那么轻易放过你，也是因为这一点。"

楼观雪没否认，淡淡道："若是让宋归尘知道我被下了血阵，我根本就不会活到现在。"

夏青沉默了。这样事关生死的点，楼观雪也直接摊明了摆在他面前，毫无保留。

夏青仿佛又回到了那个红尘障内，刚接触楼观雪的时候。那时候夏青百思不得其解他的"障"会是什么，现在又百思不得其解，他想要的答案是什么。

楼观雪见他这样的神态，忽然轻声一笑，开口，声音冷淡："夏青，我不告诉你，不是装神弄鬼故意让你瞎想，而是我觉得那个问题挺蠢的，也没必要说出口。"

夏青一哽。幸好他不是好奇心很重的人，不然真的要被楼观雪气死。

"我现在解释清楚了吗？"楼观雪问道。

夏青奇怪地看了他一眼。

楼观雪继续微笑："那么我可以去睡了吗，夫君？"

天雷滚滚，夏青呆毛乍起："你别叫得那么恶心！"

夏青半夜跳窗而走。

他是一点儿都不想和楼观雪一间房了。

跳进小院子里，夏青摸黑走路，不小心踢到鸡笼，公鸡瞬间"咯咯咯"大叫，翅膀剧烈扑打，同时惊动外面的大狗一起"汪汪汪！"，一下子乡村夜间鸡飞狗跳好不热闹，夏青捂着脸，蹿进了另一间房内。

楼观雪倚着窗，笑了好久。

碍于这一晚的出糗，夏青决定第二天早上就把这只鸡给杀了炖了吃。

在进厨房前，他不惜以最大的恶意揣测楼观雪——楼观雪不给他解绳子，不让他以魂体的方式存在，是不是就是打着把他当下人驱使的主意？

毕竟楼观雪养尊处优那么久，估计一辈子都没下过厨，十指不沾阳春水，做饭这种事只能夏青伺候他。

夏青去院子里的井边提了一桶水，幽幽吐出口气，隐忍愤怒："我这真是伺候皇帝呢！"

不过……虽然他心里把楼观雪嫌弃得要死，但也明显高估了自己。

夏青对着古代的灶抓耳挠腮。

他左看看右看看，决定把手里的鸡先拴在一边，然后撸起袖子蹲下去，往灶膛里加木柴，加到满后，点燃树枝往里面丢，心道：丢进去火估计就生起来了……才怪。他看着自己的小火星进入黑黢黢的灶膛，马上"啪"地熄灭了。

夏青一蒙，觉得可能是丢的角度不对，或者树枝太小了。于是他半蹲下来，灰头土脸，点了好几根丢进去，团灭。

夏青跟它拗上了，人都钻了进去，想看看火在哪个地方能更好地生起。

"你在干什么？"这时楼观雪冷淡微哑的嗓音自门口响起。

夏青从炉膛里爬出来，脸上白一块黑一块，转头看向靠在门口雪衣无尘干干净净的楼观雪，一下子眼神变得十分幽怨，抹了把脸，森森地说："看不出来吗仙女，我在给你做饭啊。"他以为这样能激起楼观雪一丝一毫感恩戴德的心。

没想到"仙女"上上下下打量他一番，随后轻轻笑了："哦，继续。"

夏青心想：继续个屁！你吃土去吧！

他决定把自己的肚子填饱就行，不管这个白眼狼。

刚好他也和生火杠上了。

于是夏青没理楼观雪，继续折腾，等小树枝都快要被他折腾没了，他才傻眼了——生个火怎么那么难啊！古代的灶又大又冷，小树枝燃起的火也是小得可怜，这能生出火才是奇了怪了。

默默地吐了口气后，夏青蹲在原地不知所措。

楼观雪饶有兴味地看了半天才进来，修长的手指轻轻点了下夏青的脖子，淡淡道："让开。"

他的手指凉得很，吓得夏青一个激灵。夏青一下子站起来，难以置信地嘀咕："怎么，难道你来？"

夏青不无恶意地嘲讽说："别吧仙女，到时候把厨房烧了，我不好跟薛扶光交代呢。"

不过，他阴阳怪气的话还没说完，就见楼观雪已经动作非常熟练地点燃小树枝，然后随手拿起挂在墙壁上的一把草，用细火把枯草点燃，之后塞进了灶膛，大火"嗞"的一下烧了起来。

夏青说不出话来了。

这脸打得有点儿疼。

是他傻了，没想到还可以找个引燃的。

气氛稍微有些尴尬，夏青下定决心找回面子，硬着头皮开口："哦，我刚刚睡糊涂了，忘了这一步。后面的事我来吧，你先出去吧，别在这里帮倒忙。"

楼观雪又看他一眼，不置可否地笑笑："嗯，你来，我就在旁边看看。"

夏青咬牙："行。"

看就看，让你看看什么叫天才做饭。

不过天才被环境针对，发挥得不太好。

夏青在经历拿刀不熟练、在案板上把鸡活生生吓飞后，又笨手笨脚打碎了蛋、打翻了盐。本来也就是一点儿"小问题"，但是楼观雪在旁边，硬是让夏青尴尬得不行。

甚至处理鸡的时候，也被某位金枝玉叶袖手旁观、语带笑意慢悠悠地嘲讽。

"我觉得，你拔毛前，应该把鸡杀了吧。"

夏青彻底受不了了，拍了拍袖子上的鸡毛，忍无可忍地起身："你行你来！不行就给我……"——闭嘴。

可他后面那句话没说完，楼观雪懒洋洋地看他一眼，嗤笑一声，真的走了进来。

夏青后面全程处于一种做梦似的状态。

——就楼观雪这又爱吹毛求疵又洁癖的样子，谁会想到他会做饭啊！

而且他黑发束起、雪袖挽起，神情冷淡，样子还挺像那么一回事。

他一定是在装模作样。

夏青就这么安慰自己。

结果等上了菜，夏青夹了一筷子后，就默默地低头吃饭不说话了。

没什么好说的。

奇耻大辱。

楼观雪哪怕是刚刚下完厨，也是一点儿烟火气都不沾，墨发雪衣，清清冷冷。

"你不吃吗？"夏青别扭地找话题。

楼观雪垂眸，淡淡道："不用，我不需要吃饭。"

"哦。"夏青这才想起，当初摘星楼内，楼观雪也是永远只喝那一点儿酒，跟不会饿死一样。

就是在那个时候，他给楼观雪取外号叫"仙女"的。

今日仙女下凡给他做饭了……

这是什么奇耻大辱？

夏青琢磨半天才想明白，当初楼观雪在冷宫之内，有那样一个母亲，怎么可能没给自己下过厨呢？他沉默了很久，还是决定为自己解释一下，慢吞吞地说："我，我只是有点儿不习惯，其实我是会做饭的。"

楼观雪似笑非笑："嗯，我信你。"

（四）

夏青吃完饭后拿着那片叶子去找薛扶光，沿途遇到了不少村里人。他发现，这个村的人大多数是鲛人，最明显的标志就是微透明的耳郭，而且这些鲛人对陌生面孔似乎一点儿都不惊讶，没有半分夏青在陵光所见的鲛人那种惶恐自卑，相反，他们还特别热情善意地和他打招呼。

夏青捏着叶子，慢吞吞地朝他们点头，开始怀疑这是薛扶光创造的桃花源，专门用来收留她在外面遇到的可怜鲛人。

这个问题夏青在见到薛扶光后真的问出来了，他的眼眸打量着薛扶光肃静冷清的房间，直言道："薛师姐，村里的鲛人都是你救回来的吗？"

桌上摆放着梭子、针线、晒干的草药、剪刀。

薛扶光就坐在桌边，瘦得皮包骨的手拿着针一片一片穿过叶子。

窗户只开了一条缝，室内的光线不算充足。

她摇头，哑声说："不是。他们是上清派弟子救下的。"

夏青纳闷："上清派，我怎么没听过这个名字？不是说现在天下道士都齐聚陵光吗？"那怎么他在陵光见都没见过？

薛扶光身体不好，脸色苍白，咳嗽了几声，语气讥讽："天下道士？那群人也配称道士，不过是一群世族的走狗罢了！"

夏青默默不说话，看着她凸起的颧骨和久不见天日的病态皮肤，起身将窗户稍微打开了点儿。

金色的暖阳照了进来，薛扶光低下头，灰暗的长发将瘦弱的身躯笼盖，她咽下腥甜的血，神色恢复平静，继续穿针引线，说："你见

021

过宋归尘了？"

夏青："见过了。"

薛扶光："他将阿难剑给了你？"

夏青："嗯。"

薛扶光："那他倒是做了一件好事。"

把草药穿成链，薛扶光转过头来对夏青说："把手伸出来。"

夏青虽然疑惑，但还是照做，伸出了右手。

手腕上还戴着楼观雪给他系上的红绳。

薛扶光视线垂下，语气很轻，喃喃说："佛骨舍利？当年神宫内得来的至宝，他倒是也舍得给你。"

夏青却问得很干脆："这东西为什么我解不开？"

薛扶光道："你当然解不开，我也解不开，只有为你戴上的人能解开。"

夏青心道：可恶，果然被楼观雪坑了。

薛扶光将那串药链系到了上方，随后夏青的手指尖涌出一丝青色的光来，注入那串草叶，夏青马上感觉手腕一凉一通，就见那些叶子紧贴着他的皮肤一点一点化作星辉，尽数穿过他的皮肤，渗进脉络里。

夏青疑惑："这是什么？"

薛扶光说："帮你固魂的东西。"

夏青干巴巴"哦"了声，又安安静静盯着她几秒，才开口道："我真的是你们的小师弟吗？"

薛扶光笑了，她或许是很久没做这个表情了，显得有些僵硬，但孤僻沉郁的气质因为这一笑散去，神情几乎可以说得上温柔。

"你心中不是已经有答案了吗？

"不过你从小到大，最看不明白的，永远是自己。"

夏青眼眸望着她，静静的，态度并不算亲昵，冷静地说："可我并不会用剑。"

薛扶光："我知道，百年过去，你连剑都不想碰了。"

夏青琢磨了一下："听你这语气，我百年前好像很惨啊，你小师弟到底干了什么？"

薛扶光愣了愣，淡淡道："灵魂都到了异世，能不惨吗。我也很好奇你到底在神宫内都做了些什么。"她安静地看着夏青，随后才轻声说，"不过其实我更好奇，你怎么会主动跟我提起这件事？你排斥阿难剑，就是排斥百年前的一切。以你的性子，但凡是你逃避的东西，总能冷眼无视一切线索和真相。那么现在呢，为了什么？"

为了什么？

夏青抿唇不说话，盯着手腕上的那颗舍利子发呆。

薛扶光的手腕从莲青色衣袖中伸出，她也摸上了那颗珠子，轻轻一笑："为了他吗？

"为了他接下阿难剑，为了他困在红尘中。

"夏青，知道我为什么昨晚想杀他吗？因为那个少年心思太深太重，我怕你被他利用。

"你看，他多聪明啊。从这枚舍利子开始，你就注定在他身边当不成局外人。"

夏青在这一刻感觉那颗珠子在发烫，带着烈火灰烬的炙热，刺得他灵魂剧烈一颤。

他一下子抬头，却撞进薛扶光温柔平和的眼眸里。

薛扶光的叹息散在浮尘金光里，她慢慢道："他连神光都跟你说，看似毫无保留、亲密无间，可你又真的懂他吗？你能察觉他的恨吗？你那么相信他，不设防地待在他身边，应该是没发现，那个少年骨子里并非善类……"

夏青安静看着她，打断她的话："不，我能察觉。"

薛扶光稍愣。

夏青拨弄着那颗珠子，很平静地说："我能看见他的恨。

"我在他身边那么久，也观察了他那么久，我知道他并非善类。

"我知道他看起来对什么都不在意，实际上是一种极端的傲慢。傲慢到……漠视金钱权力，漠视七情六欲，也漠视人命。

023

"其实楼观雪比我更像一个局外人,脱离世俗之外,可又带着沉郁刻骨的仇恨。

"我不知道他恨什么。但你说得对,哪怕我知道了他之前走的每一步,甚至知道他去做的下一步,我依旧不懂他。

"可是,薛师姐。"夏青顿了下,问道,"我为什么一定要懂他呢?"

夏青也是很久没说那么多话了,还是在一个情感相对复杂的陌生人面前。

他想了想,本来打算讲"我和他的关系也没到掏心掏肺的地步吧",可是话到嘴边,想起现在他和楼观雪伪装出来的身份,又噎住默默改口,心虚说:"那个,人和人之间还是要保持一点儿距离为好。"

薛扶光听完,沉默了很久,灰白的长发静落在暗室浮光中。她对外人古怪孤僻,对夏青却难得地很温柔、很有耐心。

很久,薛扶光喉咙发出一声笑来,模糊得像是一声叹息,她轻声说:"对,你能看到,你肯定是能看到的。是我糊涂了,一百年过去,我差点儿忘了你修的是什么道。

"众生悲喜啊……"她失神片刻,喃喃,"你怎么会看不到呢?"

夏青不是很习惯跟人说自己心里的想法,稍微有点儿烦躁,但又不是很想在薛扶光面前表现出来,于是选择低头,睫毛垂下,面无表情地玩着自己腕上的红绳。

他很少在心里藏事,之前梦到什么想到什么都会直接跟人讲,只是因为不太在意那些,不代表他喜欢跟人分享自己心里真实的想法。

薛扶光的声音淡若轻烟,缓缓传入夏青耳中,说:"那么你看见了他的恨,看见了他的傲慢,看见他并非善类,你看清你自己了吗?"

"啪"。

一不小心手指滑过头,指甲硬生生在手背上划出一道不深不浅的白痕来。

夏青说不出有什么感觉,愣了愣,才抬头:"我这不就是在尝试看清吗?"

从断桥之下接过那片叶子开始，他就已经自暴自弃妥协了。后面还被楼观雪推波助澜，让系统这个最后的底牌也摇摇欲坠，只能开始郁闷地接受这一切。

薛扶光说："我说的不是你的身份，而是你对他的感情。"

夏青人都傻了："啊？"

话题是怎么聊到这上面来的？

薛扶光："知道他非善类，就不怕他利用你吗？"

夏青犹豫片刻，吐槽说："薛师姐，可能你有所不知，我们第一次见面，他就利用了我。"

这下子愣住的是薛扶光了，她一字一字，很轻却似乎是极为艰难地说出口："他第一次就利用了你，你还待在他身边？"

这怎么越说越别扭了呢！他拿的真的不是狗血剧本。

夏青思维快速转动，及时开口："也不是利用吧，我就是魂体离不开他又见不惯他杀人，于是和他达成了一个约定。"

薛扶光："现在呢？你已经有实体了，还离不开他？"

夏青哑然，编不出理由了，只能支支吾吾。

薛扶光道："我今日专门打探了一下，没想到楼家到现在只剩一条血脉了，也算罪有应得。他应该就是那位失踪的璃国新帝了吧？"

哦，原来早就露馅了啊。

夏青干脆破罐子摔碎，诚实道："有了实体不想离开，主要也是没地方去，在他身边习惯了。而且说实话，楼观雪虽然时不时发点儿疯，但对朋友还是挺好的。你别动他……他非善类，但并不轻易杀人。"——或者说，那种傲慢过于极端，极端到好像他都不屑于出手杀人。

夏青赶紧转移话题，从怀里掏出那片枯叶。

"哦，你不是要我把叶子带来吗，我带来了，你要收回去吗？我可以原封不动还给你。"——快拿走吧！

薛扶光从他手里接过枯叶，摸索着叶子的边缘："你真的以为我想杀就能轻易杀了他？他身上有'神'的力量，我都不知道自己有几分胜算。"

025

夏青愣在原地。

薛扶光说:"夏青,把阿难剑取出来。"

(五)

夏青连呼吸都僵住了,难以置信地看着她,一字一顿艰难问道:"你要我,现在拿出阿难剑?"

薛扶光:"对,这本来就是你的东西。"

夏青急得都不知道该怎么跟她沟通:"不行,现在还不行。"

薛扶光视线很安静:"为什么不行?你是阿难剑主,你从五岁开始就拿着它,十年如一日,连吃饭睡觉都不曾放下。夏青,你是它唯一的主人,终究有一天要重新拿起它。"

夏青说:"但绝对不是现在。"

薛扶光:"为什么?"

夏青抓了下头发,心头泛起密密麻麻的难过来,涩声说:"我不配。"

薛扶光皱眉。

夏青已经收敛情绪,语速飞快:"我做过有关你那个小师弟的梦,老头说拿起剑就不能放下是吗?这个代价太沉重,我……我暂时还不想承担。"

薛扶光显然没想到会是这个理由,一下子失笑:"罢了,我也不逼你。我把芥子给你打开,你若是遇到危难,就将叶子捏碎。"

她将莲青色灵力慢慢汇入那片叶子中,很快,上面错综复杂的纹路变得越来越纷乱,分枝再分枝,割裂如蛛网般。

薛扶光说:"你修的是太上忘情道,不受那些影响,重新拿起阿难剑,就能恢复一切修为。"

"哦。"夏青干巴巴应了声,不情不愿地把叶子重新拿了回来。

薛扶光又静静看了他一会儿,逆光而坐,灰白的长发散在莲青衣裙上,显得模糊而遥远。

她陷入回忆,声音如室内淡淡飘起的烟尘。

"我记得太上忘情道的第一式是'天地鸿蒙',于是师父要求你去见花见草,见山见海,见天地一切。你当初那么小,跟个白团子一样,可一个人爬上礁石,却能枯坐七天七夜。我还记得,你刚来蓬莱的时候,特别孤僻不喜欢讲话,后来稍微活泼了点儿,喜欢做的事除了练剑就是一个人发呆。

"师父说你是最适合太上忘情道的人,可是他每次入世都喜欢把你带在身边。我那时不懂,既然是太上忘情道,为什么还要你频繁接触人间的七情六欲。后来我才知道,太上忘情不是无情,只是不被情牵,不为情绊。'寂焉不动情,若遗忘之者'。"

薛扶光说:"不为情牵,不为情绊。那么我的小师弟,现在成为你不肯拿剑的心魔的到底是什么呢?"

夏青握着叶子从椅子上站起来,在浮尘金光里,轻声对薛扶光说:"是我自己。"

他往外走了没几步,看到有几个小孩在田埂边嬉嬉闹闹。

四月初春刚过,风过旷野,一片绿浪如波。

小孩有的跳下去在田里捉蝌蚪,有的就坐在路边,晃着沾满泥土的细白小脚,拿着狗尾巴草和同伴打来打去,笑声清亮而愉快。他们不像陵光城内的鲛人那样,从出生就被权贵豢养,或被卖到歌舞坊一辈子供人取乐。他们在这桃花源一般的村庄,保留了属于童稚时期的无忧无虑。

坐在最边缘的鲛人小孩是其中年岁最大的,头发扎成一个小辫子,手里拿着片叶子,估计也是清闲得无聊,望着天空断断续续吹着一首不成调的曲子。

下面蹲着的捉蝌蚪的男孩大声嚷嚷起来:"你吹什么呢!难听难听!换一首换一首!"

小辫子男孩不满:"哪里难听了?小时候我爷爷总哼这首曲子哄我入睡呢。"

"就是难听!我的蝌蚪都被吓跑了。"

小辫子男孩翻个白眼:"是你自己手笨抓不住!"

他我行我素,继续吹叶子。

虽然曲不成调,但是夏青还是听出来了,应该就是当初芦苇荡孤舟上楼观雪用骨笛给他吹的那一首。

清冽悠扬,像是娓娓道来的一个久远的故事。

"这首曲子有名字吗?"夏青走过去,开口问了一句。

男孩被吓得差点儿拿不稳叶子,抬起头看到是个长得很好看的大哥哥后,才吞了吞口水说:"有,我爷爷说……就叫《灵薇》。"

夏青轻轻"啧"了一声。

他低头认认真真打量着鲛人男孩,又道:"那你爷爷跟你讲过灵薇吗?"

男孩闷声说:"没有。"

夏青:"嗯?"

男孩道:"他从来不肯跟我讲海上的故事,说我还小。可还没等我长大,他就已经被人族杀死了。"

夏青愣住。在这个世道,以鲛族不如牲畜的地位,他甚至都问不出一句"是怎么死的"。

他立在风里,宽大的灰袍猎猎鼓动,黑发拂过白净的脸,垂眸看人时如风又如霜。

半晌,夏青好奇地问:"我就是人,你还愿意和我说话?"

男孩似乎盯着他的耳朵看了很久,说:"虽然你是人,但你是扶光仙子带回来的人。我相信你不是坏人。"

夏青笑了,牵起嘴角:"哦,这样啊。"

夏青从薛扶光那里走出来,现在心情有些郁闷,也不想太早回去见楼观雪,便不修边幅又随意地坐到了那个男孩的身边,伸出手在田坝上摘了片叶子,也吹起了那首《灵薇》。

下面捉蝌蚪的小男孩笑个不停:"哥哥,你吹得比他还不如。"夏青吐出叶子,说:"他跑调了,我虽然吹得难听,但我的才是正确的。"

小辫子男孩不服气:"你骗人!"

夏青两次演奏都被打击，也就放弃了，说："你们都是怎么到这个村子里来的啊？"

一群小孩现在都是好奇心重的时候，对夏青充满兴趣，顿时叽叽喳喳围成一堆，你一言我一语地说了起来。他们被带过来的时候都还小，对死亡、屈辱、离散并没有什么概念。说起往事，他们的眼眸也是清亮无垢的。

有父母双亡差点儿饿死街边的，有被卖入黑市准备养成贱奴的，也有因为战争被屠村、从尸山血海中被人解救的。

救他们的人多半都是上清派弟子，当今天下，世家和修真门派关系错综复杂，上清派也真的算一股清流。

夏青开始怀疑上次所见的怀金长洲玄云派，估计是借着燕家的名声自封的第一宗。

一人道："上清派的哥哥姐姐们人很好，经常会给我们送好吃的来。"

一人又道："但是最近不怎么来了。听人说，好像最近外面很多鲛人都得了疯病，他们忙着去处理这些事。"

"疯病？"

"对啊，就是疯病，具体的我也不知道怎么回事，就是有的鲛人会突然发狂，然后暴毙。"

"发狂的时候耳朵变尖，眼睛变红，指甲还会变长，听说皮肤也会变化！像个怪物。"

"哇！真的是怪物了，听起来好恐怖啊！"

小孩们聊天总是天马行空，聊着聊着就跑题了。夏青从他们跑题的话里了解到了很多他在陵光没有接触过的事，后面大人喊人回去吃饭，小孩子才嬉笑着离开。

剩下夏青和那个扎小辫的小男孩，他低头看男孩一眼："刚才每个人都在说自己以前的事，你怎么不吭声？"

男孩的唇抿得紧紧的："不想说。"

夏青笑道："不想说那就不说吧。"

男孩又拿着那片叶子吹起了那首曲子。

夏青虽然没什么音乐细胞，但是他记忆力非常出众，听楼观雪吹过一次也能记个大概，点评："这一处调高了，吹慢点儿。"

男孩眼眸睇他一眼，鼓起脸，真的放缓了。

风吹麦浪如海，乡村的另一边是黄灿灿的油菜花，远处炊烟袅袅，狗叫和鸡鸣间或响起。

男孩在夏青的指导下断断续续吹完一曲，沉默片刻，突然说："我家本来在梁国上京。"

夏青愣了愣，点头。

男孩说："当年璃国攻占梁国时，屠遍整个上京。爷爷挖了一个小坑让我躲进去，用尸体盖住洞口帮我躲过了搜查。我在那个小坑里待了三天三夜，等战事平息才敢出去。其实按理来说，饿那么久我也该死的，是我运气好，遇到了上清派弟子。"

夏青点了下头。

男孩说："我的父母都是鲛人，我很小的时候就一直奇怪：人族完全把鲛族当奴隶，为什么我们还要生活在陆地上？我爷爷说，是因为鲛族犯了错，再也回不去大海。我问过扶光仙子鲛族犯了什么错，扶光仙子说，这是鲛族自己选的路。

"她说，人族现在对鲛族所做的一切，都是鲛族百年前种下的恶果，如今不过身份颠倒，恩怨轮回。"

他说完，尚显稚嫩的眉宇间浮现出一丝困扰来。

夏青听了摇头："没有这个道理，你们现在没有轮回。百年前先人造下的恶果，不该由你们吞下。"

幼鲛愣了愣，点头："我知道，扶光仙子后面也跟我说了这句话。"

夏青最后问道："你叫什么名字？"

幼鲛说："我叫灵犀。"

告别这个叫灵犀的小孩，夏青回去跟楼观雪说了白日见到的一切。

说到了那首曲子的名字，也说到了鲛人得疯病的事。当然薛扶光和他奇奇怪怪的对话被他隐去了，因为说出来真是叫人起鸡皮疙瘩。

楼观雪这一天都在房中休息，黑发松松垮垮地束起，眉眼间病态之色稍微褪去。

夏青一向觉得他什么都知道，便问："你知道那个疯病是什么病吗？"

楼观雪淡淡道："等你见了就知道了。"

夏青："啊？"

村里人对他们还是非常热情的，楼观雪避世不出，于是所有人都以为夏青有个缠绵病榻的妻子。

村民热情洋溢什么都送，送鸡送菜都是小事，见鬼的是从集市上买的什么珠钗、胭脂，也要给他送过来。

说女人最重气色了，没有人不爱美，等病好之后他妻子肯定会用上的！

夏青接过时满头问号，人都傻了，怎么都推不掉只能收下。但后来越想越乐，回家的路上没忍住直接笑起来。

"楼观雪，你看看我给你带了什么好东西回来！"

夏青太想看楼观雪吃瘪的脸了，于是跨过篱笆后都没绕路从正门进来，直接跳窗而入，风风火火的，像个登徒浪子。

楼观雪凉凉地看他一眼。

夏青充满了看戏的恶意，拽着楼观雪到了梳妆台边。

薛扶光也是用了心，给他们留宿的房就像是新房，什么都有。

铜镜虽然廉价，却也清晰可见，夏青把袖子里的红纸胭脂桂花油全部倒出来，颇有点儿伤敌一千自损八百的意思："拜你所赐，现在全村都知道我有个病秧子夫人。她们怕你生了病后样貌憔悴不得我心，专门给我送了这些东西来。这都是村民的至善至美的心意啊，我们就这么放着不用也说不过去吧！"

楼观雪坐于镜前，衣袍胜雪，黑发似乌缎垂落，听了夏青这一通花言巧语，也没说话，神情冷淡如霜。

夏青丝毫不慌，毕竟来到这个世界，楼观雪什么变态模样他没见过啊。他一直在这里受气，现在终于也见了楼观雪吃瘪的样子，没别的感觉，就是挺爽的，爽到升天。

夏青打开一瓶当世女子喜欢用的桂花油，那种粗制滥造冲鼻的香一下子熏得他头晕眼花，但是他忍了，挥挥手让气味赶紧散开，捏着鼻子说："这给都给了，放着也是浪费。你坐着，我来给你梳妆。人家一番好意，我们也不能辜负，是吧——"

最后两个字慢悠悠拖长。

楼观雪却也不生气，只是懒懒地问道："那为什么不是我给你梳妆？"

夏青撩起一把他的头发，跟不要钱似的，把桂花油哗啦啦倒出来，"真心实意"地说："因为你好看，因为你现在的身份是我老婆。"

以楼观雪的聪明程度根本不需要开口去问"老婆"的意思，他只是用黑眸盯着铜镜中夏青的脸，很久，轻笑了一声。

桂花油的香味真是太绝了。

夏青闻着都觉得要升天，他解开楼观雪缥碧色的发带，没地方放，干脆捆在了自己手上。楼观雪的发质很好，穿过指间冰凉如水。现在被他倒上一整瓶桂花油，那种清冷华贵的味道瞬间变得呛人且艳俗，仿佛在下三流的烟花之地。

"来，再试试这个珠花！

"这个花钿也好看！"

夏青连古代的生火都不会，又怎么可能会给人梳妆？纯粹瞎玩，拿着手里一堆东西，在楼观雪发上乱插。

当然，夏青没什么恶趣味，纯粹想看楼观雪吃瘪，楼观雪不高兴他就高兴了！然而楼观雪就坐在镜前，什么表情都没有，让他一下子兴致大跌。

夏青灵机一动，又拿起一张红纸："这个！我看你气色真的不好，你要不要涂个唇？"

楼观雪抬眸，看着他，面无表情。

夏青搬出老话说:"这拿都拿了。"

很久,楼观雪缓缓朝他露出一个笑容来,散去清冷,湛若珠玉,颓靡又诡艳。

他接过红纸道:"好的,夫君。"

夏青彻底僵住了。

他想收手了。现在这是自损一千伤敌八百了吧!

可是现在跳窗走又显得很尿,他默默地开始贴花钿。

在集市上买的花钿都不是什么富贵之物,不像陵光那些贵族女子用的金箔金珠、螺壳云母,就是鱼鳞染色制成,花样细小,有五瓣,是梅花的形状。夏青对着花钿涂胶吹气,然后开始摆弄。他笨手笨脚,怎么都贴不好,但这个姿势两人离得很近,夏青觉得有些尴尬,就有一搭没一搭地跟他聊天。

"薛扶光好像昨日离开了,听说附近的镇上也出现了一例疯病。"

楼观雪:"嗯。"

"鲛人得疯病后会变得暴躁无比、杀人成瘾。县令已经开始挨家挨户地搜查,打算把鲛人都先关到一处,防患于未然。陵光城因为你失踪的事乱成一锅粥,县令这个时候估计也不敢上报,以免触燕兰渝的霉头,只能等风头过去再处理。"

夏青想了想,吐槽道:"还有,你上次说那话,是不是断定了鲛人得疯病的事最近会接连不断地发生,我会见到?"

楼观雪说:"那不是疯病。"

夏青:"啊?"

楼观雪淡淡道:"浮屠塔内神魂苏醒,鲛族自然会受到影响。"

夏青的花钿直接贴歪。

"浮屠塔内神魂苏醒?里面关的是'神'?"

楼观雪意味不明地笑了下:"我那一晚说得还不够明显吗?璃国先祖夺魂暴毙。"

夏青为了不显得自己很蠢,只能憋住满肚子的震惊,把贴歪的那片薄薄的鳞片拈在手里,问:"你是不是什么都知道?"

楼观雪漠然道:"我要是连这都不知道,就白在璃国皇宫待了那么多年。"

夏青突然想起,翻旧账说:"可你在摘星楼内骗我说里面是大妖。"

楼观雪愣了片刻,漫不经心地淡淡说:"嗯。不过摘星楼内我应该没对你说什么真话。"

是的了,摘星楼内,他是无辜可怜的傀儡皇帝,怕痛怕苦的金枝玉叶。

楼观雪承认得太过镇定,以至于夏青都不知道该用什么语气说话——槽点太多,不知怎么吐槽。

夏青幽幽地吐了口气:"薛扶光让我小心你,果然是对的。"

楼观雪轻笑一声。

夏青说:"楼观雪,你还是恨燕兰渝的,是吗?"——不然那股压抑得很深的恨,他找不到理由。

楼观雪抬眸,深深看了他一眼,随后收回视线,勾唇,不说是也不说不是,慵懒道:"或许。"

夏青开口:"别用模棱两可的词!"

楼观雪从善如流道:"好,我恨她。"

夏青顿时有种被敷衍的屈辱,他扯了下嘴角:"你是不是又在骗我?"

楼观雪:"我不会骗你。"

夏青惊了:"你是怎么好意思心平气和地说出这五个字的?在摘星楼一开始你就是想利用我好吧?兄弟!"

楼观雪手指摩挲着那张红纸,觉得颇为好笑:"你为什么一直执着于摘星楼里发生的事?"

夏青没回答他。

因为薛扶光那句话对他杀伤力太大了,搞得他想起来就来气。

楼观雪的眼眸,黑的鲜明,白的也鲜明,盯着他变幻莫测的脸,随后缓缓笑起来,轻声道:"我猜,因为你在薛扶光那里也跟她说了这些。"

夏青人僵在原地——你要不要那么聪明？！

楼观雪说："然后她劝你离开我，以及对我一开始就利用你但你还愿意这般护着我表示很惊讶。"

夏青一脸麻木："陛下，有些事看破不需要说破……"

楼观雪："其实我也很惊讶。"

夏青盯着他手里的红纸，转移话题："能不能闭嘴？涂个口红磨磨叽叽的！"

楼观雪看他一眼，轻笑起来，慢条斯理地拿着纸，却依旧在说："夏青，我的确很危险。"

他淡薄的唇抿上红纸又放下，接着轻描淡写地说："如果不是你阴差阳错入了我的'障'，等我自行破障之时，就是你魂飞魄散之时。"

夏青愣住，指尖微微发凉。

楼观雪淡淡道："我当初是真的想放你走。但是你在风月楼选择留下，在琉璃塔选择回来，那么排斥阿难剑却选择接过，那么排斥纠结却选择以这样的方式护我。"

说到这儿，他放下红纸，被染过的唇红似血，朝着即将爹毛的夏青一笑："别急，我还没说完。"

夏青深呼口气，压着烦躁、乱如麻的心情，冷冰冰站在一旁。

楼观雪忽然说："不过我更惊讶的，不是你的选择，而是我自己的。"

夏青愣住，对上他深若寒渊的眼，脑海里几乎是电光石火间就想起了楼观雪当初在摘星楼内说的那番话。

他做的这一切，某种意义上不都是"无微不至的关怀"吗？

这年头当个好人就那么难？

他手里还拿着花钿，保持着那个靠在梳妆台边的姿势，浅褐色的瞳孔静静往下看。

楼观雪说："我并不喜欢身边有人。当初放你走，实际上也是给你的一线生机。

"可风月楼那晚，我居然没杀了你，还让你留了下来，多稀奇。

"甚至之后，任你予求予取，有问必答。"

说到这里，楼观雪轻笑一声，像是想到什么讽刺好玩的事，声音冷淡："吹笛、下厨……我都没想到我会这么伺候人。"

夏青愣在原地，一开始的暴躁在听到这几句话后彻底消散，人都蒙了，不知道楼观雪想要说什么。

楼观雪惯会揣摩人心，他支着下巴，侧头笑道："你还要我说下去吗？"

夏青心思乱成麻线，眼神飘忽，盯着他的嘴唇，被红纸染过真的跟血一样。

不要，不想，别说。

夏青低头，收回视线，转移话题说："我发现，这红纸的颜色还挺好看的，挺适合你。"

楼观雪盯着他片刻，笑了两声，又轻又冷。这样的笑只持续了片刻，他很快不笑了，神情淡下来，忽然伸出手抓住了夏青的手腕，一用力，把夏青整个人拽得往前倾。

夏青瞪大眼。

入鼻的是夹杂在冷冽气息里的桂花油香，浓郁艳俗，仿佛直入烟花之地、十丈红尘。

耳边传来楼观雪低哑清冷的声音："我觉得，可能更适合你。"

（六）

集市上买来的红纸同样廉价，花汁调得过浓，看起来极艳极红，实际上轻轻一擦就会掉色。

夏青从未有像现在这样大脑空白不知所措的时刻。

桂花油，胭脂香，楼观雪凑近时气息清冷似一捧雪，研开的却是烟火红尘色。

这个触碰自然得不能再自然，仿佛楼观雪真的就是突发奇想，凑过来给他上妆。

蜻蜓点水，一触即离。

夏青却是浑身过电般呆住，太过震惊，以至于话都说不出来，浅褐色的眼眸缩成一点，静静地望着他，唇被染上色，显得脸色白如纸。

夕阳如血，淡金色的光照过窗，照过梳妆台。楼观雪眼眸漆黑深冷，沉沉如夜，万千情绪压在深处。

楼观雪轻笑一声，出声道："的确更适合。嗯，要看一下涂完是什么样子吗？"

夏青瞬间回神，喃喃出声："你是不是有病……"

他心乱如麻，抬手碰了下唇，重重擦去，难以置信地说："楼观雪，你为了报复我，就用这种方式？"

楼观雪盯着他几秒，意味不明笑了下，语气却很冷淡："为了报复你？你觉得我这是报复？"

夏青根本不接他的话茬，转移了话题。

夏青心情烦躁且茫然，一下子不知道怎么办。

早知道今天就不折腾楼观雪了！

他一点儿都不想去看镜子里自己涂了口红是什么样，也一点儿不想再和楼观雪待在一个房间！

外面倦鸟归林，渔舟唱晚，田野间的吆喝声惊醒了夏青。

他像是找到了理由，一下子转身，手搭上了窗打算跳窗走："我饿了，我先去给自己煮点儿东西吃。"

只是他还没跳出去，楼观雪已经伸手，手指钩上了他系在腕上的缥碧发带。

轻轻一扯，发带便轻飘飘解落，物归原主。

而夏青的心也随着它轻飘飘落下，不断下沉。

楼观雪轻描淡写地说："你可以一直装傻充愣，我会给你时间的。"

夏青维持着要跳窗的姿势。

楼观雪："不过别太久，听话，我不耐烦的样子你不会想看到的。"

再见！

夏青意气风发地跳窗进来，火烧屁股似的跳窗而走。

活像个闯入大小姐春闺被赶出去的采花贼。

反正这事之后，夏青在楼观雪面前就变得别扭、沉默了，总是憋着不说话。

以前他是遇见什么好玩的事，回来都会顺口分享一句，路上一只蝴蝶停在他的发梢上不肯走，也会抓回来给楼观雪看。

现在除非有必要的事，他都绕着楼观雪走。

好在楼观雪忙着吸收神光，对于夏青的逃避没有任何表示，几乎可以说是置之不理，他这副冷淡、置身事外的态度，诡异地给了夏青一点儿安全感，让他松了口气。

他嘀咕："可能真的就是为了报复我吧。"——报复夏青给他带来那一堆女人用的东西。

说好在这个村里待三天，可是日子不知不觉地过去，他们在这里待了七八天了。

夏青在避开楼观雪的时候，会下意识去薛扶光那里。

薛扶光出门了，夏青就去给她当免费劳动力，帮她晒药，帮她将那些东西分好类。木屋内都是草药的清苦味道，就像薛扶光这个人一样，他有时候看她写下的字，会发呆，想百年前的她是什么样子的。

那件金丝银线勾勒的石榴衣裙给他的印象太深了，在镜花水月般的梦里明艳又温柔。

百年之前薛扶光肯定没这么瘦，所以她都经历了些什么才变成现在这个样子的呢？

夏青想到这一点，心头一动，涌起一丝细密绵长的哀伤来。

一百年，听起来很短，犹如朝暮之间，可是朝生暮死，却已经是一个人的一生。

朝云缥缈，远山寒翠。

他从薛扶光的房中出去，又看到了那个叫灵犀的小孩。

鲛族其实都长得很好看，灵犀也是。

头发扎成一个小辫子,眼睛很大,显得特别清秀可爱。

夏青第二次见面时才想起问他的年纪:"你现在几岁了啊?"

灵犀对他很有好感,乖乖地说:"五岁。"

夏青"啧"了一声,心想:这才是五岁小孩应该有的样子啊。

灵犀说:"那首曲子我已经能吹得很好了,你要听吗?"

夏青失笑说:"下次再说吧。"

离开前的一晚,夏青在院中坐着,正借着大如圆盘的月亮看那片叶子。他心生疑惑:就这么一片小小的叶子,到底是怎么容纳下阿难剑的呢?阿难剑又长什么样子?他终于慢慢克服抗拒,开始像蜗牛一样伸出触角,在自己舒服的范围里产生适当的好奇心。

夏青举起叶子正在仔细观察脉络,余光忽然瞥见雪色的衣角,他差点儿叶子都拿不稳。

楼观雪这一晚和之前有些不一样,但具体哪里不一样,夏青说不出来。

他站在门口,缥碧色的发带束住墨发,隔着月色神情淡淡地看向夏青。

夏青磕磕绊绊,憋半天说出句话来:"你身体好了?"

楼观雪拿着骨笛,点了下头,语调平静地说:"嗯,今晚就可以走。"

夏青:"……哦好。"

他有点儿可惜,可惜薛扶光现在不在村庄里,不然他想好好道个谢,也道个别。其实在这个村庄他待得还是挺开心的,陵光暗潮汹涌,每个人都心怀算计,而在这里,质朴单纯,岁月静好。

当然,夏青说话总带一点儿乌鸦嘴的性质。

静好的岁月,就粉碎在这一晚。

"啊啊啊——"最开始是一声尖叫,撕破静谧的深夜,从邻近村口的一户人家内传出来。"救命!救命!"一个人浑身是血,披头散发跟跟跄跄赤着脚跑过小路,声音崩溃而绝望,传遍整个村庄,"救命啊救命！怪物！村里来了个怪物！"

村中大多是热心人，邻里和睦，这会儿自然不会坐视不管。一下子各家灯火都点了起来，起床声、穿鞋声、脚步声，接连不断，吵吵闹闹。有人没听清还在嘟嘟囔囔，有人已经听到"怪物"，心神俱惊，拿着火把和武器张皇出门。

"发生了什么？"

"是谁在叫？"

"怪物，刚刚是不是说村里有怪物？"

"怪物！怪物在哪儿啊？"

村长是整个村中最年长也最有威望的人，百岁有余，佝偻着腰，拄着拐杖从人群中出来，沉着脸哑声道："往前面走，声音是从村口的方向传来的。"

妇孺在后，男人在前面，一群人浩浩荡荡地往村口走。天上月是浊黄色的，十五如盘，火把给它的周围熏染上一层淡淡红光。夏青也是被声音惊动，好奇地出门，跟上人群。

（七）

行至村口，众人终于看到了大半夜尖叫的人。

披头散发的妇女浑身是血，眼神惶恐又绝望，见到人群，眼泪一下子大滴大滴往下落，崩溃地坐下。

村长沉声问道："发生了什么事？"

她哆哆嗦嗦话都说不完整，哑声哭道："村长，村口来了个怪物，我半夜听到响动以为是老鼠就出去看，结果黑暗中看到一双狼的眼睛，红色的，跟要吃人一样……怪物，那是个吃人的怪物啊。他扑过来想要咬我，被我逃了出来，呜呜呜呜……"她被吓得精神已经有些不正常，浑身颤抖。

村长拄着拐杖沉默了片刻，吩咐人将她带下去，随后道："走，去看看那到底是个什么东西。"

一群人神色凝重，举着火把继续前行。

夏青一个人混在人群末尾，他在其中看到了灵犀。

灵犀穿着件缝缝补补过的旧衣服，头发扎成一个小辫，明显是被吵醒的，眼睛困得都睁不开了。

小孩子都贪睡，他打着哈欠不断用手揉眼睛。

夏青拿着路边顺手摘的狗尾巴草在他眼前晃了晃。

灵犀吓了一跳，看清楚是他后，睡眼惺忪地嘀咕："你也出来了啊。"

夏青："嗯，动静那么大，我又不是聋子。"

灵犀眨了下眼，左看右看，问："就你一个人吗？你媳妇呢？病还没好？"

夏青唇角一扯："他啊，病入膏肓，好不了的。"

灵犀翻白眼："你这不是咒人吗！不能说这种不吉利的话！"

夏青不想跟一个小屁孩解释什么，转移话题："你家里也让你一个人出来？"

话一说出口，夏青突然想起第一次见灵犀的时候，到了傍晚，小孩子都被大人喊回家吃饭，只剩下灵犀一个人坐在田埂上吹叶子。

夏青疑惑问道："你家就你一个人？村里没有大人愿意收留你吗？"

灵犀脸色一阵青一阵白，咬牙切齿怒吼："才不是！只是我爷爷到镇上办事去了！"

夏青点头："哦。"

灵犀的手指抓着袖口，努力把补丁藏起来，这个年纪的小孩自尊心强得很，怎么会承认自己没人要很可怜？

他气愤地再次重复说："我爷爷很快就会回来的！我才不是没人要！"

夏青被逗笑了，手里摇着狗尾巴草，缓缓道："没人要又不是什么丢脸的事，你那么激动干什么？"

灵犀瞪他一眼，气鼓鼓地不说话了。

夏青看着他懊恼郁闷的神情，一下子想起了小胖，没忍住笑了一声。

小胖算是他在孤儿院玩得比较好的一个朋友吧。

夏青小时候爱发呆,性格温暾,人无趣又孤僻,这段友情全靠小胖主动,而小胖那么主动的原因,是他把夏青当成了同病相怜的小伙伴。因为他们有个共同点:被很多家庭收留过,无一例外都被送了回来。

小胖表面上对一次次的抛弃毫不在意,天天知心哥哥似的凑过来"开解"夏青。

有空没空就逮着他聊天,说什么——

"此处不留爷,自有留爷处。

"是你不要他们,不是他们不要你。

"别难过,你一个人又不是不能活。"

夏青安静地听着,一口一口吃着他的冰棍。等小胖说完,眼睛通红,夏青还得负责蹬着短腿下床,给他拿纸过来擦眼泪鼻涕,真不知道是谁开解谁。

"就在前面!"

"大家拿起火把!"

村民们的喝声响起。

一群人已经逼近了那间靠近村口的屋子。

月光清冷凄惶,地上还有蜿蜒的血迹,树影绰绰,越发显得阴森恐怖。

夏青站在人群最后面,察觉到灵犀在试图往前钻,随手揪着他的辫子,把他拽了回来:"你不要命了!敢这么往前凑,怪物第一个咬死的就是你。"

灵犀说:"鲛人一族血液里就没有'怕'这个字!"

夏青失笑:"你居然还有这觉悟?"

"我两个爷爷都是这么说的。"

夏青松开手,也就没理他了。

灵犀的确和很多人不一样,可能跟他的父母都是鲛人有关。这个小男孩保持了鲛人一族最原始的血性和对海的向往。

"小孩和女人都待在外面别动。"

村长盯着地上的血,神色越发凝重。

谁都不知道里面的怪物会不会突然发狂扑出来,村长先指使人往黑黢黢的院子里丢了好几根火把。

不一会儿,里面传来了虚弱沙哑的声音,像是野兽临死的喘息,带着强烈的血腥味,急促又焦躁。

"都拿好武器!"村长瞳孔一缩,手里紧握一把打猎用的长枪。

所有人屏息凝神,就等着怪物出来将它一击毙命。

火把被丢在院中,很快被冷风吹灭。

黑暗中有一道影子在慢慢朝外走。

众人脸色苍白,额头冒汗。

终于,一只枯瘦、布满鲜血的脚踏了出来。

"就是现在!"

村长大喝一声。

他手里的长枪直接朝怪物的脑袋上砸去。

周围的人也是,火把、斧头、石头,悉数往怪物身上扔。

怪物明显畏火,被火把烫到肌肤的时候,骤然发出一声凄厉的号叫来。

村长喘息着哑声吩咐:"快!拿网和绳子来!"

村民们七手八脚地把网和绳子递过去。

村里几个年轻小伙用网兜头将怪物困住,以防万一怪物发狂,他们还用刀往怪物身上狠狠刺了几下,鲜血汩汩流下。

怪物因为痛苦蜷缩在地上,嘴里发出一阵又一阵的呜咽。

等确定怪物没有了反抗之力,一行人才擦着汗,想着去看清怪物的样子。

这场面血腥又残酷,不少人已经别过头去不忍心再看。

灵犀也是惨白着脸。

夏青站在远处,脑海里却是在一直回忆刚才怪物的那声号叫——分贝极高,尖锐刺耳,根本不是人能发出的声音。

村长年岁已高，做完一系列动作后，退到一旁剧烈咳嗽起来，摆摆手："看看到底是个什么东西。"

"好。"

一个年轻小伙举着火把，揪着那怪物的头发把他提了起来。

怪物浑身上下都是血，头发乱糟糟满是污垢和树叶。早在到村庄前，他身上就已经有了各种伤痕，脚上因为长途跋涉起了无数发黄流脓的水泡。

怪物奄奄一息地呜咽着，头发被拽起，露出了一张长满鳞片的脸来。

淡蓝色的鳞片爬满半张脸，耳朵特别尖，像是鱼的鳍。

这是一张并不年轻的脸，浑浊的瞳孔变成血红色，他张嘴看着前方，脸上并没有愤怒或者狂暴，有的只是痛苦和迷茫。

怪物露出脸来的一刻，所有人都愣住了，包括村长在内。

夏青还在想这是谁，旁边灵犀的身体已经一下子僵成石头，脸色煞白，嘴唇颤抖，声音轻得像是在说梦话。

他喊了一声："爷爷……"

夏青愣住。

灵犀像是噩梦惊醒，人抖成筛子，眼睛赤红着扑了上去："爷爷！"

"拦住他！"村长从愣怔中回神，快速吩咐旁边的人拦住灵犀。

灵犀被人架住胳膊，只盯着被困在网中浑身是血的老人，泪水大滴大滴地往下落："村长！那是我爷爷啊！快放了他，你们快放了他！他不是怪物，他不是怪物！"

地上的老人听到灵犀的声音也没有一丝波动，或者说，他对外界的响动已经毫无知觉，只剩身体对痛苦的本能反应。

村长咬牙说："他现在不是你爷爷，他是个占据你爷爷身体的怪物。"

灵犀用牙齿咬用腿蹬，可是怎么都挣脱不了，苍白的脸上眼泪如断线珠子落下，他吸着鼻子嘶声吼："不，我能认出来，他就是我爷爷！村长，他不是怪物！"

村长不想跟一个小孩子理论："带他下去。"

灵犀声嘶力竭，急得眼泪直流："他不是怪物啊！你们要怎样才肯信我？"

夏青自始至终就盯着那个老人，看老人浑身上下没一处好的血肉，精神恍惚，明显已经是濒死之相。

电光石火间想到什么。

夏青出声。

"他不是怪物。"

他的声音吸引了所有人的注意。

村长抬头看到是他，一下子也愣住了，毕竟他是薛扶光带来的人，身份与众不同。

夏青将手里的狗尾巴草丢掉，往前走了一步。他弯下身，从血泊里找到了老人的手，果然，老人的指甲也变得特别长，锋利得像是一片片钢刀，轻而易举就能把人开膛破肚。

村长的脸色不比周围的人好看到哪里去："夏青，如果他不是怪物，那他是什么呢？"

夏青收回手，垂眸说："他只是快死了。"

村长皱眉，沉声："那他就是怪物！没有人死的时候会是这个样子。"

夏青没说话，自顾自弯下身，给老人解开了网。

"住手！"

"夏青你要干什么！"

村民们大惊，纷纷焦急出声。

夏青抿了下唇，轻声安抚说："放心，他不会害你们。他若是真的想害人，现在全村没一个人能活。"

众人因为他这句话稍微愣住。

解开网后，老人果然也没对他们发动攻击。他挣扎着从地上爬起来，血色的眼睛浑浊一片，浑身上下都是伤口，被刀刺过的地方还在哗啦啦流血，但仿佛有一股劲就埋在骨子里，支撑着他往前走，站不起来，便在地上爬行。

老人的脚已经起了水泡，跋山涉水回到这个熟悉的村庄，到达目的地后，心里的焦躁和痛苦却没有消散半分。

他爬了没几步，视野茫茫看不清路，便像个小孩一样匍匐在地上哭起来。

并不是人的哭声。

却一声比一声难过绝望。

在场的每个人听了，心头都泛起酸酸涩涩的茫然来。

夏青静静地说："百年之前，鲛人死前就是这个样子的。

"他不是怪物，他只是……"

后面的话他不知道怎么说了。只是因为"神"的觉醒，遥远的血脉被唤醒了吗？

灵犀挣脱开来，跑过去想要搀扶着老人，哭着说："爷爷，是我啊，我是灵犀！爷爷，我带你回家。"

夏青手里摩挲着那片叶子，上面的脉络错综复杂。心想：回不去的。

那个长发女人温柔轻缓的声音又传来。

在冷宫荒草寂寂里，一盏烛灯一页诗书。

——每年的三月五，惊蛰时，灵薇花便会在海上发着夜光。那些因为狂风暴雨迷路的鲛人，寻着光便能返乡。而濒死惶惶的老者，寻着光，也能达到安息地。所以，灵薇在鲛族有另外一个名字，叫"照离人"。

只是如今，归途隔山隔海，却再也没有了引路的离人灯。

这一晚的变故远不止这些。

这时村口突然火光大盛，扬扬得意的声音响起。

"我就知道跟着这个孽畜有收获！看看我们发现了什么！县令大人吩咐了，全城的鲛人现在都要抓起来关在一块儿！这一村子的人都是漏网之鱼！"

（八）

上清派为鲛族创造出了最后一处安宁之所，谁都没想到有一天会被官兵的铁骑造访。

村长神情一变："你们是什么人？"

为首的统领穿着黑色盔甲，面目狰狞，冷笑道："我们是什么人？你认不清这身衣服吗？鲛人一族如今害得全城百姓惶惶不安，县令大人下令捉拿鲛孽，你等居然敢躲在这里苟且偷生？不知死活，来人啊，给我把这群贱奴都抓起来！"

他身后黑压压地跟了上百名官兵，皆拿着火把和刀剑，齐声应"是"。

统领的话里话外全是侮辱，年轻气盛的少年纷纷涨红了脸，想要上前一步，却被村长拦住了。

村长深呼口气，平静地问道："官爷，你要抓我们去哪里？"

统领语气冰冷："当然是抓进大牢里。要我说，县令爷还是太仁慈，你们这种只会招来不祥的种族，就该格杀勿论，一个都不放过！"

村长拄着拐杖，没有说话，佝偻的影子在地上拉得很长。

旁边的少年见他犹豫，一下子急红了眼："不行！村长！我们不能跟他走！"

"对！村长，我不想进牢里！我们进去指不定要受什么折磨！"

既然会被上清派救下来到这个村，每个人都曾在尘世中吃过苦头，明白外面的世道对鲛人而言是多么残酷。

少年们还揣着骄傲和愤怒，红着眼表示出了强烈的抗拒。而上了年纪的中年人都脸色木讷，一言不发。

村长额头上迸出青筋，回头狠狠地瞪了那群人一眼："都给我闭嘴！"

少年们被吓到了。

村长深呼口气，回过头来，手指紧紧握着拐杖，哑声轻轻说："好的官爷，我们跟你们走。您先等等，我这就去把村里人都叫出来。"

统领轻蔑一笑："果然老一点儿的狗都比较识相！"

"你说什么?"

村长回身一拐杖打在了正欲开口骂回去的少年身上,眼眸充满警告之意:"风鸣,去把其他人都喊出来。"

风鸣难以置信地看着村长,牙关咬得咯咯作响,却还是握紧拳头,红着眼把话吞了回去:"是。"

"村……"夏青皱了下眉,也想说什么,却被村长深深地看了一眼。

老人眼中是疲惫,是麻木,也是一种哀求,在哀求他不要多事。

夏青愣了愣,把话咽回去。

他继续摸着那片叶子,不知道是不是握久了,阿难剑的寒意似乎从那割裂的脉络中渗了出来,贴着他的灵魂。

村长不想他们和统领吵起来。

是啊,村子里妇女小孩占了一半,而统领的背后是整个璃国。

统领再次冷笑一声,却没发作。

转过身,他的视线落到了灵犀和那个浑身是血的老人身上。他的脸色变幻莫测,恨恨不休:"这畜生咬伤我兄弟数十人后逃出城,我没杀他就是想看看他到底是从哪里来的。跑,你跑得掉吗?死到临头才知道害怕?晚了!"

统领说了谎。

实际上,鲛人发疯的时候暴虐凶残、刀枪不入,他们折损了很多兄弟,之后都瑟瑟发抖地躲了起来,没有人再敢冲上去招惹怪物,打算等着鲛人发疯后暴毙,上去收尸。谁料这个老头在原地呜咽号叫了很久,居然一步一个血脚印地往城外走去。

他们偷偷摸摸跟了上来。

每个发疯的鲛人暴毙前都有一段古怪的时候,像是哭又像是怒吼,漫无目的地四处乱撞,但这就是死的征兆。

统领看到把自己吓得屁滚尿流的鲛人终于没力气反抗了,心里的屈辱和愤怒一下子达到巅峰!

他拔出剑,"唰"地就要刺向在地上爬行的老人,眉目森寒:"贱畜！你伤了我那么多兄弟，今日不把你挫骨扬灰难消我心头恨！"

"不要！"

灵犀在他出剑的时候听到声响，瞬间脸色煞白，转过身来，举起稚嫩的手狠狠握住了剑刃。

"灵犀！"村民们大喊。

统领见他还反抗，顿时更是气愤："好啊你个小畜生，非要护着他是吗？那我今日先杀了你！"

毕竟灵犀只有五岁，瞳孔一缩，苍白着脸，不知所措，却还是选择紧闭着眼睛，用身体护住爷爷。

"住手啊——喀喀喀喀……"

村长被气到了，拐杖重重敲打地面，怒吼一声。但他身体不好，气急攻心，很快剧烈地咳嗽起来。

统领哪里会听他的话，手里的剑直刺灵犀脆弱细白的脖颈。

"爷爷……"

灵犀怕得浑身都在颤抖，紧紧抱着老人，眼泪渗入老人的发中。

滚烫的眼泪穿过粗糙干枯的发，流过老人的脸，把淡蓝色的鳞片洗出一层血光。

沉浸在焦躁哀恸中的老人，身躯忽然僵硬了片刻，猩红的眼中浑浊迷茫的雾缓缓散开，露出一丝微光来。他死前追寻着一个东西，仿佛落叶归根般成为执念，却怎么都找不到。

现在被男孩的泪与血所烫，已经瞎了的眼似乎又得到短暂光明。

统领并不觉得自己残忍，就像同伴被毒蛇咬伤，他只是在报仇，没有人会对冷血的畜生手下留情。

"去死吧小畜生！"

"啊啊啊啊！"荒村响起尖叫，出人意料的，却是从统领口中发出。

"啊啊啊啊！我的手！我的手！"

电光石火间，只见被灵犀护着的老者突然咆哮一声，推开灵犀，张开满是獠牙的嘴一口咬断了统领的手。

动作干脆，仿佛是一种渗入天性成为本能的凶狠。

"我的手，我的手……"统领脸色煞白，冷汗直流，他一脚踹开老人，整个人陷入极度痛苦也极度癫狂的状态。

"贱畜！贱畜！这是你们自找的！这是你们自找的！"

他双目赤红骤然大吼起来。

"把他们都给我杀了！

"都给我杀了！县令大人说遇到妖化的鲛人可以直接杀掉！这一村子都是鲛妖！这一村子都是妖！把他们都给我杀了！"

统领声嘶力竭，他后面的士兵不敢抗令，齐声应"是"，黑压压一群人瞬间拿着武器拥上来。

"不，官爷！不要——"村长的脸色比之前任何时候都要苍白，他往前走，但走得太急，拐杖被石头绊住，重重地摔倒在地上。

统领气急败坏地叫人给自己止血，已经痛得神经抽搐，可是恨意支撑着躯壳，他非要亲眼看着这一村的人下地狱！

"放火！给我把这个村子也烧了！晦气！真晦气！"

"爷爷！"

灵犀扑过去，死死握住了老人的手。老人被踹倒在地上又吐了一口鲜血，眼里的凶恶却没有消散一分一毫，奈何死期将近，再也没有了力气。

夏青闭了下眼，又睁开，走过去扶起村长。

火光月色照着少年冷静又漆黑的眼，夏青一字一句地说："村长，我能把他们赶出去。"

村长的手在颤抖，听到他的话一下子咧开嘴，发黑的血液从牙缝中涌出。

他神色是浓得化不开的悲伤，似哭似笑，轻声说："赶出去，然后呢？这十六州大陆，鲛人到哪里都是死路一条。"

村长苍老的眼里满是麻木，眼眸干枯流不出泪水。

"这一村子那么多老人和小孩，年轻人可以逃，小孩子呢？……

"他们是朝廷的人，赶走他们，就是和整个璃国朝廷作对。"

老人说:"他们人多啊,谁都逃不走的。"

夏青觉得叶的边缘过于锋利,在一点一点硌着他的掌心,他问:"逃不走就在这里等死吗?"

士兵围上来的时候,村民们已经被刀枪剑戟逼得作鸟兽散,一瞬间尖叫声和逃亡的脚步声响彻黑夜。

村长又俯身剧烈地咳嗽了几声,他的眼睛盯着某处着火的地方,干裂的唇喃喃自语:"鲛人一族,现在不就是在等死吗……当年背弃神明,妄想上岸,如今全是报应。"

又是这句话。

他听得耳朵都要起茧子了。

夏青不再理村长了。

站起身来,看着四处燃起的火,看着惊慌逃窜的人。

他静静地道:"你们都没有了轮回,哪里来的报应呢?"

"你又是谁?"统领被恨蒙蔽的双眼落到夏青身上时骤然一缩。

旁边的士兵道:"他好像是个人!"

统领:"人?你是人,为什么要和鲛族孽畜待在一起?算了!跟畜生待在一起的也不是什么好东西!杀!都给我杀了!"

夏青没有理他们。

一个怀了孕的妇人被士兵抓住,捂着肚子跪在地上痛哭流涕。

远处有个小孩子跳进田埂,被人拽着头发扯出来,哭声震天。

火光煌煌,人间地狱。

夏青压下内心的抗拒。

他深呼口气,颤抖着手,终于将掌心的叶子捏碎。

叶子粉碎的一刻,夏青听到了一声很清脆的声音,响在耳边,像是鹤唳又像是玉碎,如当头棒喝。

一股寒光从掌心溢出,蔚蓝色的,随着叶子碎成的万千粒子,飘浮到了空中,漫漫星辉化作流光的海。

幽幽的蓝光照耀了整片夜空。

阿难剑出来的时候,夏青闻到了熟悉的香,他稍稍愣住。

剑被宋归尘从神宫取出，或许也因此沾染了通天海尽头冢的味道。

冷冽荒芜的味道，带着大海的深冷潮湿，温柔又哀伤。

一直呜咽怒吼暴躁疯狂的老人突然停止了动作，耳边甚至听不见灵犀的声音，一点一点僵直地抬着头，血色的眸凝望着夏青的方向。

阿难。

夏青终于看清了阿难剑的样子。

这把天下第一剑……是没有鞘的，日月星光万千尘埃都可幻化成鞘。剑身雪亮，剑柄是漆黑的古木，除此之外没有任何装饰。

士兵们都愣住，心生惧意。

"这是什么？"

统领震惊过后，目眦欲裂："你要帮着这群畜生对付我们？"

夏青握住剑的一刻，衣袍和黑发都在火光中飞扬，他缓缓闭了下眼，而后睁开。

统领气极反笑："装模作样！给我杀了他！"

夏青终于懂了薛扶光的意思，太上忘情道是不受生死轮回影响的。

他握住剑的一刻，百年前所有的苦坐修行全都归于脑海，与之一齐涌来的是神魂撕裂般的痛。

夏青垂眸，没有说话，一剑直刺向那个统领，动作快得像是一阵风。

黑发掠过少年的眉眼，冷淡如霜。

剑气浩瀚如深渊，携带天地山川草木的寒意，直接将统领连带身边的人都扫出十米开外。

统领和周围的人都还没反应过来，已经倒在了地上，呜哇呜哇吐出好几口血，但是他们都来不及愤怒发狠话，一阵风拂过，脸色瞬间煞白，话都说不出来，只留下绝望惊恐的尖叫。

"啊啊啊啊！"

这是一种很奇怪的感觉。

剑光所过之处，再温和的月色，再温和的风，都成为一根根细得不能再细的钢绳，紧紧贴着他们的咽喉。

空气是刃，风月是刀，草木是针。

天地众生，处处杀机。

他们跪坐的大地仿佛锋芒毕露，一触即发。

"你你你……"统领从没体会过这样的感觉，眼睛缩成一点，吓得哆嗦，竟直接尿了裤子。

夏青只挥出了这一剑，就已经感觉五脏六腑都在燃烧，七窍剧烈作痛，再使不出一丝力气。阿难剑亲昵地贴着他的掌心，像是百年后终于回到归处。

"滚出去。"

夏青脸色苍白，唇却鲜红，盯着那群人说。

太痛了，他感觉自己的意识都摇摇欲坠。

薛扶光可没说，继承阿难剑需要遭这种罪。

"好好好好，我们滚，我们滚，仙人别杀我们。我们这就滚！"统领眼泪鼻涕直流，拖着断了的一只手，屁滚尿流往后爬。

同时不忘大声喝令："听到没？都给我住手！"

"走！快走！"

本来还在逮着村民杀戮的士兵一下子也都听令，惊恐地放开手，往外跑。

"不能放了他们！"

风鸣从村道的另一头跑过来，刚目睹村人被杀的现状，眼睛被愤怒充斥，血红着眼。

风鸣突然发作，一口咬伤了打算跑的一个士兵的喉咙！

鲛人一族百年的耻辱、百年的恨、百年的流离失所，仿佛都在这一咬里。

那名人族士兵还没反应过来，一下子瞪大眼，血溅三尺，顷刻毙命。

夏青听到鲜血溅出的声音，眼中涌出一些茫然来，在空中瞬间回头，却有些看不清楚前面的场景。

火和血交融。

阿难剑所携带的那股荒冢的冷意就像是一个危险的信号,在整个村庄的鲛人经历这一夜的屈辱残杀后,将他们深埋血液中的天性激发出来。

"不能放了他们!"

"就是他们!就是他们害死了我的父母!我要他们血债血偿!"

风鸣的眼中全是泪,嘴里鲜血淋漓。

眼白上的红已经一点一点蔓延到了瞳孔中央,脸上一点一点浮现出奇怪的纹路来,如鱼鳞长成,一片一片被泪水洗刷。

不只是他,还有村里很多人。

男女老少在大惊大悲过后,坐在地上绝望地哀恸。

往事一幕幕浮现,他们想到了来这里之前的遭遇,想到了被残忍杀死的亲人,又想到了日日夜夜的屈辱和折磨。

离开了通天海,鲛人在十六州没有家。他们只能活在这唯一的世外桃源里,偷偷摸摸地生活,假装"岁月静好"……

可是现在这里也被发现了。

无论放不放走这群人,他们最后的净土也没了,马上要面临奔波流窜、朝不保夕的日子。

男为奴,女为妓,乱世中命如草芥。

"我本来就什么都没有,我的孩子被一群人抢走,他们把我卖进最下等的妓院,什么都不给我,我差点儿被活活饿死,我本来就什么都没有。"

一个妇女掩面而泣,喃喃自语。

夏青听到了很多人的声音——

或者是迷茫的喃喃,或者是绝望的大哭,或者是穷途末路的怒吼。

这个村庄,看起来平淡幸福、家家安稳……实际上都是假象,什么都是假的。不过是一群在外孤苦伶仃孑然一身的人凑在一起,压下内心刻骨的痛苦和仇恨,堆起笑容来过日子。

今天这个血夜把一切太平撕碎。

"不能放他们走！"

"我死了也要拉人族垫背！"

一个中年男人在大哭后，忽然站起来，脸上癫癫狂狂："一起死吧！一起死吧！"

夏青灵魂被烈火灼伤。阿难剑在百年后只剩剑魂，察觉到主人的难过，乖乖地散成清风，涌入了他掌心的每一条纹路。

他浅褐色的眼眸望向前方："他们……"

失去理智的鲛人把夏青也当成了仇人，碍于他身上那股熟悉的气息，没有选择先对付他。可是血红的眼里，仇恨显而易见。

夏青往后退一步，摇摇欲坠，腰被人扶住。

楼观雪熟悉的声音在他头顶响起："还喜欢看热闹吗？"

夏青没有动，动用阿难剑继承记忆的片刻已经让他浑身上下都痛得颤抖。

他再也没力气出手，也没力气说话。

就看着被鲛人反咬一口的士兵们也破罐子破摔，跟他们厮打起来。

火把被随意丢在地上，茅草屋熊熊燃烧。

起火了。

但是没有人去管。

死了很多鲛人，也死了很多士兵。

夏青一时间不知道该说什么。

大脑浑浑噩噩地想：要去劝吗？可是劝谁呢？谁又是纯粹的好人，谁又是纯粹的坏人？

谁能想到这一夜会是这样的结局？

楼观雪说："这一村子的人都要死了。"

夏青脸色煞白，一下子看向他，语气茫然："为什么？"

楼观雪抬起手，轻轻触上他颤抖的睫毛。

少年眉眼间如寒霜的冷意依旧没散，眼睫却似扑翅的蝴蝶，苍白脆弱。

楼观雪摩挲了下，本想冷眼旁观给他长个教训，但到底于心不忍，垂眸道："不怪你，这是他们自己的选择。

"鲛人当年是海之霸主，天性残暴肆意妄为。他们野心勃勃，想着掠夺走人类的一切，征服大陆，只是碍于'神'的存在，不得离开通天海，不得上岸。"

夏青一时间有些蒙，不知道楼观雪跟他说这些干什么。

楼观雪温柔地将他脸上被溅到的血抹去，语气轻描淡写："于是，百年前，鲛族选择放任人族对神宫进攻。"

夏青手指一紧。

楼观雪说："他们猜得没错，鲛人离不开通天海是因为'神'的禁锢。可是他们忘了，鲛人全部的力量，也都来自'神'对于侍奉者的馈赠。"

夏青太累了，闭上眼睛，意识模糊，靠在了楼观雪的身上。

楼观雪道："浮屠塔内的神魂一日比一日暴躁，生于通天海的鲛族本来就易受影响，越是情绪崩溃，越易疯魔。"

夏青又不太想昏迷，挣扎着睁开眼："他们一定会死吗？"

楼观雪淡淡道："离开通天海，鲛人力量觉醒了就会死。不过，没有人逼他们，都是他们自愿的。"

自愿觉醒，自愿死去，自愿结束这荒唐屈辱错乱的一生，尽管没有轮回，尽管找不到归路。

"爷爷……"

灵犀半跪在地上，哭着看老人咽下最后一口气。

他的难过还没消散，转身，就已经被眼前的场景给吓到了。

整个村子都燃烧在大火中，熟悉的伙伴、大人全都变成了怪物，像传闻里那样，赤红着眼、长着獠牙、脸上布着蓝色的鱼鳞，没有理智、没有思维，逮着人族的士兵就疯狂撕咬。

血肉横飞，人间地狱。

灵犀感觉有人坐在了自己身边，偏头发现是村长。

现在整个村庄，没有妖化的只剩下他们。

灵犀焦急地问道:"村长,他们怎么了?"

村长双目无神,神情麻木道:"都快死了。"

灵犀:"什么?"

村长坐在村口,看着村子里熊熊燃起的火光,梦呓一般轻声说:"是啊,一百年,才过了一百年,怎么我就忘记了,鲛人死前就是这样的。只是那个时候……不会有人迷路。"

灵犀:"什么?"

村长沉默很久,忽然偏头,苍老的手随手扯了片叶子给灵犀,声音轻得不像话:"灵犀,还记得你经常在田埂上吹的那首曲子吗?"村长说,"现在我和你一起吹。"

灵犀接过叶子,愣住了,语无伦次:"不是,村长……风鸣哥哥他们现在……"

村长说:"灵犀,听话。"

灵犀布满伤痕的手捏着叶子,僵硬很久,用手臂擦去眼泪,点了下头:"好。"

低沉哀婉的叶子曲断断续续,从废墟星火中传来,如一阵潮湿的雨轻轻缓缓,散去燥热。

夏青四肢百骸都在作痛,听到曲声,却下意识抬头。

他因为痛苦而迷茫的眼被火光慢慢映得清晰,浅褐色的眸子望向前方,愣愣地照映天地。

整个村庄在烈火中燃烧,脚下处处是尸体,觉醒的鲛人们察觉自己死期将至。

一生全部的悲喜爱恨化为烟尘散去,现在内心只涌起一个念头:回去……

只是回去哪里,没人有答案。

他们原地四顾,却根本找不到方向,之前充满暴虐血腥的眼睛只剩迷茫,鲛人们开始咆哮、怒吼,犹如困兽。

灵犀看着这一幕有些害怕,可村长在旁边有条不紊地给他伴奏,他也只能吸吸鼻子,压住酸涩,继续埋头吹。

从来没想过有一天，吹这首曲子会让他那么难过。

叶子曲悠扬，漫过焦土废墟，漫过黄土鲜血，连带着空中未散的冷香，一点一点安抚了鲛族的暴虐之心。

鲛人死前都会有一段失明期，视野昏暗。

村庄大火冲天，火应该是橘黄色的，但是他们恍恍惚惚，看到的是冰蓝色。

幽幽幻幻，燃在大海上。

鲛人们紧绷的神情慢慢缓和，露出轻松之色，不再暴躁，甚至舒了口气，开始往前走。

一个一个，走向大火中。

最后走进去的是那个叫风鸣的少年，他在进去前的最后一刻，好像回头看了一眼。

灵犀吓得叶子一抖。

而他声音一停才发现，旁边早就没有了声音。

村长手里还拿着那片叶子，却靠着一棵树，已经安详地闭上了眼睛……再也没有了呼吸。

终于，风鸣也走进火中。

哗——

村庄的火势突然又气势汹汹地加大，摧枯拉朽，照亮长夜。

灵犀再也忍不住，抽抽搭搭地哭了起来。

夏青耳边只剩下了烈火的燃烧声和男孩的哭声，伴随清风明月，遥远又模糊。

模糊到他甚至耳鸣般听到了尖锐的警笛声和吵闹声——黄色的警戒线外，众人围成一团，对着盖上白布的尸体指指点点，你一言我一语。

记忆倒回那个残阳如血的下午，那堵长满爬山虎的墙，那个从烂尾楼上跳下的男人。

钟鼓齐鸣，紫气东来。男人跳楼之前似乎是真的看了他一眼，木讷地，僵硬地。

钢筋水泥的楼房和这一晚的烈火相对应，记忆错乱，仿佛开盘那日，街道也该轻轻飘着一首用叶子吹出的《灵薇》，红红火火，喜气洋洋。

山与海之间，老人的话依旧像暮鼓晨钟，振聋发聩。

"苦海滔滔业孽自招。"

夏青闭上眼，陷入昏迷前，他终于明白了关于自己的一切困扰。

怪不得他拿着东西总是忘了放下。

怪不得他会下意识安静地盯着人看。

太上忘情第一式：天地鸿蒙；第二式：众生悲喜。那个不着调的老头哼哼唧唧，教他的修行方法，就是自己去看、自己去领悟。

看一草一木，天地日月；看众生百相，生老病死。

原来皆是修行。

第八章 入夜

太上忘情
当真不为情牵 不为情绊

（一）

"那么众生悲喜之后呢？"

蓬莱雾远，长风辽阔。

海浪一阵一阵撞击着礁石，扬起碎沫如珠。

老人拖着调子说："之后就不是我能教你的了。"

"为什么？"

"因为太上忘情的第三式，得靠你自己参悟。"

少年嚼着糖，疑惑："我自己？"

"对。"老人在钓鱼，"那是你的聂聂。"

少年差点被口水呛着："……聂聂？什么玩意儿啊还叠字，恶不恶心？"

老人瞥他一眼："你自己说的，你不知道意思？"

少年终于反应过来，恼羞成怒："就这么一件小时候的破事，你们到底还要笑多久啊？"

老人哼哼两声："想笑多久笑多久。"

夏青醒来的时候，还是觉得不舒服。

灵魂犹如被烈焰灼烧，可血液又是僵冷的。冰火两重天之下他大脑一片空白，盯着前方发了很久的呆。

这是一间客栈，干净明亮，陈设富贵。

外面吵吵闹闹，估计地处繁华之所。

宋归尘从通天海带回来的只有阿难剑的剑魂，实体不知所终，现今阿难剑魂汇入他掌心的脉络里,短暂沉睡。

夏青缓了缓痛苦,垂眸看着自己的掌心,每一条纹路之下都有寒光渗进血液里。他是没想到,恢复力量要经历这样神魂撕裂般的痛苦,而且后遗症非常严重,估计得休息半个月以上。

村子最后毁在一场大火中,士兵都死了,村民都死了。

他出剑,却谁也没保住。

夏青现在大脑混沌,只能想一些很简单的事,比如楼观雪那一句:"还喜欢看热闹吗?"

——所以楼观雪是知道的,知道从士兵拿着刀剑闯进村子开始,结局就只会是鱼死网破。

那一整个村子都是无牵无挂的漂泊之人,极度的仇恨愤怒之下妖化是必然的。

穷途末路,同归于尽。

可是他为什么知道?

楼观雪说"神"在苏醒,"神"又在哪里?

灵犀呢?

灵犀没有妖化,他怎么办?

薛扶光回来见到一切,又会是怎样的心情。

夏青的太阳穴传来尖锐的痛,他痛苦地弯下身去。

他继承了修为,却还是没有恢复记忆。

这么死去活来痛了一回后,夏青擦掉嘴边的血,幽幽吐口气,疲惫地闭上眼。

他现在什么都做不了,他自身难保,跟着楼观雪亡命天涯,处处杀机……

或许薛扶光提前回来能带走灵犀。

不一会儿敲门声响起,小二过来给他送吃的。夏青浑身上下都在痛,却还是打算先吃点儿东西。下床喝了口汤,他发现小二待在旁边一直没走,疑惑地问道:"你们客栈难道还有守着客人吃完才能走的规矩？"

小二摇头："不是。这是和您在一起的那位公子交代的，说要守着您吃完。"

夏青更疑惑了。

等吃到后面，夏青知道原因了。

有一碗汤苦得他想吐，只是他碍于面子，不愿在陌生人面前捏着脖子喷出来，所以默默咽了下去。

夏青喝完苦汤，立刻给自己灌了一壶水。他怀疑楼观雪给他下了毒。

小二开始收拾桌面。

夏青左顾右盼，问道："他人呢？你知道他去哪儿了吗？"

小二说："那位公子应该是打探消息去了。"

夏青一脸茫然："打探消息？"

小二一笑，说道："嗯，我看二位的气度，应该都是道士吧，现在天下道士来上京，不都是为梁国皇陵的事吗？您的同伴应该就是去探听皇陵的消息去了。"

"梁国皇陵？"

夏青更蒙了。

他前段时间都待在与世隔绝的村庄里，消息封闭，根本不知道这半月外面都出了什么事。道士在陵光他能理解，可是在上京又是怎么一回事？

"你说说？"

小二见他神情迷茫，似是真不知情，才小心翼翼道："公子可知陵光灯宴上琉璃塔崩毁一事？"

夏青："……知道。"

不仅知道，他还和始作俑者站在一座断桥上目睹了一切。

小二说："琉璃塔崩，摄政王死，陛下下落不明。如今浮屠塔内大妖蠢蠢欲动，民间各地鲛人又开始疯魔，变成妖怪害人，可谓天下大乱。好在大祭司说一切的源头都是浮屠塔内的大妖，将大妖彻底诛灭，天下就能恢复太平。"

夏青："可这跟上京又有什么关系？"

小二收好盘子，边擦桌子边道："因为有一枚对完成伏妖大阵很关键的珠子，就随葬在上京梁国皇陵内。"

夏青愣怔："珠子？"

小二："嗯，公子可知寒月夫人？"

夏青："知道。"对这位倾了十二座城池的绝色美人，他久闻大名。

小二道："我从陵光那边听来消息，寒月夫人百年前是鲛族的圣女，那枚珠子是寒月夫人的贴身之物，蕴藏着无边的法力。凭借大祭司一人的力量，不能够驱动伏妖阵法，需要借助珠子内的圣女神力。太后娘娘忙于寻找陛下，分不开心思去安排此事，便只能广告天下，重金悬赏，让天下道士入皇陵寻珠。"

小二憨厚地一笑，摸了摸头发："当然，这种事情我也是道听途说，但寻珠一事是真的。"

夏青待了很久，想起来一点儿，出声问："寒月夫人不是和梁国皇族一起被活埋而死的吗？"

小二道："是这样没错，不过寒月夫人早在梁国灭国前就为自己买好了棺材，仗着梁皇的宠爱，直接将棺放入了皇陵中，珠子就放在棺内。"

夏青无语了。他现在几乎可以确定，这个艳名远扬的寒月夫人，就是珠玑。

那颗珠子，他怎么想怎么觉得古怪——

如果里面藏着巨大的力量，那为什么珠玑不用？她身为鲛族圣女，会甘心放弃力量成为一个皇帝的妃子？

蕴含神力的珠子，那么贵重的东西，珠玑生前就先立棺，放进皇陵……是不是因为早就料到了之后会发生的事？

夏青站起身到了窗边，垂眸看着外面繁华热闹的上京城。

三年前，这里尸山血海，城门破败，皇权更替，血流漂杵。

不过转眼间，便又恢复了太平富丽。

唯一的变化，好像就是从梁国的国都变成了璃国的一个城池而已。

065

"珠玑。"夏青轻轻念了一遍这个名字。

瑶珂，璇珈，珠玑。

鲛族圣女的名字都是两个字，且都和玉有关。

名字如出一辙，念出来仿佛都带着一股泠泠的寒意。

瑶珂是个自我矛盾的精神病。

而璇珈能把自己的双眼活生生毁掉，估计也正常不到哪里去。

至于珠玑，造成鲛族惨状的最大罪人，一个敢觊觎"神"力量的疯子……她怎么会就这么简单地死去呢？

珠玑，还活着吗？

他的思绪轻轻地散在风中。

小二提着饭盒出门前，稍稍回头看了眼立在窗边的灰衣少年，一时间有些移不开眼。

这个少年估计身体不太好，皮肤苍白得像纸一样，气息也有些虚弱。

他生得极其好看，足以倾倒众生，眉目如画，色若春晓，现在还在生病，于是更有一种脆弱的美。

但这种脆弱感太淡了，远抵不上他身上那种缥缈锋利的气质。

不像是惹人怜爱的病美人，倒像是一把安静的剑。

少年扶着窗，浓长的睫毛垂下，手从宽大的灰色袍袖内伸出，如霜的皓腕上缠着一条猩红的细绳。

——这是他浑身上下唯一鲜明的色彩，也是唯一的一点儿烟火气。

小二回神后，马上低下了头，停止脑海内的胡思乱想，心道：这条红绳应该是另一位仙人给他系上的吧。

琉璃塔倒下的一刻，烟火和尖叫同时爆炸，像是"刺啦"一刀，割开了陵光一百年浮在暗潮汹涌上虚假的安宁。

璃国皇宫。

静心殿。

白荷待在旁边不敢说话，苍白着脸，生怕太后的目光落到自己身上。

自从陛下失踪以后,太后娘娘的脾气便越来越不受控制了。

燕兰渝青衣茹素多年,可骨子里的暴戾残忍却一点儿都没改变,如今日日夜夜受梦魇折磨不得清净,眼中布满血丝,坐于凤榻上扭曲如吃人的恶鬼。

她将旁边的玉器全部泄愤般丢在地上。

噼里啪啦,尖锐刺耳。

"找不到?一个大活人都找不到?废物,废物,都是一群废物!"

燕兰渝赤红着眼,恨恨不休:"我早该想到的啊——楼观雪是瑶珂的孩子啊,这个贱种怎么会那么听话!

"这个该死的贱种!逃?你能逃到哪里去呢?我就算是掘地三尺也要把你找出来!"

白荷浑身上下都是冷汗。

这些天静心殿死的人不知有多少,血几乎能流成河。

陛下喜怒无常,可是太后又哪是善茬呢?皇宫人人自危,生怕一个不小心人头落地。

万幸后面大祭司入宫,太后压下骨子里的癫狂,让她们都出去。

放眼天下,唯一能让太后娘娘收敛脾气、心生畏惧的人,应该也就只有这位大祭司了吧。

毕竟仙人和人是不一样的。

白荷出去的时候,手心全是汗,身体还是麻的。

她经过御花园时,刚好见大祭司一袭紫衫拂花而过,细碎的花从他指间穿过,青年身上自有一种温和入世的气质。

这一刻,好像四月的漫漫春光才有了温度,驱散皇宫的阴郁血腥之气。

"见过大祭司。"白荷行了个礼。

"不用那么多礼。"

宋归尘朝她笑笑,往静心殿走。

白荷望着他的背影,暖意慢慢溢上四肢。

她心中叹气：若是皇宫内的上位者都能像大祭司这样好脾气就好了。

只不过，在璃国皇宫待久了能有什么正常人呢？

白荷自己的脾气就不正常，她在太后那里受的惊吓惶恐，全部都发泄给了手下的人。

之前收了个小太监，本以为是个对陛下而言与众不同的人，结果没料到是个烂泥扶不上墙的蠢货。

如今陛下失踪，她也对他失去了全部耐心，重新把他安排到了浣衣局，让他自生自灭。

不过，小太监也是个奇人。

白荷摸着自己鬓发上的簪子，越想越觉得有意思。

哪怕是皇室子女，也没养成这样的。

她可真是越发好奇小太监的母亲是谁。

娇气、自私、单纯、恶毒，她从未见过能将四者融合得这么天衣无缝的人。

小太监是在怎样无止境的溺爱下长大的？他的母亲就没想过教他一点儿为人处世之道？想来，温皎的母亲也该是个不谙世事、天真单纯的贵族女子吧。

（二）

白荷在前往浣衣局的路上遇到了张善。

这位陛下的贴身公公现在日子也不好过，太后娘娘的恨意就像一把刀悬在张善头顶，使他终日阴郁暴躁，走路都沉着脸。

白荷喊了声："张公公。"

张善在宫道上停下，看她一眼，皮笑肉不笑，尖着嗓子问道："白荷姑姑这是要去哪儿啊？"

白荷微笑："我丢了条帕子，想去看看是不是落在了浣衣局。"

张善本来也不是喜欢与人交谈之人，寒暄几句，便领着一群小太监离开。

白荷一个人立在长长的皇宫甬道上,手里拿着一朵花,回头望了眼。

离开御花园几步的工夫,这青灰灰的云便又覆盖在重重宫阙上。

皇城的每一寸土地都似乎渗入了浓稠的血,城阙之下白骨森森,风吹过大地卷入鼻腔,仿佛也带着腥味,逼得人喘不过气来。

白荷想,她到底是不喜欢皇宫的,但她又舍不得如今的荣华富贵。

先给贵人当奴隶,再把别人当奴隶,宫内宫外都是一样的,谁让这就是个吃人的世道呢?

白荷眉眼染了丝轻愁,看着自己手上那朵大祭司手指拂过的花,她轻轻一嗅,想显得自己悲天悯人,可眉眼间怎么都掩不去那一丝得意。

白荷在浣衣局找到了自己的帕子,没想到竟然是温皎粗手粗脚洗的时候不小心弄丢的。

看着那个绝望、惶恐、瑟瑟发抖的少年,白荷想:真可怜啊,其实也就是一件小事,但是她凭什么放过他?

这跟规矩没关系,跟她的性格没关系,怪就怪世道就是这样。太后娘娘可以轻而易举要了她的命,她稍微惩罚一个小太监又有什么错呢?

于是她打了那个少年十大板,顺便让他洗上好几盆的衣服,洗不完不准吃饭。

浣衣局到晚上灯火零星,冷风呜呜呜地吹,夹杂着少年无助的哽咽。

温皎挨了板子,又饿了一天一夜,现在哭得恨不得背过气去。他委屈得肝肠寸断,不断擦眼泪。

他想出宫了……

他后悔了……

陛下失踪,他在璃国皇宫最后一个倚仗没了。外面的鲛人又一个一个发疯,他如今暴露出纯鲛的身份只会被关起来。

"我该怎么办?我该怎么办?我不想死……呜呜呜我不想死……"他双手掩面缩成一团,对权力富贵的野心彻底消散。温皎抬起头来,眼睛通红，吸着鼻子决定去找傅长生。

他知道自己对傅长生做了很多过分的事，但是傅长生不会眼睁睁看着自己死的，他一定会原谅自己的。

竹叶潇潇，温皎怯怯地站到了傅长生住的房屋前。

想起上次不欢而散的场景。

他试图用幻瞳催眠傅长生，但傅长生并没有受蛊惑，只是在月色下安静地看了他很久，然后轻声对他说："殿下，回去吧。"

他知道那时候傅长生生气了。

已经那么久了，他消气了吗？

可是，他又凭什么生自己的气呢？

温皎想着，心里委屈至极，涌起无名火来。

他有逼过傅长生干什么吗？又没拿着刀架在他脖子上逼他留下来！这都是傅长生心甘情愿为他做的！傅长生为了他到这个地步，能怪他吗？

门被打开，一袭黑色便衣的傅长生走了出来。

温皎忙压下火气，装出楚楚可怜的样子，轻声喊了句："长生哥哥……"

傅长生腰间别着把剑，肩上带着包袱，见到温皎也只是皱了下眉："殿下，我不是说过不要来找我了吗？"

温皎见到他就想哭，委屈地冲过去。

可傅长生只是把眉皱得更深，往后退了一步，恭恭敬敬地与他保持距离："殿下，这样于礼不合。"

温皎伸出手抓住他的袖子，涕泪涟涟："长生哥哥，我后悔了，我真的后悔了。长生哥哥，你带我出宫吧。呜呜呜你带我出宫吧！这宫里的日子我快过不下去了。"

傅长生微微一愣，轻声道："我今日的确要出宫。"

温皎瞪大眼，手骤然攥紧。

——傅长生要出宫？今晚就要出宫？他出去了自己怎么办？幸好他来了，不然傅长生就彻底丢下他不管了。

温皎心中既觉得庆幸又觉得愤怒，厉声质问："你真打算就这么丢下我？"

傅长生没说话，觉得挺好笑的。

温皎瞪大眼，难以置信："长生哥哥，你真的不要皎皎了吗？"

傅长生的唇抿成一线，依旧不言。

温皎僵在原地，他慌得不行，一急便又想着装可怜哭出来。

傅长生看着他红红的眼眶，认真地说："别怕，殿下，哪怕我丢下你，你在这皇宫中也不会活不下去。"

温皎骤然抬头，似要咬碎牙齿："傅长生，你是非要我死在你面前吗？"

傅长生缓缓一笑，平静地说："殿下，你知道吗？我最不怕的就是死。无论是自己死，还是看别人死。"

温皎脸色发白，他这才想起，傅长生是梁国最年轻的将军……他上过那么多次战场，死亡对他来说是没用的威胁。

傅长生，连他的死都不在意了。

傅长生真的讨厌他了。

"不，长生哥哥……"

傅长生推开他的手，没再跟温皎说一句话，往前走了几步，动作敏捷地跳上了墙。

衣袍带着星光月色，仿佛自泥潭脱身，以前那种一直笼罩在身上的郁郁惶惶不见了，天清海阔，长风徐来。

"傅长生！你这样对得起我娘吗！"温皎大脑空白，崩溃地喊出来。

傅长生在墙上回头，垂眸，声音很轻："寒月夫人吗？……我也想知道，我到底对不对得起她。"

温皎哭得不行，他话语中带着哆嗦："你怎么可以那么对我？傅长生，你会后悔的，你绝对会后悔的，但我不会原谅你的。傅长生！我以后绝对不会原谅你的！"

傅长生早就了解他的性子，自墙上跳下，淡淡道："那就不原谅吧。"

"傅长生！"温皎彻底怕了，冲过去拍着那堵墙，又是恨又是不甘，想到自己以后的悲凉境遇，彻底哭了出来。

他哭得眼睛几乎要瞎掉……大滴大滴的眼泪落到手臂上，打得他皮肤阵阵生疼。

——等等，疼？

温皎被吓到了，赶忙止住眼泪，却见地上滚着一颗又一颗皎白的珍珠……

泣泪成珠。

这一幕犹如晴天霹雳，劈得温皎大脑一片空白，浑身冰冷。

他要变成纯鲛了！在现在这个鲛人被人人喊打的时候！

温皎哭都顾不上了，奋力拍打着墙，焦急又绝望地喊："傅长生！傅长生！救救我救救我！我要变成鲛了！我不要变成下贱的鲛族！他们会把我关起来的！傅长生——傅长生！"

但是没人理他。他把现在这个世上唯一一个对他好的人给弄没了。

温皎声嘶力竭："傅长生！"

"他已经走远了。"就在他又要哭出来时，耳边传来淡淡的声音。

温皎回过头，却见他身后站了一个绛紫衣衫的人，长身玉立，风姿俊逸。

紫衣人盯着他眉心的那一颗红痣看，唇角笑意儒雅清浅，眼眸深沉。

温皎见他气度不凡，一下子哭也不哭了，心惊胆战，又暗暗生起一股邪念。

宋归尘先笑了，淡淡道："你不用想着给我使用幻瞳，它对我没用。"

温皎被戳穿心思，脸色煞白。

宋归尘抬头看了墙头一眼，声音很轻："我这位二师弟，脾气那么忠厚老实，居然都能被你气走，你也是有意思。"

宋归尘又淡淡一哂："没想到一去东洲三年，经世殿所言的故人竟不止一位。"

温皎攥着衣袖，听不懂他在说什么。

他讨厌宋归尘看自己的眼神，就像当初那个灰衣少年一样。

只不过那个叫夏青的少年是真的不在意他,视线如风月静静掠过;可这个紫衣人看他更像看一个死物,眼神是审视的、打量的、讽刺的。

片刻后,温皎又听到那人开口。

"你想出宫?"

温皎心一惊,对死的恐惧到底压过了一切,他点头,吸了吸鼻子说:"嗯,我想。"

宋归尘视线依旧盯着他的眉心:"我可以送你出宫。"

温皎瞪圆眼睛:"真、真的吗?"

宋归尘轻描淡写道:"不过你得答应我一件事。"

温皎怯怯看向他:"什么事?"

宋归尘:"去梁国皇陵,把你母亲棺内的珠子拿回来。"

温皎身体僵住。

宋归尘说:"珠玑立棺之地,怎么会是寻常道士能擅入的呢?燕兰渝也是多此一举。我本打算亲自前去一趟上京,但现在看来不需要了。"

他静静盯着那一颗红痣,唇噙笑意,可是眼里满是厌恶,好像穿过温皎的身体在跟另一人聊天,缓缓说道。

"你成功了,我会把人送出陵光,送到你棺前的。只是那样你又能怎样呢?百年前的事还不够让你长教训吗?"

温皎脸色苍白透明,一脸茫然,完全听不懂他在说什么。

宋归尘的视线并未在他身上停留太久,手指轻轻握住了袖中的思凡剑,冰凉的触感让愤怒稍稍散去,宋归尘闭了下眼告诉自己,现在还不能杀他。

这个少年身上有母蛊。

伴生灵蛊,母蛊子蛊同生同死,而想要破蛊,必须找到施术人。

宋归尘问道:"你快化鲛了是吗?"

这话应该是对他说的。温皎哆哆嗦嗦地点了点头,不知道为什么,他就是特别害怕眼前的人。

宋归尘一笑:"化鲛……化鲛。"

怎么会有鲛人长大后才化鲛呢……

那不过是母蛊彻底发作的时候。

伴生。

到时候子蛊将彻底被操控心智，心甘情愿为母蛊付出一切。

宋归尘很久没动怒了，但是愤怒到了极致，他反而能继续挂上平日温柔的笑，轻轻说："明日我就派人送你出宫。"

他盯着温皎眉心那颗猩红如刀伤的痣，一字一顿："珠玑，我等着你。"

（三）

夜晚的时候，上京城外下起了雨。

这里以前经历过一场大屠杀，弥漫在大地上的水雾似乎都带着潮湿血色。

夏青身体不舒服，干脆就懒得出门了，一个人点着盏灯，病恹恹趴在窗边往外看。

上京毕竟曾是一国之都，繁华不减当年，楼阁间灯火明明灭灭，雨雾迷离。

楼观雪进来的时候，看到的就是少年被烛火勾勒出的温柔侧影，安静到骨子里，几乎只是一眼，便平息了他自外回来后翻涌在灵魂深处的血腥疯狂。

街上没什么人，夏青有一搭没一搭地数着从屋檐角落下的水珠，其中有一滴被风一吹，歪歪斜斜地打到了他眼睛里。他吓了一跳，嘀咕一声，赶紧手忙脚地乱捂住眼睛，抬手的时候衣袖落下，露出细得仿佛不堪一折的腕。

楼观雪移开视线，顺带关上了门。

夏青听到声音，一下子转过身来，惊讶地问道："你回来了？"

楼观雪"嗯"了声。

夏青看他从雨中回来，衣服头发居然都没湿，心中大惊，也就直接问了出来："我记得你没带伞啊，为什么看起来一点儿不像淋过雨的样子？"——他上次淋了雨，直接一病三天！

楼观雪衣袍掠过地，坐到他对面，随意道："一天没见，你就想问我这个？"

"当然不是。"夏青愣了愣，直言，"村子被烧完后，灵犀怎么样了？"

楼观雪："放心，薛扶光很快会接走他的。"

夏青暗自舒了口气，才重新把目光放到他身上，问道："你去干什么了？居然花了那么长的时间。还有，你让小二盯着我喝下去的是什么东西？真的难喝——你不会给我下了毒吧？"

楼观雪轻笑："是啊，真聪明，这都被你猜到了。"

夏青扯了下嘴角："说人话。"

楼观雪看他一眼，漫不经心笑道："你都怀疑我下毒了还喝？"

夏青一噎，认真道："我猜你就算下毒，应该也不是什么要命的毒吧。毕竟你要害我不需要那么麻烦。"

楼观雪安静看着他很久，随后极低地笑了两声，懒懒道："确实不要命。那你要不要再猜猜是什么毒？"

这还猜个什么啊，楼观雪这态度明摆着耍他呢。

看来没下毒，应该是药，不过什么药味道那么奇怪啊？绝对有古怪。

但夏青也不想追问下去了，转移话题，讪讪道："哦，你今天干什么去了？"

楼观雪没接他的话，手指闲闲地点了下桌子："你自己挑起的话题，答不出来就想敷衍过去？"

夏青沉默了。

楼观雪眼眸漆黑，落在他脸上，淡淡道："夏青，如果这世上有治口是心非的药，我一定每天逼着你喝。"

夏青抓头发，气急败坏地说："我这怎么就是口是心非了？我珍惜我的命，合理怀疑还不行？"

楼观雪轻描淡写道："你要是真的惜命，根本就不会喝了。"

他又抬眸问道："承认相信我就那么难？"

夏青不知如何作答。

夏青决定再也不去招惹楼观雪了。

楼观雪根本就不是能招惹的!

要么就懒得搭理,要么就句句逼得人溃不成军。

"不难不难。我错了,我再也不怀疑你了。"

他真的觉得楼观雪那句"承认相信我就那么难"其实有另一种意思,只是把词换成"相信",更让他容易接受。

夏青心慌意乱道:"好了,现在可以说说你这一天干什么去了吧?"

楼观雪收回视线,神色冷淡,垂下眸平静道:"我去打听了一下梁国皇陵的消息。"

顿了顿,他顺便回答了另一个问题:"你白天喝的是我的血。"

夏青身体僵硬,思绪彻底被后一句话震住:"你的血?"

楼观雪:"嗯。"

夏青人傻了,难以置信地轻声问:"我喝的是你的血?为什么?"

楼观雪淡淡道:"你现在只有魂魄没有身体,贸然使出阿难剑,只会伤及神魂。"

夏青愣住:"那……你的血可以帮我治疗神魂上的伤?"

楼观雪似乎懒得在这上面多说什么:"嗯。"

夏青继续待在原地,大脑一片空白,身体却已经不听使唤,快速抓住了楼观雪的手。

楼观雪稍愣,他极其厌恶他人的触碰,皱了下眉,可也没挣开。

夏青低下头,果不其然看到楼观雪手腕上有一条疤痕。

看似很随意的一条划痕,却深得让人触目惊心。楼观雪对谁都狠,对自己也不例外。

所以那一碗都是他的血?

夏青心神俱颤,手指轻轻摸过那条疤,只觉得心里堵得慌,他从未体验过这样茫然奇怪的心情,完全不知道怎么办。

夏青慌手慌脚,低声说:"我去给你清理下伤口。"

楼观雪抽回手:"不用,它自己会好。"

夏青紧抿着唇，沉默了半天，才讷讷道："谢谢。但我其实也没伤得多严重，待上两天应该自己就会好，你没必要这样。"

楼观雪微笑："你真的觉得待两天就会好？"

夏青泄气不说话了。

待两天肯定好不了，毕竟现在他身体都还在隐隐作痛，细细密密跟针扎一样。

夏青有气无力："那我明天去看看郎中。"

楼观雪似笑非笑，评价说："你是真的不了解阿难剑。"

夏青迷茫："什么？"

楼观雪说："阿难剑生于太初，你被它的剑意反噬，能缓解痛苦的只有我的血。"

——只有我的血。

夏青愣住，手指剧烈地颤了一下。

……他已经不敢再去问楼观雪是谁了。

从"障"中出来他就问过无数次，楼观雪也答过很多遍，可似真似假从来没说过确切答案。

"血阵"和"神"，几乎成了他们之间心照不宣避开的话题。

"那就没有别的办法吗？"夏青郁闷，闷声道，"实在不行，你就让我自己扛吧。"

楼观雪支撑着下巴，懒散戏谑："你连摘星楼那点儿痛都能疼哭，这个真的能扛过去？"

夏青这才想起他第一次被附身时的糗事："……难道我就一直喝你的血？"

楼观雪轻笑一声，声音凉如夜风："怎么，不想喝？不想喝也得给我喝。"

夏青就无语："你有没有搞清楚我的意思？！我是不想你一天到晚放血！你不觉得痛吗？你还是让我一个人忍着吧，我就不信阿难剑还能让我痛死过去。"

他急得语速飞快，一脸崩溃。

楼观雪顿了顿，饶有兴趣看着他，慢悠悠道："我记得宋归尘说过，你修的是太上忘情道。"

夏青惊讶："这你都记得？"

楼观雪说："太上忘情需要你断绝一切情感？"

夏青认真想了想："……应该不需要吧。"

薛扶光说过，太上忘情不是无情道，而且就前两式而言，太上忘情跟断绝情感也没什么关系。

无情、有情这两种东西其实很玄乎。

很多时候越是固执地追求无情，反而越会为情所困，执念成障。

楼观雪："那你在怕什么？"

夏青吞吞吐吐："……我这不是怕。"

楼观雪淡淡应道："嗯，你只是不想面对，就像你之前怎么都不愿承认自己和阿难剑的渊源，你最擅长的就是逃避与自己有关的事。"

你能不能闭嘴！

夏青心乱如麻。

这种乱不是情绪上的纠结，而是真的从灵魂深处传来的抗拒。

像顽石被强硬砸开，封闭的世界四分五裂，牵连五脏六腑。

他盯着楼观雪薄薄的唇，一急之下伸出手捂住了他的嘴，说："闭嘴，你别说话了。"

楼观雪被气笑了，他修长的手指直接抓紧夏青的手腕，声音凉薄如雪："夏青。"

夏青算是破罐子摔碎，他想了想，用探讨的语气说："但我觉得可能问题出在蓬莱剑法上，说不定蓬莱剑法的第一页就是'欲练此功必先自宫'呢，有没有这个可能？"

楼观雪眼眸沉沉地盯了他很久，唇角的笑意才一点一点扬了起来，轻轻说："那你瞒了我好久啊。"

夏青："嗯？"

楼观雪讥讽道："我都不知你居然还是……"

夏青气得不知道说什么好。

他咽下无能狂怒,决定跟楼观雪聊天要先站到道德制高点。虽然楼观雪这人没什么道德,但这样不会让他显得尴尬。

夏青教育他:"先不说我不是,就算我是,你也不能因别人的残缺嘲笑别人。"

楼观雪不为所动,神色淡淡:"嗯,继续。"

夏青教育不下去了,仿佛又回到讲田螺姑娘的故事那一天,他的人间真善美宣传失败。

他木着脸重复着与那天一模一样的话,硬邦邦道:"你睡不睡?"

楼观雪轻轻地笑了下:"睡。"

他抬手将缥碧色发带解开,才冷声道:"别人的残缺与我何干?"

的确。

楼观雪这极端傲慢的性格,某种意义上对众生都是一视同仁的……一视同仁的漠然。

"你要是想长个教训,那就随你吧。"

说完这句话,楼观雪往床边走去。

夏青给自己灌了好几杯凉茶才平息情绪。

什么叫长教训?

搞得他有多娇气怕痛似的。

阿难剑能有多恐怖?

然后在大半夜,夏青实打实地体会了一把什么叫真正的烈火焚身,痛不欲生。

行。

(四)

夏青实在是疼得厉害,捂着肚子蜷缩了好久,又撑着床脸色苍白地坐了起来。

为了不惊动楼观雪,他轻手轻脚地下了床。

四肢百骸如被烈火灼伤，夏青已经痛得神志涣散了，他趴在桌子上伏着身体压抑着呼吸，黑发紧贴着苍白的脸，眼泪润湿睫毛，不过他也没心情去擦。

他想，他和阿难剑还真从小到大互相折磨。

阿难剑魂似乎感受到了主人的痛苦，疑惑又迷茫地醒来，发现主人不对劲后慌慌张张，汇成温暖的流光淌过掌心，亲昵又自责地贴着他。

夏青一时间还有心情笑了下。

他真正痛的时候，是不喜欢嚷出来的。

实际上夏青也不怕痛，尤其这种痛还是阿难剑带给他的，完全可以当作修行的一部分。

他手指蜷缩发颤，大脑混混沌沌。

上京城的雨浥湿轻尘，夏青眼前又浮现出光怪陆离的画面来。

以前的记忆，好像永远离不开海。

礁石浪花，白雾青空。

夏青听到有人拖着一副吊儿郎当、一听就很欠的语气说："我最近每天晚上都听到海上有动静，你说鲛族又在折腾些什么啊？"

他满不在乎地咬着糖："关我屁事，关你屁事。"

另一人咋咋呼呼："怎么就不关我们的事啦！这远亲不如近邻。鲛族可是我们的好邻居，你懂什么叫好邻居吗？有福同享有难同当，好邻居之间没有秘密！"

夏青白眼翻到天上："滚吧，你的好邻居一口吞了你都不带吐骨头。"

"才不会呢。你说我们今晚偷偷去看一眼怎么样？说不定还能偷到点儿好东西。"

"好东西？"

"对啊，鲛人落泪成珠，神宫肯定遍地是宝贝。刚好师父他们最近不是闭关就是历练，我俩没人管，嘿嘿嘿嘿。"

"我看你就是想死，又不甘心一个人上路，于是拉我陪葬。"

"哇，你这人好恶毒的想法，快'呸'两声，别说那么晦气的话。你是要征服天下的人，这能成？你不答应我都瞧不起你。"

"有病，你觉得这种激将法我会上当？"天光云影，桃花错落，他和那人对视一眼，最后开口，"……我就是好奇友邻家里长什么样。"

树上的人笑得差点儿从上面掉下来："好耶！我就喜欢你这副充满求知欲的样子。"

两人一拍即合。

友邻家景色迷人，珊瑚礁，海藻墙，泡沫珍珠碎如星辰，月光明明幻幻。

不过他们差点儿把命交待在那里。

鲛族在搞一个很重要的仪式，他俩偷偷摸摸地躲在礁石后被逮了个正着，然后在海底展开了鸡飞狗跳的大逃亡。

两个少年在海中上蹿下跳，躲着凶残暴戾的鲛人。

"卫流光，你果然是拉我来陪葬的。"

"放屁，不是你说的夜探友邻家？你不能把锅全甩给我，这锅我们得一起背！"

"你还跟我在这儿分锅？我们都要死了！"

地面突然尘土飞扬。

"娘哎！夏青快注意脚下，这些鲛人好阴，启动机关后地上也有很多陷阱，你小心别踩坑。"

"你担心你自己吧。"

"哦，差点儿忘了！你五息融入天地，谁踩坑你都不可能踩坑——不行！要是我踩坑了，你得等我，你不能一个人跑！"

"我真是你爹。"

海水倾倒，半人半尾的鲛人面色冰冷，他们身姿矫健而力量强大，拿着兵器，脸上的蓝色鱼鳞泛着幽幽冷光。

游弋过海水上空，危险的气息一下子逼得无数蜉蝣细鱼退让。

鲛人的指甲都很长，锋利如刀，耳朵是鳍状的，容颜俊美，像一个个古老神秘的巡逻者。

夏青躲进礁石的影子里，捂住卫流光的嘴，逼得他只能支支吾吾地眨眼睛。

"瑶珂殿下。"这时海水微静，鲛人们忽然停下，声音严肃而恭敬。

夏青也屏住了呼吸，他从礁石露出的洞里，借着海底月光珠辉看见一角淡蓝色如浮浪的衣裙，鲛纱织就，流光溢彩。从琉璃神宫中走出的女人头发很长，漆黑厚重如一匹重锦，腰间洁白华丽的贝壳作饰，更显得气质清冷。

瑶珂的声音很冷，却带着不容反抗的威严："都回去吧，不用找了。"

鲛人侍卫一愣："瑶珂圣女……"

"这样会打扰到尊上休息。"

"……是。"

夏青刚舒口气，就直直对上了瑶珂的视线。

鲛族是离"神"最近的种族，样貌都是得天独厚的，圣女更是人间绝色。

瑶珂的眼眸是银蓝色的，夏青对上她眼睛的瞬间，差点儿头痛得直接死去。

鲛人的眼很多时候像一种禁忌，能使人见之疯魔。

好在阿难剑及时动了动，没让他活活痛死。

瑶珂发现了他？

夏青的手指不由得颤了颤。

但是这位鲛族圣女并没有让视线在他身上留多久，便淡淡移开目光，转身离开。

她声音清冷，平静地问："珠玑还没回来吗？"

"珠玑圣女说途中遇到了点儿事，可能要迟点回来。"

瑶珂唇角溢出一丝冷笑："遇到了点儿事？她能遇到什么事呢？珠玑若是继续造杀孽，迟早有一天会反噬到自己头上的。"

瑶珂话锋转冷："她就那么贪恋大陆？"

鲛族士兵说："殿下，人族贪婪又懦弱，根本就不配成为大陆之主！若是我族能离开通天海，人族只会是阶下囚、盘中餐。"

瑶珂衣裙掠过贝母珍珠，语气带着轻嘲："离开通天海，鲛族什么都不是。"

士兵不敢反驳她，可一脸傲慢地紧抿着唇，明显不以为然。

瑶珂又道："这个时候，尊上初降生，灵息微弱。若有擅入神宫者，格杀勿论。"

鲛族士兵疑惑："既然这样，您为什么要放了刚刚那两个小孩？"

瑶珂道："他们是蓬莱的人，杀了他们，到时候只会更乱。而且，蓬莱和我们井水不犯河水，没必要去招惹。"

鲛族士兵咬牙："殿下，我们为什么不干脆把蓬莱杀光呢？他们一门上下也不过几人，我们人多势众又在海上，不怕他们。"

瑶珂轻轻地扫了他一眼，银蓝的眸安静注视着青年因为提到杀戮而兴奋起来的眼睛，她冷声问道："你杀了多少人？"

"啊？"鲛族士兵愣住，"也没有多少吧。"瑶珂圣女向来不喜欢鲛人和大陆扯上关系，他忙解释道，"殿下，我杀的都是那些想出海捕捉鲛族的渔民，他们咎由自取。"

瑶珂冷嘲热讽："是吗？东洲临海的渔村被血洗了那么多，难道不都是你们找上门的？"

士兵心虚道："这……我们也是想斩草除根，才尾随他们回村的。谁让他们邪念作祟。"

瑶珂道："我劝你们最好收敛点儿，别惊动蓬莱。"

鲛族生而强大，血腥和凶残写入骨子里。

自然界弱肉强食，物竞天择，鲛族杀人就像人踩死一只蝼蚁。

瑶珂只是生性冷淡不想跟大陆扯上关系，对人类却并没有多少同情心。

士兵颇为不满："殿下！蓬莱他们就这么几个人，我们怕什么！上岛直接将他们全杀光不就完了。"

瑶珂漠然道："蓬莱有蓬莱之灵镇守，动不了。"

鲛族士兵愣住了。

瑶珂唇角带着讽刺："你以为珠玑没想过这一点？

"蓬莱岛本身就是一个上古大阵，设在通天海上，外人擅闯必死无疑。天地初分时期设下的阵，力量强大，尊上可能都解不了。"

鲛族士兵："那，真的就没办法破阵吗？"

瑶珂几不可见地笑了下，道："除非你把阵眼取走。"

"阵眼是什么？"

瑶珂道："蓬莱之灵。"

她走进神宫，背影清冷高傲："任何一个远古大阵，最重要的都是阵眼，那是灵气威力之源。把蓬莱之灵取走了就可以率兵进去，只是，何必呢？"

上了岛，哪怕倾鲛族全力也会是一场恶战。

而且……蓬莱之灵，那么重要的阵眼，怎么可能轻易让外人获得？

鲛族士兵摸了下鼻子，不再说关于蓬莱的事了。

反正那么多年井水不犯河水，当邻居也无所谓。

两个躲在礁石后的少年四目相对，确定没有危险后才彻底松弛下来。

卫流光扶着玉冠："吓死我了吓死我了，我还以为我们俩的小命得交待在这里。"

夏青却是在礁石后发呆，幽微的海藻轻轻触着他的头发，少年浅褐色的眼眸若有所思。

卫流光奇怪，拿手臂撞了下他："想什么呢你？"

夏青突然道："卫流光，你刚刚听那个女人说的话没？"

卫流光吃喝玩乐第一名，除此之外啥都不行，一头雾水："啊？你还、听她说话了？我刚刚啥都没听，心里一直在求神拜佛。她说了什么？"

夏青握着阿难剑，在变幻的海底，神情莫测："鲛族把东洲附近的渔村屠杀了个遍……你记得大师兄是哪里人吗？"

卫流光的折扇"啪"地掉在了地上。

"啪"——

夏青脑海中的某根弦也随着断了。

上京城雨越下越大。

夏青手指蜷缩,骤然惊醒,从一个无休止的噩梦里脱身。

他的四肢百骸仿佛都在被火灼烧,头昏痛欲裂,额头眼角都渗出细细密密的汗,人被分裂成两段,时而恍惚时而冷静,想:原来,还真是为凡尘所累啊。

这种痛是一段一段的折磨,等夏青好不容易熬过去,暗暗舒口气,抬起头却愣住了。

楼观雪早就醒了,靠着床,视线落在他身上,也不知道看了多久。神情在半明半暗的光影里,冷若冰霜。

上京城夜半雨下大了,淅淅沥沥敲打在屋瓦窗沿上。

室内灯火如豆,外面雨声嘈嘈切切。

夏青撩开眼前的长发,疲惫地看了他一眼,什么都没说。

硬生生熬过去痛的后果就是,第二天出发去皇陵,夏青完全不在状态,脸色苍白,神情恹恹。

他边走边吐槽:"梁国皇陵设在这么偏僻的地方是认真的吗?"

而楼观雪头也不回往前走,没理他。

梁国皇陵前是一片迷瘴森林,楼观雪今天似乎格外冷漠,夏青搞不懂他在想什么,就干脆一个人到处看。瘴林里毒蛇虫兽很多,道路崎岖坑也不少,他又困又难受,一不留神直接被藤蔓绊到,扶着树才没摔下去。

(五)

夏青幽幽吐口气,揉了下太阳穴,重新打起精神来。

实际上他也不是非要逞强,一方面是不想麻烦楼观雪,另一方面阿难剑带给他的无论欢喜还是苦痛,某种意义上都是自己的修行,没必要避之如洪水猛兽。

树上结的蛛网太多了,夏青随手折了根树枝在瘴气中随便乱挥,随口问道:"你昨天都探听到了什么消息啊?"

楼观雪还是没说话。

夏青困惑地眨了下眼,他对人的情绪的捕捉其实挺敏锐,悲喜爱恨都能察觉,除非他不想去懂。

夏青思考了下,问道:"你不会是生气了吧?"

楼观雪衣袂拂过瘴气丛林,懒得理他。

夏青瞬间清醒,也不再难受倦怠了,在后面没忍住笑个不停:"不会吧陛下,这样你就生气了?"

陛下手上的骨笛直接钉死一条蛇。

"楼观雪!"

夏青神思一动,突然笑着喊了声,然后从一个小土坡上跳下去。他几步跑过去,灰色衣袖带着林间潮湿的雾气,手臂自后面搭上了楼观雪的肩膀,就像是在现代和小胖勾肩搭背一样。

楼观雪被他这动作给弄僵了一瞬。

少年眉眼带着笑似乎也带着光,俯身是山川草木的清和冷香,凑过来道:"不是,你也真是太小瞧我了。难道在你眼里我真的除了看热闹就只会管闲事?我说我不怕痛,就不是逞能骗你,我没那么幼稚。"

林间有雾也有风,那条尾缀很长的缥碧色发带擦过他的指尖,夏青心痒痒轻轻扯了扯。

"陛下别生气了,你的血多珍贵啊,犯不着。"

楼观雪终于说出了今天的第一句话,冷漠道:"手拿开。"

"哦。"夏青乖乖松手规矩地在旁边站好,还是忍不住笑,"太神奇了,有生之年我居然能看到你生气一次。"

之前哪次不是他被气得无能狂怒?还真是风水轮流转。

楼观雪没让他开心太久,平静问道:"所以你明白我在气什么对吗?"

"呃……"夏青手里还拿着那末端缀满小白花的树枝,愣住。

楼观雪看他一眼,语调很淡:"那么喜欢观察人,你有认真看过自己吗,夏青?"

"啊……"夏青被他问得手一抖,枝头白花落满指间。

之后又是很久的沉默。

不过夏青觉得他气应该消了,至少步伐放慢了点儿,愿意等自己了。

本以为过了迷瘴森林就是皇陵所在,没想到瘴林之外是条大河。

河岸开满了芦花,白色的絮招摇,像是灵幡。

大河一侧是个城镇,现如今被道士占了个遍。城中的道士多为散修,拿着拂尘、罗盘,一口一个道友,一派仙风道骨。

皇陵坐落的地方名叫春商洞。

去春商洞只有一条水路,就是那条河。皇陵周围都是毒瘴遍布、乔木丛生的森林,地势陡峭,藏着无数危险的野兽,无法通行,想要进陵墓,只能坐船沿河往下。

道士们都不敢擅闯,在城中结盟,商讨几天才定好方针,决定结伴同行。

世上见过楼观雪真面目的人极少,道士们只以为他是一个没有门派但修为高深的散修,暗戳戳想着拉他入伙,不过碍于正主气场太过强大且拒人千里,于是把目光打到了夏青身上。

夏青正在街边跟老伯讨价还价,打算以三文钱买两串糖人。

一个早就盯着他的微胖黄衣道士走出来,笑道:"这钱我来付吧。我对道友一见如故,想交个朋友。"

夏青咬着糖人,看他一眼,点了点头:"谢谢。"

黄衣道士堆出一脸和善笑意:"在下黄七,道友怎么称呼?"

"夏青。"

"夏道友哪里人士?"

"陵光。"夏青心想:是陵光吧……不然就只能说蓬莱了。

黄七愣住,似乎没想到他是陵光人。

陵光是十六州至尊至贵之地，千古繁华，砖头砸下都能砸倒一个贵人。

黄七语气稍微换了下，道："没想到道友竟是陵光人士。那同你一起的那位道友呢？"

夏青："一样。"

人家可是"陵光珠玉"呢。

黄七见他那么好说话，心中大喜，继续套话："这样啊……你们也是因为太后的旨意来的吗？"

夏青："嗯。"

黄七和善地笑道："道友要不要加入我们？春商洞地势险恶，古籍里面说那里还养着镇守皇陵的大蛇，人多一点儿安全些。到时候寻得寒月夫人的珠子，太后赏赐的宝物我们可以平分。"

糖人的甜味漫开在舌尖，夏青发现这镇上的糖人做得比其他地方的都要好吃点儿，不拉丝又不结块，一舔就化开，味道甜而不腻。

黄七见他不说话，心稍微提了下。

半响，才听那个灰袍少年慢吞吞道："这个嘛，我得问问他，看他同不同意。"

黄七暗舒口气："当然当然，那就麻烦小友了。"

夏青之前答应结交也只是想探探口风。

这人送上门来，两人各取所需，得到想要的信息，和和气气离开。

夏青本来还想在镇子里逛逛的，结果在一个卖胭脂水粉的摊子被吓跑了。

他的视线落到了一瓶瓶摆在一块儿的桂花油上，老板娘马上眉开眼笑："仙人是要给家中的妻子买吗？我这儿的桂花油选的都是上好的金桂！保证香味把你迷得找不到北！"

迷得找不到北……

夏青"咯嘣"咬碎糖人，差点儿连扦子都咬断，僵硬地笑笑，溜了。

算了吧，他这辈子都不想再闻到桂花油的香了。

他回去后跟楼观雪说了黄七拉拢的事，本来以为陛下特立独行会懒得搭理的，没想到他居然同意了。

道士们向镇中居民借了一艘大船，三层高，装潢华丽。两岸芦花瑟瑟，白鹤被惊动，一声一声映照落霞。

夏青在最高层的围栏上往外看，残阳如血，湖面也被镀上一层淡淡的金。

他以为到春商洞之前都会这样平静，没想到晚间就有不速之客来了。

夜半，一群蓝白衣袍腰佩剑的道士走上了船，头戴青玉冠，每个人脸上都写着倨傲。

为首的首席弟子直接掏出了玄云派的令牌。

散修联盟的领头人是个中年道士，见到令牌的一刻人都傻了，吓得差点腿软，诚惶诚恐："不知是玄云派道友，有失远迎，失敬失敬！"

玄云派是倚靠陵光燕家的大宗门，根本犯不着为一点儿灵石宝器出动，这一回出现必然是太后指示。

散修联盟领头人满心都是巴结之意，觍着脸笑："道友若是加入我们，刚好我们这里还有几间上房。"

玄云派的首席弟子眼高于顶，根本就没理他。

这时，从一众蓝白衣袍的玄云派弟子间传出一道声音来。

"星华哥哥，我们今晚就住这里吗？"

那道声音带着少年的稚嫩，却又有点儿娇俏之意，听得人耳郭发麻。

满船的人愣住，都将目光望了过去，却见一个穿着粉白衣袍的少年从人群里走出。

少年黑发用一个小巧的玉冠束起，眉心一颗红色的痣，皮肤洁白，眼神无辜，穿着打扮也是富贵骄矜，骨子里透着一股从来没有受过苦的娇气来。

寇星华见了他，傲慢的表情一下子褪去，微微笑起来，语气可以说是柔情似水："对，现在能上的只有这艘船，只能辛苦皎皎了。"

这是大祭司嘱咐他要保护好的人。寇星华本来就对他多有敬畏，没想到这位贵人不仅性格好，脾气还软，喊他"星华哥哥"，甚至允许他叫自己的小名皎皎。

少年又生得如此好看，寇星华望入他的眼睛时，只感觉整个人都昏昏沉沉。

温皎这一路都是被宠着保护着过来的。

玄云派是天下第一大派，类似这一船人的畏惧、惶恐目光温皎见了无数，他心里浮现出诡异的满足感来。

不过这本来就是他该拥有的，他从出生开始就是活在众生艳羡的目光里，没道理受苦受累。

璃国皇宫的遭遇，就像是一场噩梦。

温皎摇摇头，露出一个乖巧清甜的笑来："没关系，星华哥哥，不辛苦。这有什么辛苦的，我又不怕苦。"

寇星华对上他的眼睛，只感觉心跳加快，不好意思地低下头去。

盟主一眼看出这个粉白衣衫的少年身份尊贵，马上讨好地笑着说："那，这位小公子，我领你去三楼。"

温皎看着眼前卑躬屈膝一脸奴样的中年男人，酒窝更深了，他说："好的，那就麻烦您了。"

寇星华道："皎皎，我就住在你隔壁，你有什么事直接来找我就是了。"

温皎眨了下眼，可爱无辜："晚上也能去找你吗？"

寇星华只觉得心脏跳得厉害，一点儿也没有了首席弟子的冷静，耳郭微红地点头："嗯，随时可以。"

温皎继续笑了起来："好的，谢谢星华哥哥。"说完，他又状似担忧地看了下周围的人，小声说，"星华哥哥，夜已经深了，我们这样叨扰他们有些不太好，大家声音都小点儿吧。"

寇星华神魂颠倒："好，好。"

盟主带着温皎上楼，剩下的玄云派弟子开始选择房间。

众人交头接耳，叽叽喳喳。

温皎在上楼时刻意放慢脚步，就为听他们的交谈。

"寇星华旁边的少年是谁啊？"

"不知道。不过能被玄云派首席弟子这样保护，肯定是位身份极其尊贵的人。"

"废话，看那少年的样子就知道是贵人啊。皮肤细嫩得根本不是我们这种下贱蝼蚁能比。"

——对啊，不是你们这种下贱蝼蚁能比的。

"那少年虽然身份尊贵，脾气心眼倒是挺好的，感觉没什么架子。"

"确实，居然还想着别吵到我们。"

"到底是谁啊？"

温皎听着这些话，眉心的邪光和他内心压抑不住的傲慢得意一起越发浓烈，伴随着渗入骨髓的委屈和愤怒——

他握着手，指甲掐进肉里，心里依旧恨恨不休。

——傅长生！你看啊！你现在看啊！我要是不必看人脸色给人当奴才，我要是像那个叫夏青的少年一样受尽恩宠衣食无忧，我会那么自私吗？

把我经历的一切给他，把他拥有的条件给我，谁不是善良温柔的人呢！

他要是受我受的苦、受我受的辱，他只会比我更自私、更不择手段！

他这么想下去，对傅长生已经全是愤怒和鄙夷了。愤怒他的背叛，更鄙夷他的愚蠢。

他觉得，全天下没有比自己更委屈也更清醒的人了。

夏青住的房间就在三楼，有一扇隐蔽的窗，刚好能看清船甲板上发生的一切。从玄云派弟子上船开始，每句话他都听得清清楚楚。夏青坐在窗边拿着一个苹果吃，没什么表情。

他身体不舒服，每根神经都在痛，加上这几天经历的事太多了，于是见到温皎已经不像之前那样犹如见鬼。

实际上，他也从来没怕过温皎，他怕的是傅长生，怕傅长生带给他的那种诡异的违和感。

夏青只是受不了两人在他面前表演苦情戏而已。平心而论，温皎是个怎样的人，做出怎样的事，和多少个人产生纠葛，对他来说都不重要。

（六）

不过会遇到温皎是夏青没想到的——这人当初不是一心想接近楼观雪，哭着喊着不愿出宫，求傅长生留下陪他吗？怎么现在又改变主意了，还和玄云派扯上关系？

夏青想了下，觉得自己大概也能猜出原因。

如今楼观雪离开陵光下落不明，温皎没了巴结对象，而他的纯鲛身份在皇宫暴露又凶多吉少，离宫是最正确的选择。

温皎乖乖巧巧地随盟主上楼，粉白的衣衫纯真明丽，漆黑的眼眸湿润润跟林间小鹿一样，估计每一个见到他的人都会被这副天真烂漫的样子俘获。

盟主也是，被他的视线看得心肝颤抖，放软声音道："明天晚上大概就能到梁国皇陵了，小公子今晚好好休息，有什么需要的就跟我说。"

温皎酒窝浅浅，轻声道："嗯，谢谢先生。不过先生，只是去一个梁国皇陵，怎么感觉大家都那么紧张呢？"

盟主叹了口气："小公子有所不知，春商洞在古籍上就是妖邪之地，被梁皇相中风水定为皇陵后，每一次下棺，都要死好多人。听说里面毒虫瘴气横生，危机重重。"说到这儿，他不得不骂一句梁皇昏庸了，选这种地方为陵墓，亡国也是正常。

温皎睫毛扑闪，故作天真地问道："真有那么可怕吗？"

盟主："有的。不过小公子莫怕，到时候您就躲在我们身后便是。"

温皎笑说:"好。"

他心中又是傲慢又是不屑。

他母亲生前立冢,下棺的那一日,牵着他的手进皇陵目睹了全程,从洞口到墓室,水路、陆路,每一步、每一处机关他都一清二楚。

但是温皎才不会说出自己是梁国皇子,这个身份现在只会带给他屈辱。

他要装作什么都不懂的样子,然后在寇星华面前大放异彩。

等温皎走进最里面的房间,夏青也收回视线。

第一次见温皎的时候,夏青先留意到的就是他眉心的红痣,现在也是一样的。

痣的位置没变,可是颜色越发深,形状也更加明显。

浴池初见,温皎眉心的痣还只是一个几乎细不可见的红点,现在变长了点,就不像是痣了,更像是朱砂曳过一笔、装饰眉间的花钿,也像一个血淋淋的伤口,妩媚又妖邪。

听到温皎和盟主的对话,夏青突然后知后觉反应过来。

温皎的母亲就是寒月夫人……等等,温皎的母亲是珠玑?

他本来有点儿困,现在整个人都精神了,骤然回头:"楼观雪,我发现一件事!"

楼观雪一手支颐,一手在纸上画着什么,听到他的声音,淡淡地"嗯"了一声。

夏青坐过去:"我刚刚看到温皎了!"

楼观雪睫毛如鸦羽般覆下:"然后呢?"

夏青瞪大眼:"然后我刚发现,温皎居然是珠玑的孩子。"

楼观雪画完了收笔,衣袖堆叠如雪,露出漂亮的腕骨。

他似笑非笑,语气随意:"哦,那你发现得有点儿晚啊。"

夏青震惊:"你早就知道了?"

楼观雪:"嗯。"

夏青蔫了:"那没事了。"

不对！还有事！

夏青憋不住："这不对劲啊，珠玑那样的人，怎么会心甘情愿给人类生孩子？"

瑶珂是鲛族圣女中最不想跟大陆扯上关系的，对人类的排斥、厌恶都深入到了骨子中。

珠玑这样一个百年前掀起腥风血雨以杀人为乐的疯子，真的会甘愿待在梁国后宫当一个艳名远扬的宠妃？

楼观雪抬眸，盯着他的脸，漫不经心地问："你对温皎就那么感兴趣？还是说在温皎旁边你也看到了傅长生？"

什么玩意儿？

夏青道："我对珠玑比较感兴趣。"

楼观雪这才懒懒道："关于她的事，进了皇陵就知道了。"

夏青更奇怪了："皇陵？她不是三年前被活埋了吗？难道她的灵魂飘到了皇陵中？珠玑还活着吗？"

楼观雪认真看了他一眼，问："你真当我什么都知道？"

夏青听到这句话，愣了愣，不知道为什么，一下子就笑了起来。

"对啊，我真当你什么都知道。"

他越想越觉得好笑，虽然也不知道自己在乐什么，可楼观雪认真问出这句话就挺好玩的。他唇角弯起，浅褐色的眼眸中笑意纯粹又动人，想了想说："我都搞不懂为什么，反正我一直觉得你无所不知、无所不能来着。"

楼观雪稍愣，垂眸，睫毛覆下阴影遮盖深沉的情绪，心间若有烈火灼烧早已腐烂的血肉。

他也极轻地笑了下。

"是吗？"

"是啊！"

楼观雪冷静地想。

其实夏青的情绪在他面前都很明显。

郁闷的，生气的，高兴的，惊讶的……愤怒时浅褐色的眼眸会蹿出火苗，亮得惊人，也漂亮得惊人。

只是这样的怒火全都流于表象，上一秒生动鲜明，下一秒转眼脱离。

就像夏青在御花园被傅长生下水气得脑袋发昏，可是回去的路上，露水打湿了发梢，马上能全神贯注一脸震惊地跟他说陵光好冷。

不光是愤怒，或许还有欢愉、哀伤等一切情绪，甚至包括爱恨。

太上忘情。

当真不为情牵、不为情绊。

朝夕相处，各种潜移默化的试探，楼观雪也越发了解夏青的性子。

——想逃避那就逃避吧，等他耐心耗尽，也就不需要夏青的答案了。

或许，从在他手腕上系上那条红绳开始，夏青的答案就从来不在楼观雪考虑范围之内。

楼观雪轻轻地笑了下，长睫覆盖住晦暗深冷的眼眸。

夏青自认和温皎无冤无仇，于是他在船上并没有刻意去避开温皎。

楼观雪本来就不喜欢和人打交道，在房中研究自己画出的春商洞地图。

夏青之前劝楼观雪加入这群散修时只说了两句话："我觉得跟着他们能少走点儿弯路。而且他们会租船，可以睡得舒服点儿。"

楼观雪只淡淡反问："难道我会带你走弯路？"

夏青想了想："重点是后者。"

楼观雪静静地看他几秒，随后颔首，微笑："夏青，你还真是处处需要伺候啊。"

夏青在喝水，差点儿把自己呛死，但听到"伺候"两字就马上想到那糟心的一餐饭，更糟心了，选择翻窗离开。

所以在黄七一脸惊喜、问他楼观雪是怎么答应的时候——

夏青根本回答不出来。

黄七满脸欣喜："这么多天我都没见那位道友和其他人说过话。是不是修为高深的前辈都这样光风霁月、不理世事？"

狗屁的光风霁月，是你们的"前辈"不想理你们。

夏青咬着糖人，面无表情："你就没想过他可能是个哑巴吗？"

黄七一脸震惊："啊？"

结果他刚和黄七交流完，准备上楼，耳边就听到熟悉的声音。

"夏青？"

少年的声音又娇又细，带着微微颤意。

温皎从楼上走下来，粉白的衣衫极为醒目。视线落到夏青身上的时候，他的瞳孔紧缩，整个人身躯僵硬，手指抓紧栏杆，声音一时间都因为诡异的兴奋而发颤。

夏青拿开嘴里的糖人，奇怪地看他一眼，点了下头，没什么交流的意思，错身上楼。

黄七对温皎的印象就是个被玄云派护着的贵人，他畏惧强者，却并不喜欢温皎这样的娇花，继续追问夏青："真的是哑巴？"

夏青服了："假的。你声音放小点儿，不然到时候我要被他弄成哑巴。"

黄七："哦哦哦。"

温皎彻底被忽视，愣愣地看着夏青的背影。

少年还是穿着那一身灰色的衣袍，并不富贵却也不廉价，简单而随性，他咬着个糖人，跟旁边微胖的道士说话，语气非常自然。

温皎手指握紧，被这么无视，心中的恨意越发深刻。

"你怎么会在这里？"

温皎一下子拔高声音。

温皎本就是被玄云派弟子众星捧月带上来的，在船上很容易吸引注意，这么一出声一下子很多人看过来。

夏青人都傻了。

他真的很讨厌被一群人看啊。

不过他还没答话，温皎就已经平息怒火，极缓、极甜地笑了起来。

他在璃国皇宫里永远红着眼眶、身躯颤抖着啼哭，现在一朝得势，压抑在骨子里的本性瞬间就彻底暴露出来。

甚至因为多年的屈辱而变得扭曲，尤其是在夏青面前。

那种经年累月的嫉妒今天终于可以发泄了。

温皎的内心像是被毒蛇啃噬。

他看到夏青就想起傅长生的话，想起之前的云泥之别！

温皎轻声道："夏青，你是什么时候出宫的？"

夏青就嚼着糖面无表情看着他。

温皎已经兴奋到理智全无，所以也没发现自始至终夏青看他的眼神就没变，无论当初夏青是云他是泥，还是如今处境互换。

"你是在灯宴上离开的吗？"温皎微微张唇，声音很轻，"自从陛下失踪你就跑了，你怎么能这样忘恩负义呢？"

温皎贝齿咬了下唇，似乎特别难以理解，声音也大了一些："当初陛下待你那么好，这才失踪多久，你居然就偷溜出宫。夏青，你就这么忘恩负义，这么……"温皎抿唇，似乎是教养极好，非常不好意思地，吞吞吐吐说出那个字眼，"这么……不要脸？"

夏青其实没怎么听温皎的话。

在温皎喊他的时候，他就盯着那颗痣神游天外去了。

夏青咬碎糖人，把扦子拿了出来。

黄七也是人傻了，不知道这位粉衣小公子到底在说什么屁话。

夏青拿着扦子偏头对黄七道："现在知道哑巴的好处了吧。"

黄七心想：知道了，有些人说话真的不如哑巴。

夏青刚吃完糖人，唇色镀上糖色，站在高几级的楼梯上，于万千浮尘之间，看了温皎一眼。

——他真的觉得温皎挺有意思的。

所以温皎现在是在干什么？拿着三十年河东三十年河西的剧本打他的脸？可是他真的很讨厌被一群人看，无论在打脸剧本里充当什么角色。

夏青想了想，慢吞吞道："我没招惹过你吧？"

温皎愣住，似乎完全没想到夏青会是这个反应。

夏青把糖人扦子塞进嘴里，只想着离开："冤有头债有主，所以你也不必拿楼观雪骂过你的词来说我。"

——拿楼观雪骂过你的词。

温皎一下子脸色煞白。

"皎皎，他是谁？"寇星华见温皎受欺负，终于从位子上站了起来。

温皎这次眼眶是真红了，内心最屈辱的记忆被翻出来，他拿袖子擦着微红的眼角："是，是我以前在皇宫遇到的一个人。"

夏青含着糖人扦子，嗤笑一声："在哪里遇到的？浣衣局还是太监住的地方？"

温皎大脑一下子空白，僵在原地。

他光顾着落井下石，被嫉妒冲昏头脑，差点忘了夏青也是最了解他的过往的人。

夏青把他的所有神情都收入眼中，幽幽吐了口气，再次拿出嘴里的扦子，认认真真道："我真是怕了你了，你以后离我远点儿好不好。我之前见了你跟见鬼一样，没想到现在也差不多。"

"我……"

温皎浑身颤抖，如坠冰窖。

船中不少人都被"浣衣局"和"太监"两个词给震住了，开始窃窃私语，各种目光落在他身上都如巴掌，一下一下扇在他的脸上。

寇星华也是微微愣住，这不是大祭司交给他们的人吗？虽然大祭司什么都没说，但是大祭司是何等人物，怎么会将一个浣衣局的太监托付给他们呢？

夏青实在不喜欢被人围观，扯了下嘴角，匆匆留下一句当结束语："你还是放过自己吧。"

（七）

只是温皎显然不会放过他自己。

在寇星华微有诧异的目光下，他开始各种哭，抽抽搭搭哽咽着，说夏青污蔑他，故意讲这些话来折辱他。

寇星华被他哭得失去思考能力，一下子什么疑惑都抛之脑后，好声好气去哄他。

不过像寇星华一样鬼迷心窍的人到底是少数，大多数人都在暗中上上下下打量着这位"贵人"，心里抱着看戏的念头。

黄七时不时就回头看哭得梨花带雨的温皎一眼，对着夏青欲言又止，止言又欲。

夏青扯着嘴角："不知道该不该说就别说。反正你只需要知道，我跟那个人八字不合犯冲就行。"

黄七："……哦，好的。"

说完，他又悄悄看了夏青一眼，发现夏青头顶的几根头发翘起，浅褐色的眼眸写满糟心，真就一副"活见鬼了"的样子。

黄七都没想到面对那个粉衣少年那么难听的羞辱、那么刻意的找碴，夏青会是这反应，不过好像他本来就该是这样。黄七想到刚才在半暗光影里夏青嚼着糖人面无表情往下看的一幕，不由心一颤。

他瞬间肃然起敬——难道在仙人身边待久了也会沾染神性？

傍晚的时候，船到了梁国皇陵。

这里在古书上被定义为妖邪之地，水的颜色都变深了很多，夏青觉得奇怪，还用手去碰了下。沉滞的黑水黏稠，像是汇聚了无数污秽之物，漫过指尖，似乎还有小虫子想钻进他的皮肤，却被剑魂所惊，尖叫着逃开。

春商洞洞口狭小且布满尖锐的石头，只能换乘木筏往里面走。

温皎自然是被众星捧月，和寇星华一起走在最前面。

夏青跟着众人下了船后就不怎么想跟他们了，因为他骨子里就不是很喜欢热闹和人多。

楼观雪原是想直接渡水而过的，考虑到夏青现在没什么修为，才选了块腐朽的木板，漂到人群末尾。

"你不觉得我在拖累你吗？要是他们比我们先找到珠子怎么办？"

夏青下一句"你不如给我把这绳子解开"还没说出口，楼观雪已经给出了回复，语气随意："那就把他们都杀了。"

夏青憋半天，说："哦，那你一定要比他们先找到啊。"

皇陵入口处岔路很多，楼观雪选择了最左边的一条。

夏青对这里一点儿都不了解，干脆看风景去了。

洞内漆黑一片，唯一发光的是生于幽黑水域一朵一朵殷红的花。

钟乳石倒挂，蝙蝠、青苔密密麻麻爬满石壁，幽红的光把楼观雪的衣袍也镀上红色。

夏青闲得无聊，随口问道："你得到力量后会做什么？"

楼观雪："你为什么一个问题总要问两遍？"

夏青说到这儿就来气："还不是因为第一次你不好好回答！快说，做完一切后你会去哪儿？"

夏青总感觉，楼观雪压根就不想做璃国的皇帝。虽然这个身份放眼人间十六州至尊至贵，可是他是"仙女"啊，仙女怎么会有世俗的权力欲望呢？

楼观雪在黑暗中低笑一声，手指摩挲着骨笛，淡淡地问："你想去哪儿？"

夏青正被自己的脑补逗乐，一时间没反应过来："啊？我？"

楼观雪："嗯。"

夏青认真想了想，道："我想去投胎。"

楼观雪唇角笑意讽刺。

夏青道："我觉得吧，无论我是不是蓬莱的人，那都是上辈子的事了，或者说上上辈子的事。小师弟的身体估计都变成黄土了，我现在只是个孤魂野鬼，没有根没有家，不如去投胎。"

楼观雪说："是吗？"

夏青："是啊。哎！这地方居然有蝴蝶？"

他的思绪很快又被前面的景象吸引。

生于黑暗中的花散发着细微红光，吸引了不少花纹斑斓、粉末幽蓝的蝴蝶。蝴蝶栩栩飞在空中，给这阴暗潮湿的陵墓添了一分诡艳。

楼观雪声音淡淡传来："夏青，这些话，你是说给我听，还是说给自己听的呢？"

夏青正伸出手握住一只蝴蝶。

蝴蝶翅膀不断振动，搔刮着掌心。

楼观雪的话传入耳中，如雷过遍全身，夏青看着那只蝴蝶，一时间竟然不知道发颤的到底是手指还是心尖。

楼观雪说："你一个问题喜欢问很多遍，话却不喜欢重复。不用一而再再而三告诉我你迟早要离开，也不用一而再再而三提醒自己应该脱身。"

蝴蝶挣脱夏青的手本来想报复性地叮他一下，却被他掌纹间的剑意吓到，大惊之下飞到了他的鬓发边。

少年盘腿坐在腐朽的木板上，衣衫融入黑暗，唯有浅褐色的眼眸在蝴蝶幽蓝光芒的照映下，显得有些迷茫。

似乎过了很久。

夏青声音很轻地说："楼观雪，我觉得你给我再多的时间，我都想不明白。"

楼观雪将他鬓发边的那只蓝蝶拂去，冰凉的手指慢慢自上往下抚过少年的脸，俯身过去，轻声说："那就别想了吧。"

夏青骤然瞪大眼。

夏青本就发颤发乱的心现在更是溃不成军，崩溃得让他完全不知道做什么。

不该是这样的……不能是这样的……

他慌得不行，一下子手指紧紧抓住了楼观雪的肩。

楼观雪垂下眼眸，玉冠下墨发深凉如雪将夏青笼罩，轻笑一声。

"反正本来，我就不想给你时间了。"

夏青人都蒙了，慌乱道："你别这样……"

幽红邪光里楼观雪眼眸深若永夜，声音慵懒带着沙哑，笑说："夏青，你若是不同意，其实也没关系的。"

夏青人傻了，瞬间大脑一片空白，乱成一团，彻底理不清思路。他浑浑噩噩甚至有些发蒙地想，到底是什么给了他楼观雪很温柔的错觉，以至于他敢一直这么口无遮拦？

朝夕相伴那么久，夏青被楼观雪的表象所惑，差点儿都忘了第一次见面时，楼观雪是怎样一个疯子。

夏青回过神来，瞳孔放大，一下子撑开距离，语无伦次到自己也不知道自己在说什么："不是，你要做什么？！这里是梁国皇陵，前面还有好多人，你能不能别在这里发疯？"

楼观雪微笑："你觉得我在发疯？"

夏青心里有着自己都说不明白的慌张，眼神闪躲低下头。可他想了想，又觉得自己这样实在太怂，抬起头来，颤声道："你这不就是在发疯吗？"

楼观雪垂眸，笑意加深，轻声道："哦，还有更疯的，你要看吗？"

夏青头皮发麻，想都不想，伸出手捂住他的嘴。

楼观雪沉默地看着他。

夏青现在只想离楼观雪远点儿，清醒一下。可是现在二人坐在一块木板上，身处危机重重的梁国皇陵，四周是黑色诡异的水，暗处又蛰伏着无数毒蛇虫兽，他根本无处可逃。但凡他再厉害点儿，身体再好点儿，现在已经跳水了。

夏青绞尽脑汁："别这样。"他慌乱中终于想到了楼观雪说过的一句话，"你不是说过不会再逼我的吗？而且当务之急是找到珠玑的棺，要是被人捷足先登了怎么办？你总不能真的杀人夺宝，把他们全杀了吧？"——好吧，楼观雪可能真的会把人全杀了。

"不可以杀人。我们要遵循先到先得的原则。"夏青自己都不知道自己在说什么，"还有，如果是这种事，我不同意怎么可以没关系呢？我说错了，我觉得我应该还是能想明白的，等我想明白之后再说吧。"

楼观雪将他的每一个神态都收入眼中。

内心的烈火在疯狂啃噬心脏。

他的眼眸都染上了点儿红色，诡异冰冷，听完最后一句话，似笑非笑地说："你是在耍我吗？"

夏青："啊？"

楼观雪："嗯，你慢慢想，最好想出一个我满意的答案。"

夏青无言。

万幸这个时候木板到了岸上，水路到头。离开了黑水不用被困在方寸之间，夏青几乎是火烧屁股似的跑上了岸，只想离楼观雪远点儿。

刚刚被他握住的蝴蝶，不知道着了什么魔，居然赖着他不放了，扑腾着翅膀就跟一团幽幽蓝火似的伏在他的肩上。

夏青闷头往前走，他觉得自己把自己绕进了一个死局。脱离情绪一眼能看清的事，他就是像被什么束缚，封印在茧中，破不开纠缠的丝，看不清虚虚实实。

好烦。

他到底在怕什么？

又到底在逃避什么？

夏青把肩膀上的蝴蝶拿下来，任由它停在指尖，只觉得头痛欲裂。

"启动机关后，前方会出现一条白骨堆成的甬道，里面布满瘴气，最能扰乱人的心智。记住，一定要捂住嘴巴，不然很容易被困在里面。"

前方传来寇星华认真的声音。

夏青带着蓝蝶往前走，才发现所有道士也都上了岸，齐聚在一处平地上。

寇星华作为领头人，正在跟众人交代着关键处。温皎就在旁边，坐久了竹筏浑身难受，他受不了苦，皱着眉一脸不耐烦听寇星华说话。

"皎皎，怎么了？"寇星华自然也发现了温皎的不对劲。

温皎在璃国皇宫压抑了很久的骄纵脾气，在被一群人捧在手心呵护几日后便冒了出来，他不舒服便想发火，听寇星华说完这一番话更是心里冷笑。

果然还得靠他。

白骨道确实可以通向皇陵深处，可凶多吉少，一百人里能有一人生还就不错了。

——白骨道，白骨道，那一路森森的白骨全是擅入者留下的。完全有更轻松的路走，只不过需要用梁国皇族血脉开启罢了。

温皎轻声说："星华哥哥，除了白骨道难道就没有别的路可以进去了吗？"

寇星华皱了下眉说："我们来之前，问了很多下过棺的前辈，都说梁国皇族下棺走的也是这条路。"

温皎心道：骗你们的。下过棺的人，没死在里面，出去后也会被杀死，莫名其妙家中暴毙。哪有真正了解这里的人呢？

"可是，那里听起来好危险啊。"温皎担忧地看向他。

寇星华本想开口要温皎留在这里等他们的，但又想到大祭司的话，温声道："没关系，皎皎，到时候你就牵着我的手。"

温皎道："不是的，星华哥哥，我在幼年喜欢看书，在古籍上看到过关于春商洞的描述。好像……好像是有另外一条并不危险的路走的。"

寇星华愣住："当真？"

其余道士听到他的话也是愣住，眼中迸出兴奋的光彩来。

"小公子说的是真的？"

"白骨毒瘴听起来就很危险，如果真的有别的路，我们还是不要去冒险了。"

温皎享受着一群人惊讶、崇敬、震惊的目光，唇角勾起："没错。"

"夏青，你怎么现在才来？"黄七在人群边缘，是最先发现夏青走过来的，兴奋地喊了一声。

夏青肩膀上停着一只幽蓝色的蝴蝶，衣袍将皮肤衬得格外苍白，表情恹恹。

黄七一愣，总觉得夏青有些不一样，就……看着他怪不好意思的。之前在街上遇到，夏青慢吞吞咬着个糖人，皮肤白净眼神清澈，头发随着风飘动,就跟河畔的芦苇、荻花一样,有种静至极致、脱离俗世的感觉,但现在好像被人拉下了俗尘。头发依旧是乱的,蓝色幽光下眼眸潋滟,眼尾处似乎还带了点儿红。夏青心情绝对说不上好,听到他的话,恹恹地看过来,红色像一抹印记,色若春晓,淡化了眉眼间的锋利冷意,沾染了七情六欲。

"你脸上怎么了?"黄七小声问道。

夏青故作镇定,抹了把脸,漠然道:"什么怎么了?没怎么啊。"

反正眼神警告,就是两个字"别问"。

黄七默默咽下了嘴里的话,眼神飘忽:"那位前辈呢?"

夏青:"哦,走丢了,不用理。"

黄七:"这能走丢?他就留下你一个人?"

夏青也不想说是他刻意甩开的楼观雪,含含糊糊应道:"嗯。"

黄七只觉奇了怪了,同时心生怜悯道:"没关系,他不要你,我们保护你,这皇陵危机重重,你跟着我们吧。"

夏青心情还是很低落,勉强地笑了笑:"哦,谢谢。"

温皎话说到一半,视线突然就落到了夏青的脸上。他看着夏青和黄七说说笑笑,一下子拳头在袖子里紧握。

在船上他被夏青撑得毫无反抗之力,不过是因为夏青知道他以前的事,有他的把柄。可现在这里是梁国皇陵,他才是这里的主人!凭什么?凭什么还要受他的气?

"我不要他跟着我们。"

众人正你一言我一语非常激动地道着"还有哪条路,劳烦小公子说个明白""多亏了小公子,不然我们可能真要走那条白骨路",谁料温皎沉默在原地半天,突然俏生生开口说了这么一句话。

寇星华愣住。

众人也愣了。

顺着他的视线看过去,落到了黄七和夏青身上。

灰袍少年肩上幽蓝的蝶像是一簇无法被忽视的微光,格外引人注目。

寇星华张了张唇:"皎皎?"

温皎心里有很多恶毒的话,但是他知道不能说,他还要在寇星华面前维持形象。他突然想起了当初他对傅长生说的那一番话,心中涌现出扭曲的快感来。身份互换,经历互换,他还能保持那份善良吗?长生哥哥,我真遗憾你看不到这个人——你为了他抛弃我的这个人,在经历所有人的抛弃欺凌、明目张胆的羞辱后,会是什么样子。

温皎眼眶又红了,扁起嘴,就像是小孩子跟人吵架后闹脾气:"我不要他跟着我们!要是他跟着,那我就不跟你们了,你们自己走白骨道进去吧。"

黄七一时间不知道说什么是好。

众人也是面面相觑,眼中满是震惊。

寇星华虽然有点儿傲慢,但毕竟也是名门弟子,轻声道:"皎皎,现在这里危机重重,留下这少年一个人不好……"

温皎眼睛还是红的,仿佛他才是最可怜、最委屈的人,说:"我就是讨厌他,就是不要他跟着!没关系,这是我自己的事,你们不用管。就是抱歉,星华哥哥,皎皎不能给你们引路了,我在外面等着你们吧。"

众人一下子急了。

"不是!小公子你可千万不要这样!"

"小公子一定要给我们引路啊。"

黄七还想说什么,被盟主一下子拉了过去。众人都在暗中打量着夏青,发现他身边那位实力莫测的"前辈"不见后,又是疑惑又是暗舒口气。如果那位在他们还真不好做抉择,但是现在就剩这个孤立无援的少年,他们心中的天平明显倒向温皎。

夏青的情绪其实一直都是只被楼观雪牵动的。

蝴蝶从他的肩膀落到了手上,夏青还在想事情,对于落到自己身上的目光都没怎么在意。

盟主突然站出来,轻声说:"小友,要不你在外面等着我们?"

夏青没反应过来："嗯？"

温皎在旁边又是得意又是暗恨。

这里到处都是机关、毒蛇，他等着看夏青露出惊恐无措的模样。

盟主摸了下鼻子，说："这……有一条更好的路确实能少很多损失。或者要不，你跟温小公子道个歉？"

夏青心下纳闷：什么玩意儿？

蝴蝶在他指尖吻了下，夏青抬眸，果不其然对上红着兔子眼、阴毒嘲弄地看着他的温皎。

这已经不是见鬼，是被"鬼"缠上阴魂不散了。

夏青无力吐槽，偏头："不用，你们走你们的。"

盟主："什么？"

夏青道："我走白骨道。"

盟主皱紧了眉，出于好心还是劝了句："你一个人又没什么修为，进去凶多吉少。"

"没事。"

夏青稍稍动了下手指，阿难剑的剑魂蔓延在每一处掌纹，他早就发现了，邪物毒瘴根本近不了他的身。

（八）

盟主是个老好人，张了张嘴还想劝两句，当即有散修不耐烦地阴阳怪气道："盟主，我们在这里面多待一秒就多一分危险，你还跟他废话什么呢。"

"就是就是，他想去送死你就让他去，可别让温小公子等久了。"

"温小公子别气了，为不相干的人气坏身体不值得。"

散修大多孑然一身为利行事，跟墙头草似的，有求于人便立马转变态度，现在一个个恨不得把温皎捧到天上去。

而温皎向来享受这种待遇，尤其在夏青面前。他眼眶微红，扁着嘴，还是那副娇憨委屈的样子，暗中却不无得意地想看夏青脸色。

夏青会怎样——生气？愤怒？难过？屈辱？

只是夏青什么表情都没有，垂着眉眼，抖了抖手指把蝴蝶赶跑，轻声道了句："谢谢，我一个人没事。"说完，径直往正前方那条漆黑的甬道走去。

他出现在众人面前便一直是一副心事重重的样子，现在也一样，神游天外，不知道在想什么。如果非要说情绪的话，更像是纠结和郁闷，刚刚众人的刁难和奚落，都不知道他听没听进去。

温皎恨恨咬唇，藏在粉白袖中的手握紧。

"夏青！"他不甘心，在夏青就要走进白骨道时，又喊了声。

温皎神色犹豫，就像是爱闹脾气但还是容易心软的骄横小少爷，别别扭扭道："夏青，要我原谅你也可以，但你今天得给我道歉。"

夏青本来不想理他，听到后面的话一下子人愣住了。

他浅褐色的眼眸微有震惊，语调却可以说是平静的："温皎，是你疯了，还是我疯了？"

温皎脸火辣辣的，心中大恨，却碍于旁人的视线不得不压抑住。

算了，他等着看夏青在白骨道里被毒瘴折磨得生不如死！

夏青没再看他一眼，扯了扯嘴角，手指按上墙壁上一个很明显的机关。

"咔"，半明半暗的墓室中出现一条往下延伸的楼梯。

蝴蝶飞在前方，幽蓝的翅膀像团青火。

白骨道就是条很长的暗道，石壁上爬满青苔，地上堆积荒骨，蛛网挂在早就燃尽的油灯上，空气中弥漫着一股浓稠潮湿的恶臭。

他走进去后，外面人的心瞬间浮躁起来。

"小公子，另外一条路在哪儿啊？"

温皎刁难夏青没成功，听到旁人的声音，心情更差了，憋着火脸色扭曲："急什么？！"

他骤然甩脸色，让一群散修心中又是奇怪又是不满，不过现在有求于他只能觍着脸赔笑。

温峤小时候娇生惯养，最讨厌费脑子的事，每次读书或者识字都靠撒娇躲过去，甚至颇为得意地觉得，以他的身份，只需要被人捧在手心宠着，享受荣华富贵就好。

他记忆力不好，却是把进皇陵的每一步都记了下来。因为这条路，他母亲逼着他走了无数遍，记不下就重新走，那一天无论他怎么哭，母亲都无动于衷。

温峤按照回忆，走到了那扇机关青铜门前。青铜门上面有个小槽，日积月累被血洗刷，长满猩红的锈。他怕痛得很，哆哆嗦嗦地咬破自己的手指，一滴血落入槽中的时候，"咚——"在陵墓的深处传来一声巨响，大地都在颤动。

所有人大惊，脸色煞白。

"什么声音？"

温峤也被吓到了。上一次没有这个动静啊。

"轰隆隆——"

这时，槽内滚出一枚石珠子来，墙壁中间出现了一条缝。

温峤暗舒口气，看来没记错。

他瞬间有底气了，颇为得意，骄横地说："就是这里，都说了急什么！"

众人露出轻松惊喜之色，纷纷赞叹。

"多谢温小公子带路。"

同时都瞪大眼，屏住呼吸，看着那条缝越来越大。

乱石簌簌落下，门逐渐打开。

众人眼中的光越来越亮，他们以为会是条康庄大路，能无惊无险直入皇陵。谁料"哗啦啦"，门彻底打开的一刻，却是黑压压一群蝙蝠飞了出来。

"啊啊啊啊——"

被关在里面的蝙蝠体形巨大，眼睛赤红，浑身上下散发着暴戾邪光，铺天盖地袭来。它们避开温峤，袭向他身后离门最近的道士，露出獠牙，如同黑雾一样，顷刻之间除了野兽进食咀嚼的声音，就是那人绝望痛苦的大叫！

不过瞬息之间，一个活人便成一具白骨。

目睹一切的道士瞬间撕心裂肺大叫。

"这是吃人的怪物！"

"快跑，快跑！"

"啊啊啊，快跑！"

温皎愣愣站在蝙蝠海中，也被吓了一跳，虽然蝙蝠没有搭理他，但他还是怕得不行，惊慌失措地跑向寇星华身边。

路上撞到一个人，那人被怪异的蝙蝠咬了一口，半边脸爬上漆黑的毒素，整个人神情若癫狂，一巴掌扇在了温皎脸上："贱人！贱人！你害得我们好惨！贱人！我要是死在这里！我要你偿命！"

温皎怕得浑身哆嗦，眼泪就落了下来，变成珍珠滚到地上。

那人一下子瞪大眼，同时神色更疯狂了："你是鲛人？"

"不，我不是，我不是。"温皎哆哆嗦嗦，吓得不敢再哭了。

好在现在兵荒马乱，尖叫逃窜声掩盖了他们的声音，后面蝙蝠又齐哄哄而上，将说话的人连皮带肉吞进肚子里。

"星华哥哥！"温皎心肝都在颤，他太害怕了，周围的道士现在一个个都想弄死他，憎恶的、暴怒的、恶心的目光全落到他身上。温皎脸色苍白，委屈得不行，他现在唯一的依仗就是寇星华。

寇星华被蝙蝠所扰本来就心烦气躁，面对罪魁祸首也是很难有好脾气，可是碍于大祭司情面又不想发火，冷着脸一言不发。

"往白骨道走！"

"白骨道！"

众人东逃西窜，终于发现，只有白骨道是蝙蝠不会追过去的地方。

一时间，人群疯了一样冲向那里。

温皎失魂落魄地跟在最后。

而此时白骨道深处，夏青并不知道外面发生的情况。

毒瘴对他并没什么影响，一些尸虫暗中想要爬到他身边，也马上被剑意所震开。

夏青从木板上跳下来时火急火燎就想着摆脱楼观雪,现在得偿所愿,心情却并不好。

蓝色的蝴蝶在前面照明,皑皑枯骨堆成一条森冷阴寒的路,血气笼罩四方,可夏青已经彻底心乱,完全没心情去看周围的环境。

"过了白骨毒瘴就是珠玑的墓吗?"

他低声问自己,试图转移注意力。

可是没办法,他转移不了。

夏青有些泄气地抓了下头顶的呆毛,手指不安地摸上那颗舍利子,心里的顽石被一点一点敲裂,但没人告诉他,这种裂痕带给他自己的是新生还是毁灭。

幽蓝的蝴蝶最后带着他进入一座宽阔的陵墓。

黑色的瘴气越发浓郁,带着一种很奇异的香,有点儿像灵薇花,冷冽荒芜,蛊惑人心,却又被很重的血腥味道深深覆盖,呛得人大脑昏昏沉沉。

在踏入那片瘴气前,夏青大脑茫茫然然,逼着自己冷静地去想,他相信楼观雪吗?

脱离情绪以一个局外人的视角看,其实答案显而易见。

要是不相信,就会直接拒绝了。

要是不相信,也不可能待在他身边那么久。

要是不相信,早在一开始就会选择离开。

可是,他该相信吗?他能相信吗?

心里的那块顽石裂痕越来越深,深到他不可掌控的地步。

石门吐珠,蝙蝠出洞的那一刻,皇陵深处一盏人鱼烛灯幽幽亮起。高台烛火照着一层一层接连而上的台阶,横放的金玉长棺旁坐着一个女人。她赤着脚,黑色的长裙曳在脚踝处,头发如海藻般裹住窈窕曼妙的身躯。

她似乎已经在这里等了很久了,久到随便一本书中的哪一页、哪一行写的是什么都一清二楚。她的身体虚虚实实，如真如幻。

女人的唇不染而红，眼微微上扬，眸光潋滟，烟视媚行，就跟话本里夺人心魄的狐狸一样，笑与不笑都带着分妖娆蛊惑之感。

"你猜宋归尘什么时候会来找我？"

女人的声音也是仿佛能滴出水般的妩媚。

她指尖停着一簇火，透明的，幽蓝色。

火焰抖了抖，颤声说："我、我不知道。"

珠玑笑着说："我猜就在不久之后了，你听到密道被打开的声音了没？"

火焰道："听到了。"

珠玑眉眼一弯："嗯，我的皎皎来了。"

火焰暗暗吐口气，心想小主人可算是来了。

珠玑蹙起眉，微有叹息："唉，我的皎皎在璃国皇宫受苦了。"

火焰问出了心里疑惑很久的问题："主人，那您当初为什么要把小主人送到璃国皇宫啊？"

"因为那是离神魂最近的地方。"珠玑手指翻阅着一本发黄发皱的书，笑起来，"而且我的皎皎从小被我宠到大，只能生活在皇宫。其他地方哪里养得活他这样可怜可爱的娇气富贵花呢？"

火焰深以为然地点点头。

珠玑说："有傅长生和卫流光护着，我相信皎皎在陵光也不会太难过。嗯，你说，宋归尘要是知道他的师弟们在百年后被一个鲛人玩弄于股掌、命都不要，会是什么表情呢？"

火焰抖了抖身躯，不说话了。

"那一定很有趣。更有趣的是，子蛊母蛊同生同死，他眼睁睁地看着这一切，还不能杀皎皎，还得按我的计划把皎皎送到我面前。"

珠玑每句话都似乎带着三分娇笑，只有说到宋归尘时，语气才转冷。

手指发白紧攥书页，她微笑着说："宋归尘。"

每一个字都像是辗转肺腑满含鲜血、恨意磨出来的。

"百年之前，真让人意外啊，我以为他投奔璃国成为大祭司，跟我合谋，是图名图利，没想到他图的是整个鲛族的灭亡。

"他出尔反尔算计我，算计鲛族。我灭他蓬莱，也算是冤有头债有主。"

珠玑声音极轻："我差一点儿就可以获得'神'的全部力量。都怪他告知瑶珂、璇珈，让这两个贱人跑过来坏了我的好事。"

火焰闪了闪，它不懂百年前的事。

它就是一个灵智初开、才一岁的爱看话本的小孩子，察觉到主人身上幽幽的寒气，乖巧不说话。

珠玑垂眸看着自己的手："神力一分为三，就没了意义。哪怕拥有着三分之一的神力也终究不是'神'，离开通天海什么都不是，失去力量只能任人宰割。

"甚至，神陨的一刻，荒冢从魔渊拔地而起成为白骨之墙，彻底堵住了鲛族的归路。"她神情不见悔恨，只有晦暗莫测的情绪——复杂、敬畏、惶恐。半晌，她幽幽地低笑一声："世人不懂啊，能堵住鲛族生路的……只有'神'。

"现在鲛族连轮回都没有了。

"尤其是圣女，要么老死，要么病死。"

珠玑从石棺上站起来，似乎是要去迎接她远道而来的孩子："可我不想死。"

第九章 崩析

楼观雪
我怕这一次是万劫不复

宫廷生存纪事

（一）

春商洞的地形错综复杂，暗道重重，如迷宫、蛛网。

温皎跟着众人进入白骨道时眼眶通红，委屈得只想流眼泪，可是他根本不敢哭，怕哭出来眼泪成珠暴露自己的身份。

他浑浑噩噩地走在寇星华身边，听着道士们在后面你一言我一语，语气充满压抑的愤怒和怨恨。

"我就说，连天下第一宗门都不知道的事，他怎么会知道？"

"差点儿害死我们！浑蛋！"

"装什么陵光贵人啊，我看以前就是个璃国皇宫的太监吧。"

温皎脸一阵红一阵白，咬紧牙关，又是气又是恶心，可一肚子反驳的话只能咽下。

脚踩到一个骷髅头差点儿摔一跤，温皎惊呼一声，想要拉住旁边的人，却只听那人骂了句"滚开"，任由他一下子摔坐到了地上。

娇嫩的手臂被利石划破，温皎没忍住哭了起来，仗着黑暗中没人看到自己的眼泪，抽抽搭搭，呜咽声在黑暗中无比明显。

所有人都怒火中烧。

"能不能别哭了？闭嘴！"

一个散修被蝙蝠弄瞎了一只眼睛，现在彻底撕破脸，如果不是碍于寇星华，现在估计已经杀了他。

温皎捂着手臂上的伤，眼眸泛红，紧抿着唇，牙关都在颤抖，却又不敢再发出声音。他心里又是屈辱又是委屈，愤怒和怨恨灼烧理智。

怨恨找不到发泄口，最后兜兜转转到了夏青身上，到了他娘身上。

他第一次恨他娘，为什么骗他？

与此同时陵墓的另一处。

珠玑穿着黑裙、戴着白花，身体半虚半实，犹如远古的幽灵，赤足走过浸润在黑水中的甬道。

蓝火静静地飘在她身边，左右看了看说："主人，小主人好像没有走你教他走的那条路。"

珠玑声音温柔："嗯，皎皎应该被蝙蝠吓到了吧？"

火焰疑惑："啊？可是那些蝙蝠根本不会伤害他啊，只是驱赶外人的。"

珠玑笑道："皎皎胆子很小的。哪怕我逼着他记下了全部的路，他也不敢一个人前来。我猜陵墓里应该进来了很多人，他会选择跟着人群一起走白骨道。"

火焰闪了闪："白骨道？啊？走那里，小主人不是得过一遍心魔幻境？"

珠玑："你还担心皎皎过不了吗？"

火焰眨巴了下眼。

珠玑红唇勾起："我的皎皎，全天下大概都找不出比他更单纯的人来了。"

饮血归来的万千蝙蝠围绕在她身边。

骨翼遮天蔽日，尘埃洋洋洒洒，和她银蓝的眼眸相映出惊心动魄的诡谲艳丽来。

珠玑盯着某一处很久，笑了下："他是我养出来的孩子啊。除去嫉妒、贪婪，便只剩下懒惰。这样的他，怎么会有复杂的心思呢？"

她的声音很轻："走吧，我们不用接他了，回陵寝等着他来吧。"

"嗯呢。"小火焰乖乖点头。

它从灵智初开便待在一个透明的珠子里，日日夜夜被珠玑以血养大。珠玑不仅是它的主人，更是它的母亲。

对于温皎这个珠玑生下的小主人，小火焰自然就是爱屋及乌，怎样看都是欢喜。

它也没觉得小主人的性格有什么不好,娇娇气气多可爱啊,就算有坏心思,凭小主人那张脸也没人舍得发火。有的人天生就是用来被宠的!

放在它在另一个世界看的那些话本里,小主人就是个娇里娇气的傻白甜主角——当然,它忽略了人家主角好歹有个"甜"。

至于珠玑对傅长生和卫流光下的蛊,小火焰也没觉得不对。

毕竟每一段感情发展总是需要催化剂的嘛,它相信没有蛊,所有人也都会怜惜小主人的。谁让它的小主人天下第一好呢?不喜欢他的人才有问题。

小火焰想到这里,又回味无穷地想了一遍上次看的小说。

耶!它果然最喜欢看狗血万人迷!

珠玑的肉身早就死去,动用邪术保留灵魂留在这暗无天日的陵墓,唯一能对话的就是这团火。

即将重见天日,珠玑的心情很好,往回走的路上轻描淡写、笑着问道:"你将那位蓬莱小师弟的灵魂带过来了吗?"

小火焰骄傲地挺挺胸膛:"嗯,早就带过来啦!我还编了个故事把他安抚住了呢!"

珠玑:"嗯?"

小火焰说:"我骗他说这里是一本书。"

珠玑笑个不停:"你就是这么说的?"

小火焰点头:"对呀,您不是想要他的心魂吗?我就编了个故事,骗他说,可以帮他重新活过来,只要他走剧情。剧情就是要他夺取璃国皇帝的身体,然后掏心给小主人。"

珠玑唇角的笑意加深,轻轻问:"那他答应了吗?"

"没有。"小火焰委屈地扁了扁嘴,想到这里它就郁闷地抖了抖身体,"他没答应,太奇怪了,他难道不怕死吗?我在他那个时空看了很多小说,书里面的主人公为了重新活过来都愿意答应系统走剧情的啊！不知道他为什么不愿意。"

珠玑淡淡地道："他若是答应才叫奇怪。"——生死怎么可能成为困住他的枷锁呢？

小火焰轻轻"啊"了声，想到自己在摘星楼和夏青的对话，讪讪地沉默了一会儿。

其实它一开口就说错话了——它骗夏青说攒功德复活，结果人家楼观雪是个暴君，还被夏青冷嘲热讽了好一顿。

后面它完全是即兴发挥了。

毕竟小主人这遭遇跟它当时看的一个狗血故事一模一样。它越说越激动，按照那本小说的内容以及它对楼观雪的调查了解，自作聪明添油加醋了很多细节，觉得这样总能说服夏青吧，结果还是没用。

嘤，它只能灰溜溜跑了。

小火焰默默叹气："主人，我还是不确定三个月后夏青会不会愿意上那位璃国皇帝的身。"

珠玑温温柔柔地笑："没关系，你把他带到璃帝身边就好了。真到那个时候，由不得他选择。"

小火焰疑惑地眨眼："啊，为什么？还有，为什么三个月后璃国皇帝一定会死啊？"

它当时就只知道这一点，却根本不知道原因。

珠玑笑了下，眼眸露出怀念的神色，轻声道："当年神宫叛变能成功，不得不说多亏了宋归尘。如果不是他祭出了蓬莱之灵，将其作为神宫诛神阵的阵眼，我们在'神'的面前一丝胜算都没有。而浮屠塔不过是一众人族道士玩闹般布下的阵法，又怎么困得住神魂呢？到时候，百年之期一到，璃国皇族，必死无疑。"

小火焰更困惑了："啊？主人，什么是百年之期啊？"

珠玑神情恍惚了片刻，笑了下："百年，这是'神'的轮回。算了，我跟你说这些干什么呢？'神'早就被抽魂拆骨永葬海底了，你只需要知道这个时候神魂最为强大不可控便是。"

小火焰乖乖点头："哦。"

它脑子笨，转不过弯，也就不去想了。反正它从来就不知道主人想干吗，它只有一岁，生平爱好只有看话本，喜欢为里面的故事掉金豆豆。

主人说，大祭司会带小主人出皇宫来到皇陵见她。

它就猜想，小主人应该是过来救主人和它的吧。

然后带他们出去，打倒邪恶反派，从此一家三口幸福快乐地生活在一起。它还能待在小主人身边，亲自看狗血剧情，幸福！

小火焰被人间话本洗了脑，飘在珠玑身边开开心心地畅想着未来。设想太美好，以至于它又忘了跟珠玑讲那位璃国皇帝能看到它的事。

珠玑其实从来没在意过那位璃国的新帝是谁，因为对她来讲这并不重要，她的目的只有夏青。

她不想死，也不想失去力量，而翻遍神宫古籍，只有转生邪术能办到这一点。

她日日夜夜以心血浇灌神珠，将三分之一的神光炼成灵火，为的就是将夏青的灵魂带过来，无论他在天涯海角。

因为转生邪术有个弊端：转生后她的魂是不齐的，而天底下能补上这个缺口的只有这位蓬莱小师弟的至纯之魂。

多好啊。

等她从皎皎体内复生，吞噬神火重获力量，再将夏青的魂吃下去，那一切就都结束了……

楼家人的血脉是受诅咒的，可是这样不是正好吗？哪怕是"诅咒"，到底也沾染着"神"的气息。

至纯的魂进入至暗的身体里，再剖出心来，由她活吞下去。

——到那时，她将成为世间唯一的新"神"。

宋归尘，你害我计划落空，害我沦落至此。

那就拿你蓬莱整个门派陪葬吧。

拿你所有师弟的命。

珠玑手指卷着长发，唇角极缓极慢地笑了起来。温皎的五官其实和她生得很像，可是温皎总是胆怯、哭哭啼啼的，红着眼便只剩懦弱可怜、楚楚动人。但珠玑不是，她傲慢自负，暴虐残忍，唇角扬起眉眼间便带着蛊惑人心的媚。

小火焰不懂任何人的心思，它满脑子就是话本和狗血剧情，眼巴巴地等着小主人来，带他们脱离苦海。

它还有好多话本没看呢，但是它没力量出去了。

小主人，快来啊。

小主人来不了，小主人被困在白骨道，快要活生生哭死过去。

而一墙之隔，夏青穿过烟霭，看到了一个静室，一个很奇怪的静室，那只幽蓝的蝴蝶给他照明，四壁皆空，他疑道："这是什么地方？"

这是珠玑的墓吗？怎么没有开关，没有门？

夏青在房间内转了一圈，正纳闷的时候，门打开了，微微的红光从里面渗了出来。春商洞在古籍上的记载便是一个罪大恶极的魔修的居所，道士住处，有些奇奇怪怪的东西很正常。红光大盛，夏青往里面走，看到了一盏一盏亮起来的灯，他走进去的瞬间，后面静室的门便关上了。

安静逼仄到能把人逼疯的漆黑世界里，突然出现目之所及无穷无尽、有远有近的灯，它们像萤火又像是灯笼，茫茫然，笼盖四方。

红尘千帐灯。

那只蝴蝶钻进了他的袖子里，似乎是害怕这些光。

夏青嘀咕了一声："搞什么？"

（二）

这个幻境像是能蛊惑人的神志，紧接着，怪异的让人难过的情绪逐渐涌上心头。

夏青开始不安。

他盯着一盏灯，莫名其妙就想起，小时候接过阿难剑时，心中最大的困惑是洞房花烛夜的时候怎么办。师父说他毛都还没长全想得倒挺多。事实上，等他长大，果真就不再困惑这件事了。他对人世间的情欲丝毫不感兴趣，甚至避之如洪水猛兽。

"这里到底是什么地方？"他轻喃一声。

一盏一盏红灯将视野占据。

夏青想往前走，却发现自己在黑暗中撞上了一堵看不见的墙，它堵住了去路，回首，静室的门也关闭了。他被困在方寸之间，与之相伴的是漫天红灯，如万千安静的眼，照见人心深深处业孽无数。

下一秒，他忽然身体僵住，体内被剑意所伤，没想到烧灼灵魂的痛苦在这种关键时候卷土重来！

夏青脸色苍白，重重地喘了口气，手指轻轻触着前方，难受地半跪下来。

这里太安静了，安静到没有任何可以让他分神的东西。

而心魔幻境中，越是逃避的东西，越是尖锐地出现在脑海生。

以至于他愈痛愈清醒，看向前方，浅褐色的眼眸被红光迷乱，满脑子都是木板上楼观雪的那句话——你慢慢想，最好想出一个我满意的答案。

他在想啊，从在那个村子里狼狈翻窗跳下开始，就一直在想，想得他头都要炸了。

想他该怎么办。

夏青低下头，愣愣地看着自己摊开的手心，掌纹之间清寒剑光默默流动。

他黑发静落，眼眸被镀上一层暧昧的猩红色，像是刚哭过一场。

一下子，害怕的、慌乱的、惶恐的、不安的——各种焦虑暴躁的情绪逼得他犹如困兽。

好像从出生开始，他就没有体会过这样的心情。

宋归尘不懂，薛扶光也不懂，他自己都不懂。

太上忘情道确实不是无情道，不需要断绝情感，可是，不为情牵、不为情绊，哪有那么简单的事呢？不如直接选择断绝一切情感逍遥自

第九章 崩析

在些。

夏青睫毛被眼泪润湿，长发披散跪在地上，看着手心，神情愣住，满是迷茫。

眼中溢出被痛出的泪水，"啪嗒"落在手心，溅出水花。

数千盏灯破开血肉灵魂。

他从发丝到指尖，每一处都在疼痛，痛到极致，灵魂反而静了下来。

袖中的蝴蝶察觉他的情绪不对劲，悄悄探出头，飞到了夏青摊开的掌心。

蝴蝶的鳞翅是蓝色的，辉芒清清冷冷，成了他模糊视线中唯一的安宁之所。

夏青的呼吸放轻，看着蝴蝶扇翅。

过去的人生像电影般在脑海回放。

从福利院那堵长满爬山虎的墙开始。

掉漆斑驳的宿舍楼、吵吵闹闹的大食堂，他在那里长大，在那里上学，在那里毕业。

二十年的人生，无数喜怒哀乐，真要仔细回想，记得最清楚的或许只有那个残阳如血的下午。

其实他遇到过很多对他好的人，也遇到过很多对他不好的人，温柔和善意是真的，抛弃和虐待也是真的。

可是所有的故事都有结束的时候。

就像福利院会翻修，老院长会老去，小胖怀揣着他小时候出人头地的梦想远走高飞。

而那个作恶的男主人，在夏青报警后坐了牢，出来颜面无存，在这里也待不下去，换了城市。

亲友会离散，恶人有报应。

好的坏的都有终时。

于是，欢喜不长久，怨恨也不长久。

一切行为、言语、思想为业。一切恶事、恶因、恶果为孽。

他在上京城落雨的夜晚梦到了重重往事，梦到了宋归尘的业孽，梦到了他与鲛族之间的血海深仇。

夏青想,他对宋归尘潜意识里的排斥和针锋相对,应该是百年前积攒下来的很深很深的情绪了。

不然以他的性子,怎么能记那么久呢?

只是哪怕是横隔百年的怨,他也不会为它失去理智,不会落到现如今产生心魔的地步。

夏青一点一点地牵起唇角来,眼泪往下落,打湿了蝴蝶的翅膀。

"我真好奇为什么师父说你是最适合修太上忘情道的人呢——难道是因为你忘性大,不记仇?'太上忘情'四个字听起来就好厉害啊,我也想学,但师父不让,快说说,师父都怎么教你的?让我偷学几招。"

"……他什么都没教我,就让我有事没事盯着人发呆。"

"然后呢?"

"然后啊,"少年想了想,嚼着叶子说,"他让我活得无牵无挂。"

无牵无挂。

夏青痛得蜷缩着身体,黑发落到地上,闭上眼睛的一刻,短促地笑了声。

想得他头都痛了的事,可算是想明白了。

他在逃避什么?

——他怕啊。

怕坚守百年的道心毁于一旦。

怕入了尘世就彻底脱不了身。

怕这份执念会是一件长长久久的事。

怕他这一次再也做不到无牵无挂。

夏青指尖颤抖,黑发如流水泻满全身,第一次流露出脆弱的样子来,声音也在发颤,轻得像是飞雪。

"楼观雪,我怕这一次是万劫不复。"

轰——

第九章 崩析

他跟薛扶光说得没错,他的心魔只会是自己。

万千红灯刹那粉碎,化为流光星辉,遍布整个漆黑世界。

幻境崩析,夏青的余光里出现一角雪白的衣袍。

夏青大脑混沌,抬起头来,眼眸泛红,睫上还沾着泪珠。

"怎么那么可怜呢?"

楼观雪也蹲下身,用手指给他擦去眼泪,轻笑一声。

夏青没说话,安静地看着眼前的人。

蓝色的蝴蝶飞到楼观雪身边,它像是完成任务,如释重负般自解身体,成为一道洁白的光,汇入他指尖。

楼观雪垂眸,解释说:"我是想让它跟着你保护你的。它说你出事了,我过来,没想到居然是心魔幻境。"

夏青还是不说话。

楼观雪咬破自己的指尖,不由分说地撬开夏青的唇,把自己的血喂给他。而这一次夏青也没反抗,乖乖地张开嘴,闭上眼睛。

咽下楼观雪的血后,刺痛瞬间如潮水般退去。

结束后,他手指摩挲着夏青的眼角,眼眸深邃晦暗,唇角勾起:"夏青,你不会在心魔幻境里见到了我吧?"

夏青的目光好像要把他每一寸容颜看个清楚。

楼观雪见他现在虚弱的样子,不再逼问,将他抱起。

夏青也不挣扎,不一会儿在他怀里声音很轻地说:"那件事我想明白了。"

楼观雪一愣,淡淡地应道:"嗯。"

夏青说:"遇见你应该是件万劫不复的事。"

楼观雪沉默片刻,极轻地笑了下,语气却是温柔的:"这就是你给我的答案吗?"

夏青没回答这个问题,手臂往上环住他的脖子,疲惫地闭上眼。

他声音轻得不像话,接上前面的,说给自己听:"算了,那就万劫不复吧。"

白骨道有无数个静室幻象。基本上每一个走到尽头的人，都要在里面被折腾一遭。

前面的路温皎走得磕磕绊绊，时不时就会被倒下的骷髅吓到，娇嫩的皮肤稍微被碰到一点儿都会哭个不停。

他哭也不敢哭出声，总之就是又委屈又难过，他以为这一路都会那么难走，谁知道走入一片迷障后跟人群走散，他却成了所有人中走得最顺利的。

瘴气太重，根本看不清身边的情景，他只能听到一声又一声绝望的尖叫和崩溃的哭喊。

每个人的心魔，往往都是内心深处执念最深的东西，这种执念可能是害怕，也可能是遗憾。

但是温皎没有心魔。

他生平最大的愿望，就是像以前一样受万千宠爱，什么都不用干，把所有人踩在脚底下。

可这种愿望很浅显，他就是这么想着并不愿意为此付出太多努力，于是也没太深的执念。

这辈子虽然国破家亡，亲眼看着亲人被活埋在黄土里，但是温皎生来就没心没肺，这些也成不了他的噩梦。

温皎吸吸鼻子，一个人畅行无阻地穿过了心魔幻障。

他看了下四周的环境，发现竟然无比熟悉，暗舒口气，稍稍放下心来，藏在袖子里的手握紧，按照小时候记下的路线，往陵墓深处走。

他看到了一路长燃的人鱼烛。

烛火通明，每一处墙壁都是旧时模样。

到达那扇尘封的门前，温皎颤颤巍巍，用细嫩的手打开了机关。"咔咔咔"，厚重的青石大门缓缓打开，温皎还没反应过来，一团幽蓝的火焰已经惊喜地扑进了他怀里，脆生生地说："小主人！你终于来了！"

温皎胆子小得可怜，直接大叫一声，把那团火甩开，往后退，却不小心被台阶绊倒，狼狈地摔在了地上。他眼眶一红，又要落眼泪了。

这时熟悉的女人声音响起："皎皎，好久不见了。"

第九章 崩析

温皎哭都来不及哭,目光往上,看到了在不远处朝他露出温柔笑意的黑裙女人,黑发白花,眼眸银蓝色,像大海一样。

见到已故的母亲,温皎不是欣喜,第一反应是厌恶和惊恐:"鬼!鬼啊!"

他大叫一声,在地上连滚带爬地往后退。

小火焰被甩开,正委屈巴巴呢,见小主人对主人是这个态度,更委屈更生气了!

它呆呆地转头,想看主人是什么反应——主人对小主人那么好,那么爱他,肯定会伤心的吧?可是它悄悄偏头,却见珠玑还是那副笑意盈盈的样子,似乎对自己这个儿子所有的表现都无所谓。

事实上,珠玑对温皎的爱恨本来就不感兴趣,甚至对他身上的伤口也视而不见。爱她也罢,恨她也罢,又如何呢?

她只要他安全活到长大,无论活得怎么样。

她只要他走到她面前,无论过程多么艰辛。

珠玑飘过去,俯身,纤细的手指摸上温皎眉心那道口子,笑意温柔。

多奇妙啊。

这里……将是她出生的地方。

温皎泪眼婆娑,不停念叨:"别杀我,别杀我!"

珠玑语调甜蜜又温柔:"皎皎,你看清楚我是谁。"

温皎像是终于清醒了点儿,睁大眼,也愣了愣,脸色苍白,瑟缩着问:"娘?"

珠玑微笑:"嗯。"

温皎确信这是他娘的一刻,入陵墓以来全部的委屈都瞬间喷涌而出:"娘!你帮我报仇啊!"

他见到死而复生的娘,脑海里率先想到的只有滔天的恨。

小火焰眼巴巴过来:"小主人怎么了?怎么浑身上下都是伤啊!谁居然敢欺负你!是大反派吗?"

温皎像是找到靠山,一下子哭得又气又急:"娘!我要这次陪我进来的人全都死在这里!他们都欺负我!他们都不是好人!"

珠玑:"好,谁欺负我们皎皎,我都给你报仇!"

温皎心中大喜,扭曲的恨稍微去了点儿,他惯会撒娇,说:"娘,我要你带我去看他们是怎么死的!我要看他们狼狈不堪跪在地上求我原谅的样子!"

珠玑微笑,缓缓说:"都依你。"

小火焰闪了闪,心想:小主人的性子真的好奇怪哦,不过不管啦,敢爱敢恨想要什么就说什么,不也是一种直率蛮横的可爱吗?

"不过,帮你报完仇之后,替娘做一件事好吗?"

实际上珠玑根本不需要征求温皎的意见,但是她还是愿意维持一下这份表面的母子情。

温皎吸了吸小巧的鼻子,呆呆看着她:"什么?"

珠玑的手指轻轻抚摸着他眉心那道口子,笑起来:"鲛人一族离开通天海是没有轮回的,可是我不想死。"

珠玑轻声说:"我的皎皎,我给了你无上的宠爱,我给了你无上的富贵。我让那些蓬莱的天之骄子为你死心塌地,为你奉上一切。

"我给了你世人求之不得的财富、亲情。

"我让你天真又恶毒、单纯又自私地活到现在。"

珠玑弯下身,微笑。

"现在,也到了你该报答娘亲的时候了,我的皎皎。"

(三)

"娘,你在说什么?"温皎不明所以,睁大眼睛,可是他根本没心思去理解珠玑的话,一想到那群人马上会屁滚尿流地跪在他面前求他原谅,他就兴奋得浑身颤动,一路走来的所有委屈、愤懑充斥胸膛。

温皎一下子紧紧抓住珠玑的袖子,激动地说:"娘,你快去为我报仇！替我杀了那群人！我要他们下地狱！他们都欺负我！"

温皎越说越委屈："他们都欺负我！我要他们生不如死！"

小火焰听到这话马上凑过去，奶声奶气安慰他："小主人不气不气！欺负你的人都会下地狱遭报应的！你可是主角呢！"

温皎懒得搭理这个说话他都听不懂的玩意儿，只看着珠玑，眼眸清澈干净，只剩恶毒。

珠玑静静地看他，笑着说："好呀。"

——小主人又不理它。

小火焰几次三番在温皎这里热脸贴冷屁股，也烦了，抖了抖身躯飘到了珠玑身边。

珠玑并没有失去力量，在陵墓里弄死几个人间道士轻而易举。

她心情很好，温柔地牵起温皎的手，往外走，似乎是在回忆往事，笑说："皎皎，还记得第一次来梁国皇陵的时候吗？

"当年你那么小，是我牵着你的手，一步一步带着你从门口走到这里的。我要你把路记下，你记不住我就重新带你走，走了一遍又一遍，然后你一直在哭。"

温皎怎么可能记不住这事，他委屈地扁扁嘴，语气里藏不住怨恨："对，那天我走了好多遍，脚都快起泡了。娘，你明知道我记性不好，不喜欢记东西，你怎么还逼着我做这个呢？"

珠玑轻声说："因为啊，若是你连这都记不住，也就没出生的意义了。"

温皎满脑子都是报仇，疑惑："娘，你怎么又在说我听不懂的话啊？"

珠玑微笑，没再理他。

一岁的小火焰却是因为主人这句话一下子身体僵住，就连沸腾的心都像被冷水浇下，火苗都不飘了。

什么叫……没出生的意义？

陵墓暗道中，两边是接连不断的人鱼烛。

129

珠玑笑道:"好,我们不提这个。你在璃国皇宫受委屈了吗?"

温皎眼眶一红:"受了。娘,你都不知道我在里面过得有多苦。"

珠玑道:"傅长生他没有保护你吗?"

温皎想到傅长生就是一肚子气,他赤红着眼,咬牙切齿:"没有!傅长生那个忘恩负义的狗东西,入了宫后根本没有管过我!他被一个故作清高的贱人迷了神志,抛下我走了!"温皎突然想起夏青也进来了,也在这陵墓里,愣了愣后压抑不住大笑起来,眼中瞬间迸发出极为纯粹的癫狂的光亮来,手指紧紧拽着珠玑的衣袖,"对了,娘!那个贱人也进来了!娘,你要为我报仇!你慢慢折磨他好不好?最好把他折磨得生不如死!"

小火焰整团火都傻了——小主人说什么?贱、贱人?傻白甜主角怎么可以说这个词呢?

但它很快又安慰自己:可能小主人是在璃国皇宫受了太大的刺激现在有些神志不清吧。

小主人好可怜哦。情有可原,情有可原。

珠玑一眼就能看出他在说谎,傅长生怎么可能对他不闻不问呢?但她还是勾唇,妩媚地笑着说:"好啊,我不光帮你报复那个人,还帮你报复傅长生。"

温皎眼睛放光:"太好了,娘,你要怎么报复傅长生?"

珠玑道:"还没想好,不过肯定不会让他好过的。"

"嗯。"

珠玑所过之处,挂在墙壁上的烛灯依次亮起,把白骨道照了个清晰。

黑色的衣裙拂过皑皑如雪的骷髅,像是在废墟荒骨上开出的一朵黑色的嗜血的花。

"娘,你要带我去哪里?"

"去看那群人怎么痛苦绝望。"

她是鲛族圣女,百年之前最接近"神"的存在,区区一个心魔幻境自然拦不住她。

温皎真的如愿了,他以一个高高在上的身份,旁观了一群道士内心深处最压抑、最深刻的爱恨情仇、恐惧遗憾,并以此为乐,格外享受那些人在崩溃时见到他的表情。

他们丑态百出,狼狈不堪,哭着嚷着求他原谅,脸上都是悔色。

温皎要的就是他们后悔,他浑身上下说不出地舒爽,神色兴奋到扭曲:"娘,快带我去找那个贱人。"

小火焰郁闷地闪了闪,安安静静地在旁边看着,觉得自己越来越看不透小主人了。

它飘在珠玑后面,不由又想到自己以前还藏在珠子里时,见到的梁国皇宫的种种。

那时的小主人还是无忧无虑的九皇子,千娇百宠,随心所欲。

小主人骄横脾气大,心情不好可能会为一件很小的事无理取闹,但心情好就会去宫外帮助很多贫苦的人,博来一个"宽容仁善"的好名声。

就像章台殿的夜晚,主人俯身扶花,笑吟吟对大将军说过的话。

"有人讨厌就有人喜欢。好比有人爱花,有人爱草,任何人都值得被爱。我相信皎皎那么可爱,总会有人愿意为他付出一切的,你说对吗,傅将军?"

皎皎那么可爱,会有无数人为他付出一切的。

小火焰对这句话深以为然。

小主人样貌出众、生而高贵,虽然自私恶毒杀了很多人,可就是有很多人愿意宠着爱着,纵容着他的一切坏。

任由别人恨得牙痒痒也没办法。

谁让这是上天的馈赠呢?

上天馈赠他从生到死什么都不需要做,就该受万千宠爱。

"娘,你要带我去哪儿?"温皎报了仇神清气爽,继续跟着他娘走。

珠玑:"嘘,你好好跟着我就行了。"

温皎:"娘,你什么时候带我去找夏青?"

珠玑说:"皎皎,你不相信娘吗?"

温峧心里烦得不行，心道：就是相信你我才落到这个地步。

珠玑亲自剖腹生下的他，血液同源，当然知道他全部的情绪，察觉到他的恨，微笑着什么都没说。

穿过白骨道，穿过立棺的陵墓。

她往春商洞的最深处走。

那里是一处血池。

在珠玑带着温峧去白骨道前，已经有一些人挣脱心魔幻境走了出来。都是一千年纪比较小的道士，其中就有寇星华和那个被蝙蝠弄瞎眼睛的人。

暗道重重如迷宫般错乱，众人摸瞎般选了一条路径直往前走，却没想到越往里走路越潮湿，浓郁的血腥味经久不散。

夏青醒来的时候，还在楼观雪怀中。两旁是沿路盛开的血色红花。他想起自己闭上眼前说的那句"万劫不复"，静静发了会儿呆，随后低头小声说："放我下来。"

楼观雪声音淡淡从头顶传来："先说清楚，最后那句话是什么意思。"

夏青浑浑噩噩，蒙蒙地问："哪句话？"

楼观雪重复："那句'万劫不复'。"

夏青身体瞬间僵住，耳朵已经开始发热，清醒的时候直面自己说过的话，真的是折磨——这还要说清楚吗？难道意思还不明白吗？

"你先放我下来。"他松开手臂，虚虚推着楼观雪的肩，有气无力道，"……这让我怎么说啊？"

楼观雪没有直接答应他，而是选择先用神力探查了一下他的身体，确定无恙后才放他下来。

暗潮静静漫过漆黑的甬道，细流无声。

楼观雪放他下来也就不走了。

明明往前就是计划中的最后一步，但他却不知道是什么心情，非停下站在这死水微澜的暗道，等一句话。

夏青脚落地后，抬手抓了下头发，头一次感觉自己丧失了语言功能。

两旁的灯暗幽幽亮着，浑浊的光线里，楼观雪一袭白衣漱冰濯雪，如第一晚见到时那样。眉眼在晦暗的影子中依旧精致绝伦，苍白的手拿着骨笛，垂眸冷静看着他。

夏青被他盯着越发不好意思了。

"边走边说吧。"

楼观雪沉默片刻，说："好。"

太奇怪了，他们之间还从来没有这样奇怪的时候。

夏青顿了顿，说："我修的是太上忘情道你知道吧？"

楼观雪这一次倒是很体贴，任由他转移话题："嗯。"

夏青看着黑黢黢的水，语气茫然："我师父让我无牵无挂，因为太上忘情讲究的是不为情牵不为情绊，按理说可以入世，可是入了尘世还不为其牵绊何其难？我没那么自信。我之前一直在怕，因为不敢细想。但我后来又觉得，我这样……算什么呢？"

他声音又轻又慢："我怕入了尘世出不去……可这种恐惧，本身就已经是一种牵绊了啊。

"我的道心早就破了，这根本不是我能不能选择的事。

"于是我想，万劫不复，那就万劫不复吧。"

楼观雪在黑暗中没说话，手指紧攥骨笛。

听着少年的话，一时间思绪竟有些飘散。

灼烧心间的烈火枷锁如今变成了温顺的藤蔓，无声肆意蔓延，一点一点缠绕禁锢。

他从小到大活得一直很清醒，很少有这样的时候。

夏青骂过他很多次"疯子"，实际上，他的疯也在理智之中。对于苍生的漠视和对于生死的旁观，不过是一种刻入血液的傲慢。

只有这一次，事情在往失控的方向走。

可能是真的疯了吧。

"夏青，不只是你万劫不复。"

楼观雪说。

夏青愣住，楼观雪漆黑的眼眸这一刻涌现出一种他从未见过的神色来。

"真没想到，你陪我渡过了一次红尘障，结果又重新拉我入红尘。"

楼观雪勾起唇角，轻轻地笑了一下。

"你还没回答，那句话是什么意思。"

"楼观雪，我……"

夏青脸色苍白，浅褐色的瞳孔满是迷茫的雾气，下意识张开嘴，却发现根本说不出话来。

从心魔幻境里出来，他心里一直笼罩着一股难以言喻的哀伤。

楼观雪静静地看着他："别怕，说出来，我在听。"

夏青眼眸越发迷茫，承认道心破碎的一刻，他像是被人从内部击碎，情绪理智都溃不成军："我，我……"

楼观雪等了一会儿，等不到答案，心中叹口气，替他把话说完，温柔笑说："你信我。"

夏青一下子失声。

楼观雪垂眸，神情在半明半暗中，勾唇说："这样，我们也算惺惺相惜了。"

这一次的红尘障，居然是他心甘情愿被困住的。

果然疯了。

（四）

没人知道，春商洞的最深处其实是一个血池，是当年魔修专门用来练邪功的地方。这里死了上千人，鲜血涌出凝聚成一处泉池，旁边开满了红色的花，黑色蝴蝶密密麻麻停在池中的骷髅头上。

越往陵墓深处走，那种血腥味道就越浓重。

夏青身体还很虚弱，闻到这种腐烂恶臭的气息就难受得不行，下意识作呕。

楼观雪看他一眼，拽过他的手腕，往他脉络中输了一些纯白的神力,替他缓解了这种恶心感。

夏青安静地睁着眼,随后问:"你已经把神力吸收完了?"

楼观雪:"嗯。"

夏青:"那你现在是不是很厉害?"

他已经从心魔幻境的影响中走出来,心神清明,精神也恢复了原来的状态,不再像先前一样苍白脆弱。

楼观雪说:"或许吧。"

夏青嘀咕:"是就是,不是就不是,或许吧是什么意思?我以前可没看出你身上还有谦虚这种美好的品质。"

楼观雪垂眸,似笑非笑,懒洋洋:"嗯,没事,你有的是时间了解我。"

夏青愣了下,笑着吐槽道:"别吧,我觉得我已经够了解你了——哎哟。"

他光顾着看楼观雪了,一不留神忘记看路,居然直接撞上了一堵墙。夏青捂着额头,还没反应过来,黑暗中"呼啦啦"一团黑色蝴蝶直冲他脸飞了过来。

这是什么?他还在站着疑惑,下一秒楼观雪已经伸出手捂住他眼睛,语气平静地说:"你是想死在陵墓里吗?"

黑色蝴蝶吃人肉为生,翅膀周围都是血雾邪光,贪婪饥饿地盯着夏青,却碍于楼观雪,不敢向前。

夏青拿开他的手,看了前面怪异的蝴蝶一眼,颇为惊奇地说:"怎么这陵墓里的蝴蝶都长得那么瘆人啊,就这还叫风水好?梁国先祖脑子进水了吧?"

楼观雪淡淡地吩咐:"跟在我身边,什么都别碰。"

夏青乖乖应下:"哦。"

他应完后,又觉得自己这样挺陌生,偏头盯着楼观雪束发用的缥碧色发带,看着它静静垂落在乌黑的缎发间,擦过少年清冷如玉的侧脸,没忍住笑出声来。

第九章 崩析

135

楼观雪用骨笛打开那扇门。

很快，一个空明清新、草木葳蕤的山谷出现在他们面前。

夏青眼睛一眨不眨盯在他脸上，自言自语："楼观雪，我还没这么躲在人身后过呢。这感觉真奇怪，下次还是换我保护你吧。哦，也不对，我本来就是被你强行拉进来的，你保护我是应该的。"

楼观雪突然开口说："夏青，你有没有发现，我们已经出了陵墓？"

夏青眨了下眼睛："啊，出陵墓了？"他往前看，瞬间吓一跳，"真出了啊。这是什么地方？我们不是去找珠玑的棺吗？"

楼观雪被他的反应逗笑了，轻笑很久后才安静注视他，语调温柔而轻佻："就这么喜欢看我？"

夏青一头雾水：什么鬼？

楼观雪戏谑道："你盯着我的脸看了一路，看出什么东西了没？"

夏青说不出话来。

哦，他真是被冲昏头脑，忘了楼观雪本性多恶劣，但他已经不像之前那样容易气急败坏。夏青绷住表情，输人不输阵，开口："看出你挺好看的，像仙女。"

夏青继续道："仙女，有没有人夸过你好看？"

"仙女"说："没有。"

夏青惊了："为什么？"

楼观雪淡淡地道："敢盯着我看的人，眼珠子都被挖了。"

夏青："你这……"

"陛下！"两人的交谈被一声惊叫声打断。

夏青拿着一根花枝，循声望去，看到了从另一个通道误打误撞进入这里的寇星华。寇星华的目光直愣，发呆地看着楼观雪，明显是被吓着了，瞳孔瞪大，怎么都想不到这位天下之主会出现在这里。

而他后面的一群道士也被他一句"陛下"震得六神无主，呆若木鸡，站在原地。

"这这这这这，这是陛下？"

他们傻了，夏青也傻了——刚刚他和楼观雪还在谈啥来着？哦，他们在谈"仙女"。

……什么玩意儿啊！

夏青举起手里的花枝就想挡脸，但是又觉得这样显得做贼心虚、欲盖弥彰。

他把花枝默默放了下来，动作之间一片绿色的叶子轻飘飘落在了他的鬓发上。

楼观雪目光其实一直落在夏青身上，见他这样尴尬却故作镇定的样子，勾唇笑了好一会儿，随后从袖中伸出手，亲昵地为他拂去发上那片叶子，轻声说："怕什么？"

夏青道："你要不要先理一下他们？"

楼观雪这才将视线落到了寇星华一行人身上，他心情不错，微微一笑。

"寇星华？"他声音慵懒妖冶，仿佛还是身处璃国皇宫内喜怒难辨的少年帝王。

寇星华大脑空白，"扑通"一声直接跪下了，颤声道："参见陛下！"

他后面的一群道士是在船上见过楼观雪的。

之前一直以为这位深不可测的白衣仙人光风霁月不染凡尘，应该是位隐士高人。谁又能想到呢，这位居然是陵光那站在人间权力之巅的九五之尊。

反差太大，以至于他们呆了好久，才随着寇星华一起跪在了地上，诚惶诚恐。

"草民见过陛下。"

"见过陛下。"

楼观雪漫不经心看着跪下的一群人，眼底漠然，什么情绪都没有。

夏青暗中扯了下他的袖子："你不叫人起来吗？"

楼观雪看他一眼，才偏头对众人缓缓道："起来吧，在陵光城外不需要那么多礼节。"

"是，草、草民谢过陛下。"众人战战兢兢应道。

寇星华暗舒口气从地上站了起来，还欲说什么，察觉陛下是真的懒得搭理他们，默默闭上了嘴。其余道士呆若木鸡。十六州大陆都以陵光为尊，他们连陵光的贵人都没见过几位，面对这位璃国皇帝更是心惊胆战说不出话来了。众人局促不安，纷纷神情复杂地将视线落到夏青身上。

夏青无语：看我干吗？

被盯得头皮发麻，他连说："走，走，别和他们一块儿。"

楼观雪："我还以为你会让我带上他们呢。"

夏青："算了吧，你没见他们看我的眼神？"

楼观雪："嗯？"

夏青："走就是了。"

楼观雪藏住对那些人的杀意，笑了下，跟着他走，甚至都没提醒夏青方向错了。

寇星华他们不敢跟上去，只能往反方向走，进入这个山谷他们是迷茫的，还没找到寒月夫人的棺呢，他们怎么就出来了？

"那位真的是陛下吗？"

众人低声交谈。

"应该是的。"

寇星华心事重重，对夏青的身份越发不确定，但是还没等他想清楚，前方突然传来熟悉的声音。

有点儿软，天生带着股娇意，哭啼着说："娘，我能出去了吗？好痛啊，我好痛啊！"

——温皎？

寇星华一下子瞪大眼，握住剑柄，快步往前走，却见灌木雾气散开，浓郁的恶臭扑鼻而来，一个偌大的血池出现在众人视野里。

腐烂发黄的骨头七零八落分散在池中，黑色的蝴蝶密密麻麻，落到少年光洁的肩头。温皎泡在血池里，泪水啪嗒啪嗒掉落。他一辈子没吃过什么苦，现在只觉得脑袋要炸开，眉心的红痣邪得惊人，仿佛要从里面破开射出一束光来。

"娘，不行，太痛了，我受不了了，我要出去！我要出去！"

他只在里面泡了一会儿便受不了了，泪流满面，手忙脚乱想要从血池里面出去。但是血池的水像是沼泽，缠着他动弹不得，温皎惊慌失措大叫出声："娘！娘！救我！"

然而珠玑恍若未闻，她就坐在很远处的高石上，长长的黑色裙裾拂过血红的花，将小火焰抱在怀里，姿态天真烂漫若少女，静静看着温皎在血池中挣扎。

小火焰抖了抖，焦急地说："主人，小主人哭了。"

珠玑："嗯，我看到了。"

小火焰急了："可是您以前不是最宠小主人的吗！他哭了，您怎么能无动于衷呢？"

珠玑手指轻轻抚着火苗，温婉地道："因为，皎皎需要长大啊。"

小火焰愣住："长大？"

珠玑说："嗯，你看到皎皎眉心那道口子了吗？"

一向傻乎乎的小火焰这一刻安静下来，它再也找不到话本中对应的故事情节来解释这一点了……为什么？主人不是从来舍不得让小主人受一丝委屈的吗？怎么突然要求他长大？

小火焰蹭了蹭珠玑的手臂说："主人，要他成长也不该是这样的方法啊。而且……有那么多人宠着小主人，他为什么要长大呢？"——呜呜呜，它是真的见不得小主人受一丝苦，它就是偏心，就是护短。

珠玑神情恬静温柔，笑："小火焰，你从话本里学来了那么多奇奇怪怪的东西，那有没有听过'父母之恩等同于天'呢？"

小火焰心虚地低下头，它去现代找夏青时，在那边看的都是些乱七八糟的小说。

珠玑说："皎皎眉心有一道口子，我肚子上也有一道。"

小火焰疑惑不解，看着主人。

白色纸花别在珠玑漆黑的长发上，随风瑟瑟。她的裙裾漫过白骨，银蓝色眼眸望着前方，神情似是怀念："我生皎皎的时候根本不敢让产婆来帮我接生，所以没人知道，那一天其实是我自己剖腹，亲手从肚子里取出他的。那道口子那么长，横在我肚子上。好痛啊，我从来不知道生孩子是这样痛。

"不过没关系。"

珠玑坐在石头上说："璇珈曾经评价我，说我最不喜欢他人亏欠我。她说对了。

"你觉得我对皎皎好吗？"

小火焰一下子不说话了。

珠玑手指卷着垂到胸前的黑发，轻轻笑着说："从他出生开始，我便什么都依着他。依着他撒娇，依着他胡闹，他想做什么就做什么，不用考虑任何人，只需要考虑自己，天真又自私，自在又快乐。

"他的一切都是我给的，我给了他荣华富贵，我给了他万千宠爱。我甚至给了他人世间无数人梦寐以求的最纯粹的感情。"

小火焰已经成了一团死火，觉得这样的主人太过陌生，它颤抖着："主人……我不懂你在说什么。"

珠玑说："那么现在，也是他该报答我的时候了。

"就从那道口子开始吧。"

她低下头，手摸上自己的肚子，隔着衣服仿佛在摩挲那条无法消融的疤，笑容平静而温柔。

"他从我肚子这条裂口里出生，我从他眉心的裂口复活。

"我予他生，他再予我生。我们母子，还真是有始有终。"

一瞬间，小火焰大脑彻底空白。

温皎哽咽流泪时，看到了穿过藤蔓草木走过来的寇星华，一下子像是找到救星般大喊出声，他狼狈地伸出手臂，哭号："星华哥哥，救我！"

寇星华快步上前，温皎毕竟是大祭司交代他要好好照顾的人，他焦急地问道："皎皎你怎么了？"

温皎现在对他娘只有恨了，哭得上气不接下气："救我，星华哥哥！有个疯女人要害我！呜呜呜，皎皎好痛啊！"他娘到底在干什么？居然舍得让他那么痛，真是个疯子！

寇星华自然是看到了珠玑，见到那个黑裙女人的第一眼，他神志一阵恍惚，头脑发涨发晕。力量巅峰时期的鲛族圣女自带蛊惑功能，若是他不小心对上珠玑的眼，现在神志就已经彻底癫狂了。

好在珠玑没理这群蝼蚁，她抱着火安安静静坐在石头上，白花黑发真如少女一般。

若是有人仔细观察，会发现珠玑确实是在返老还童。

"星华哥哥！"温皎的哭腔让寇星华回神。

寇星华忙伸出手，抓住他，咬牙用尽力气把温皎从血池里拉了出来。

温皎粉白的衣服上全是血迹和一些污黄的东西，恶臭难闻，黑色蝴蝶不停绕在他周围，他一直哭一直哭，死死抓着寇星华的手："星华哥哥，快带我走！我带你们去找寒月的棺材！我知道在哪里！拿完珠子我们就出去。"

温皎的想法很简单，他娘要是能出陵墓早出去了。她现在疯疯癫癫的，帮不上他的忙，远比不上外面真实的荣华富贵重要。

小火焰安静地看着一切，大脑空白。这一刻像是回到了初生之时，蒙昧无知，初见天地，什么都不懂。

珠玑已经变成了十五六岁少女的模样，卷着长发似叹似怜地说："这就是我的皎皎啊。"

"星华哥哥！"

温皎死命扯住寇星华的衣袖，想让他回神，但是很快，一阵剧痛让他尖声大叫。

温皎骤然瞪大眼，跌跌撞撞后退一步，语气颤抖："怎么回事？我的头好痛，我的额头好痛，啊啊啊我的腿！我的腿！我的腿怎么了！"

温皎双眼赤红，摔坐地上，拉开衣服只看到自己光洁的小腿上正在一片一片长出蓝色的鳞片。

第九章 崩析

他要化鲛了?

"啊啊啊啊啊——"

少年极度痛苦绝望的尖叫声响彻整个春商洞深处,眉心那颗痣现在彻底露出狰狞面目,是个会生长的裂口,还在延长。

他整个人蜷缩着,只觉得自己要被活生生劈成两半。"星华哥哥……"他化鲛时,整片空气都是冷冽荒芜的香,寇星华和所有道士被灵薇花香摄住心魂,僵硬在原地不说话。

好痛啊,好痛啊。

谁来救救我?

谁来救救我?

温皎的双腿开始一点一点合并,变成鱼尾,指甲变长,眼睛血红。他蜷缩在血池边,恍恍惚惚间却看到了夏青。

夏青似乎也是被眼前情景所惊,难以置信地站在一边,愣愣出神。

"夏青!"温皎骤然大叫,哭出声,"夏青,救我。"

夏青没有说话,也没有动。

珠玑的目光在落到夏青身上的时候才稍微惊了惊,但是这种惊讶转瞬即逝。

她道:"怎么?宋归尘发现了夏青的魂魄,先给他找了个身体,让他来见我?"

小火焰再见夏青只觉得恍如隔世。

珠玑现在已经变成了八九岁女童的样子,声音稚嫩,悠悠笑着说:"还是说,宋归尘也跟着来了呢?他肯定想杀了我,彻底消除伴生灵蛊,救下他的师弟们。

"可是,多愚昧啊。"

珠玑眼里涌现出疯狂的痴迷来,她说:"我即将成为'神',他们怎么可能成为'神'的对手呢?"

"夏青!救我!你救我啊!"温皎语气几乎是撕心裂肺的,甚至带了丝怨毒。不去想他之前怎么侮辱夏青、怎么阴暗地想把夏青弄死,只想着夏青怎么可以见死不救,怎么可以那么恶毒。

第九章 崩析

夏青没有理温皎。

他的视线只落到了那团小火焰身上。

火焰飘在一个粉雕玉琢、充满邪气的女童身边。

女童银蓝色的眼眸充满贪婪、傲慢、阴狠，完全是成人的眼神。

夏青沉默很久，出声喊了句："系统。"

小火焰好像被按下了消音键。

春商洞的血池上蝴蝶冉冉飞去，姹紫嫣红都掩盖不了如今的血腥地狱。小火焰看着夏青琉璃般的眼眸，脑子里乱哄哄的杂念仿佛才消了一些。

小主人一直在痛苦地尖叫。

珠玑变成少女，变成婴孩，而后身体消散变成一道流光，飘过去，汇入了温皎的眉心。

小火焰呆呆地移开视线，又落在温皎眉心那道往上往下不断延伸仿佛要直直劈开头颅的裂口上。

"娘……"温皎眼里全是绝望惊恐，喊到最后，嗓子已经坏了。

流光汇入眉心的一刻，化鲛的痛苦、裂口的痛苦都短暂消失，可温皎却不觉得轻松，而是血液僵冷，停在原地。

他小时候遇到自己不懂的东西，总是喜欢撒娇蒙混过去，当了一辈子别人口里的蠢货。

死前唯一一次动了动脑子。

懂的却是这一生中最残忍也最无情的真相。

温皎的意识逐渐模糊，那些以前充斥大脑的嫉妒、贪婪、怨恨、自私，像是高楼崩塌，灰飞烟灭。

他哭出的眼泪成珠，蜷缩着身体，喃喃说："娘……皎皎好痛啊。"

小火焰迷茫无措，想起了前不久，它为小主人沾沾自喜说过的话。

——小主人样貌出众、生而高贵，虽然自私恶毒杀了很多人，可就是有很多人愿意宠着爱着，纵容着他的一切坏。

——任由别人恨得牙痒痒也没办法。

——谁让这是上天的馈赠呢！

143

——上天馈赠他从生到死，什么都不需要做，就该受万千宠爱。

它被一群黑色蝴蝶骚扰，吃痛地从空中飘了下来。

小火焰伸出小小的触手，掉着金豆豆，擦着眼泪，恍惚间，不知道为什么，脑袋里浮现出它以前在另一个时空看它爱看的小说时，网站开屏闪过的一句话。

——"她那时还太年轻，不知道所有命运赠送的礼物，早已在暗中标好了价格。"[1]

原来，这就是上天的馈赠啊。

夏青惊讶地站在一边，不知道温皎到底发生了什么。温皎让自己救他，可自己又该怎么救他呢？

黑色的蝴蝶漫布山谷。

温皎眼中的光彻底暗淡，尸体躺在血池边，双腿化成鱼尾，当初眉心的那一点痣，现在成为劈开他身体的口子。他整个人被黑色蝴蝶围绕着，啃噬得面目全非。

就在这时，有什么东西从他身体内爬出来。

夏青就看到，一只手探了出来，轻轻地抓住了旁边的草。婴儿的拳头，婴儿的皮肤。只是，随着她往外爬，身体就以肉眼可见的恐怖速度长大。

黑色的长发湿漉漉地披在身上，不过是从地上站起来的一刻，她已经从婴孩变成了少女。

少女的声音癫狂，一字一字，激动到战栗。

"我终于，活了过来。"

（五）

珠玑的黑色长发披盖了赤裸的全身，她赤足踩在草地上，一束白

---

[1] 选自茨威格《断头王后》。

光自脚下幽幽升起，勾勒出鲛纱织就的黑色长裙。她光着脚从万千蝴蝶结成的茧中走出，阳光下耳郭透明，发上的白色纸花瑟瑟发颤，脆弱肃穆，与她一身妖邪妩媚的气质诡异相融。

寇星华一群人都为灵薇花香蛊惑，头痛欲裂，崩溃地半跪下来。

一时间山谷内各种哭号、尖叫声不绝于耳。

珠玑从温皎体内"出生"，外貌丝毫未变。野史上有关寒月夫人的记载总是脱不开"妩媚""尤物""倾国倾城"等词语，充满着人们对她的侮辱和遐想，只是谁又知道，这么一个活在风月中的绝色佳人本性却是这样残忍又暴虐。

夏青抬头看着前方。

蝴蝶的鳞翅分割阳光，万千光影落在珠玑的脸侧。

她眯了眯眼，似乎是在重新看这个世界，细细感受天地的每一粒尘埃。

小火焰在旁边掉着金豆豆，被真相吓到了，也不敢再接近她，就坐在地上委委屈屈地哭着。

珠玑像是陷入很深的回忆，关于死前，她恍惚了片刻，声音很轻地慢慢说："百年前，瑶珂和璇珈偷袭我，夺我神光，害我遭反噬而功亏一篑。紧接着宋归尘叛变，率领人族道士在通天海大开杀戒。他不仁，我便不义，我杀了他的两个师弟，顺便放火烧了蓬莱。多可笑啊，蓬莱大师兄在神宫内下令诛尽鲛族，他的两个师弟却在外面出生入死地救鲛人。

"通天海经常下雨，我见过很多场雨，再没见过那晚一样的大火。"

珠玑讥讽地笑完，视线安静地落到了夏青脸上。

"我当时没有看到你，你去哪里了呢小师弟？如果当时你也在，我就不需要那么麻烦了。"

夏青漠然地看着她，浅褐色的眸光泠泠如霜。

珠玑说："小师弟，我需要你的魂魄。

"我给你的两个师兄下了伴生灵蛊，你在陵光有见到他们吗？

"我从皎皎体内重生,那么现在我既是施术人又是母蛊。"珠玑微笑说,"伴生灵蛊母蛊可以随意要了子蛊的命,你想救他们吗?"

夏青说:"我更想杀了你。"

珠玑笑起来:"可惜你杀不了我。"

珠玑已经获得了身体,她走路却依旧轻飘飘的。山谷内绿草如茵,黑色裙裾却只拂过盛开的红花。

"小火焰其实没骗你,我把你带过来,也可以送你回去。

"你看多划算啊,只要你把心魂给我。我不仅放过你前世的师兄,还可以把你送回原来的世界。"

小火焰听到珠玑提到自己的名字,一下子金豆豆都不掉了,蒙昧天真的眼睛隔着血池遥遥看向夏青。

主人说了谎,可是它太难过了,难过得都不知道怎么去提醒夏青。

鲛族圣女的眼神有蛊惑人心的力量。

珠玑微笑地看着他,银蓝色的眼眸像是冬日落雪的通天海,诡谲艳丽得不真实。

夏青神思恍惚了下,藏在袖中的手稍稍握紧,他突然有点儿后悔听到众人的惊叫声就不顾楼观雪阻拦一个人往回走了。珠玑立在陵墓内的棺是假象,她真正放神珠的地方在春商洞的最深处,也就是血池的另一边。之前楼观雪说方向错了,不过先去拿珠也可以。

夏青当时一头雾水,他们进来不就是找神珠的吗?为什么又说方向错了?

现在沿路返回,才知道,原来在正确的方向遇到的会是珠玑。

温皎向他求助的一刻,夏青第一时间看向的是他眉心的痣。

早在浴池初见时他就觉得邪门古怪的地方,现在终于露出狰狞面目。那不是痣,那是一个裂口,一个能让珠玑复活的裂口。

夏青轻轻移开视线,不再看她,看着小火焰,声音漠然:"我都不需要。"

他现在已经不想回去了。

珠玑说:"是吗?"

她看着夏青苍白腕上的舍利子说:"我就说,你怎么可以离开璃国皇宫来上京,原来宋归尘把佛骨舍利给了你。可舍利化形的身体到底是假的,你就打算当个孤魂野鬼过一辈子?"珠玑又缓缓一笑,想到什么似的轻声说,"哦,不对,你也不能这样一辈子。

"百年之期快到了,届时浮屠塔内的神魂彻底苏醒,整个璃国皇族都要死。

"我带你过来时,将你的神魂和璃国皇帝绑在了一起,按理来说你不得离开他半步。"

珠玑说:"你们生死同契,他若是死了,你也会魂飞魄散。除非你在他死前,占据他的身体,成为他。

"你看,你从一开始就没有选择。"

夏青没什么表情,就看着瑟缩着一直在哭的小火焰,问:"你想得到我的心魂,必须让我有实体?"

珠玑笑了下,眼眸一弯,把手指放到唇上:"嘘,这是我们之间的秘密,出去再说。"

夏青压下厌恶,抿唇垂眸,一言不发。

珠玑从第一句话开始,就根本不需要他的回复。

她眼眸在看他,却又不是在看他,她在看百年前的历历往事。怀念的,唏嘘的,像是一个人涅槃归来、脱胎换骨后再去看之前的狼狈模样,姿势高高在上,眉眼间怎么都掩不去讥讽之色。

珠玑的裙裾被一朵花轻扯。

她回身,刚好看着温皎的尸体被蝴蝶吃得干干净净,只剩一具白骨倒在血池边。

珠玑眯了下眼。

白骨上什么东西在破土而出。

寇星华等人已经精疲力竭,虚弱地倒在地上,露出的眼睛都布满血丝。

这是夏青第一次在现实中看鲛人白骨生花。如卫流光所言,灵薇花是留不住的,边开边散。

好像只是一阵风卷过星辉茫茫。

透明的花瓣刹那间随风而逝,什么都没留下。

珠玑唇角笑意讥讽:"灵薇?"

珠玑伸出手指,轻轻触摸散于空中的星辉:"鲛人必须死在家上,因为灵薇花只能开在那里。灵薇,它本就是鲛人的魂魄。

"'神'可真是残忍啊,现在荒家成了墙,鲛人一死便是魂飞魄散。不过,这跟我也没什么关系了。

"小火焰,过来,我们该出去了。"

她没有理倒在地上的一群蝼蚁。

现在她安安静静、清心寡欲,不动杀念也不动情绪。

黑裙掠过白骨时,珠玑垂眸看了东倒西歪躺地上的一群人一眼,唇角微勾。

她曾经以为掌管众生、生杀予夺的感觉很美妙,令人上瘾,毕竟那是至高无上的力量。

可现在成为"神",她才发现原来这种对力量都不屑一顾的感觉更奇妙。

小火焰现在怕死她了,珠玑给了温皎生是为了让他死,那么它呢?珠玑养大它又是为什么?

它突然无比怀念自己出生前待的那枚珠子,珠子里的自己无忧无虑、快快乐乐,根本不用考虑那么多。珠玑要它过去,可是它根本不想过去。

它的金豆豆一直在掉,蜷缩着,不断后退。

就在这时,夏青发话了:"系统,来我这里。"

系统茫然空白的大脑被一道雷劈过。"夏青!"它哽咽着大叫一声,一团火就这么扑了过去。

夏青对它没有任何情感,只是不想让珠玑如愿而已。

他任由系统趴在他肩膀上抽抽搭搭地哭,抬头,寒霜般的眼眸静静看向珠玑，掌心冰凉的剑意不断盘旋。

珠玑看他的目光充满讽刺："百年前，整个蓬莱唯一能与我为敌的也只有你大师兄。你现在身体都没有，确定要跟我作对？"

夏青没理她。

珠玑不再说话，她抬起手，从鬓发上取下那朵洁白的纸花来。她要的只是夏青的心魂，有一万种方法，强迫他也罢，根本不需要考虑他的意见。

白色纸花粉碎，碎屑凝成一条长长的链子，被珠玑握在手中。

"你在等谁呢？

"等宋归尘？"

珠玑微笑，手中的长链猛地一甩，撞开蝴蝶，破开空气，直直地往夏青的方向击打。

"好巧，我也在等他。"

夏青怎么可能一个人出现在梁国皇陵呢？那正好。

她等宋归尘过来，将他挫骨扬灰。

"夏青！小心——"小火焰见长链袭击过来的一刻，整团火炸起，紧张得声音都在发颤。可是它还没来得及贪生怕死地躲进夏青的袖子里，突然闻到一股熟悉的味道。

小火焰一下子愣住，猛地抬头，却见一枚紫色的珠子从某个方向射过来，击散了碎纸凝成的长鞭。

与此同时，夏青的灰袍和黑发浮动，人如鬼魅一般过去，手中出现一把古朴漆黑的长剑，珠玑瞳孔一下子紧缩，剑已经直直刺穿她的身体。

阿难剑入体的一刻，珠玑什么声音都没发出来，她踉跄着退后一步，银蓝的眼睛第一次认认真真地看了眼夏青。

她已经是半神之躯，自然能感知天地异动。夏青手里的剑是虚的，可哪怕是虚的，依旧能伤了她。

瞬息之间天地化为剑阵，光尘冰冷，草木锋利。

世界上没有一把剑能做到这样。

第九章 崩析

除非……

"阿难。"

珠玑一字一字,难以置信地念出了这个名字。

很少人知道,蓬莱、神宫、阿难剑是一同诞生于通天之海的。

生于太初鸿蒙,生于天地初分。

夏青依旧没理她。

珠玑自持身份伪装着的冷静崩裂,她喃喃:"你居然是阿难剑主。"

夏青的步伐不稳,向后退了两步,抿着唇。

小火焰傻了。

珠玑的胸口有了个大窟窿,可是一点儿血都没流出来。伤口在慢慢愈合,她神情扭曲,似癫狂似疯魔,极缓极慢地笑了声:"夏青,你还真是让我惊讶呢。"

可是,纵然是阿难剑主又如何?他连身体都没有,阿难剑也不是完整的——怎么可能杀了她?

夏青沉默了很久,现在终于出声:"珠玑,若百年之期真的是'神'的轮回,你应该会是第一个死的。"

珠玑说:"你是说神罚吗?我可没人族那么贪婪,连神魂都敢奢想。"

紫珠滚到了她脚下,珠玑适才被阿难剑所惊,现在才将目光落到地上。

看到那个珠子时,她只觉得熟悉,一时间还没反应过来是什么。

"呜呜呜呜……"直到小火焰的哭声把她的思绪稍稍唤醒。

小火焰跟迷茫无措的孩子见到家一样,从夏青的肩膀上飞下来,飞到了那颗珠子边,眼泪不要钱似的往下落。

呜呜呜,呜呜呜,它要回去,它一点儿都不喜欢外面的世界。

泪水滴到紫珠上面,小火焰周身泛起一层至纯至粹的皎洁白光来,紫珠接纳了它的眼泪,而后温柔地让它往里面钻。

"神珠?"

珠玑微愣。

她将神珠放在春商洞的最深处，并用自己的心头血作阵。
它怎么会出现在这里？谁进到了里面？

"身体都没好，为什么还要使用阿难剑？"

夏青脸色苍白，忽然感觉手腕被人牵住，耳边传来淡淡的、稍有不满的嗓音。

楼观雪出现在他身边。

夏青被疯女人整得郁闷的心情这才好起来，看他一眼，轻声抱怨："你去哪里了？怎么现在才来？"

楼观雪一愣，却很受用他这样不经意的依赖，笑道："抱歉，被一点儿事耽误了，怪我。"

珠玑的视线从那枚紫珠往上偏移，看到了一角雪白无尘的衣袍。

她视线垂下，在听到那个声音的一刻思维微微僵住。如果先前阿难剑出来的一刻她是觉得震惊，那么现在就是短暂的失神。

人在极度失控和恐惧时，大脑是一片空白的。纸屑被击碎，又生生不息，重新凝聚在珠玑的鬓发边，成了一朵小巧纯白的纸花。

她脖颈僵直，一点一点抬起头来。

山谷内光影清明。

她站在不远处，银蓝的眼眸看着出现在夏青旁边的人。

一如十年、百年、千年的岁月，冷冷清清惊神殿，凄凄寂寂忘返源，她在高殿之下的遥望。

珠玑脸色苍白如纸，失魂落魄，唇剧烈颤抖，话很轻，像是破开灵魂血肉颤声发出。

"……尊上。"

（六）

尊上。

夏青在上京城落雨的梦里，听过这两个字，这是鲛人一族对

"神"的敬称。

紫色神珠飘浮起来，亲昵地往楼观雪处靠近。

"不——！"珠玑目眦欲裂，一下子伸出手死死握住了它。

她手指痉挛般捏紧珠子，眼中遍布裂痕般的红丝，浑身都在发抖："假的，都是假的，这不可能。'神'早被抽魂拆骨，随神宫一起坍塌在大海深处，怎么可能还活着？"

楼观雪淡淡地说："我倒是挺赞同你这句话的。"

珠玑静静看着他，后退一步。

她本来就被阿难剑所伤，现在又心神震裂，被白骨所绊，踉跄着半跪下来，黑色的裙裾曳过草地，弯曲如海藻般的长发散开。

珠玑五指颤抖，神珠从指缝里渗出耀眼的紫光来。她目光涣散，轻声说："不，'神'已经死了，我亲眼看着他死的。

"你不会是'神'。"她抬眸，灵魂都在战栗，那是写入血液的恐惧和臣服。但她还是强撑着，一寸一寸看着楼观雪的眉眼。

楼观雪问她："我和'神'长得很像吗？"

珠玑没有说话，可神色已经告诉了他一切。

楼观雪唇角缓慢勾起，心中的嘲意更重："果然，瑶珂也是疯子。"

珠玑骤然发作，赤红着眼恨声问："你到底是谁？！"

楼观雪已经不欲和她废话，手中的骨笛成利剑，直直刺穿珠玑的眉心。

"滚！"珠玑眼里涌出困兽般的暴躁残忍来。她身体内瞬间爆发出摧枯拉朽毁天灭地的力量，黑色衣裙张扬猎猎，血池翻涌的池水被罡风卷起，飞溅在空中成为万千带杀机的水珠。蝴蝶也为她所用，张牙舞爪，快速地袭向楼观雪。

一时间整个春商洞如修罗地狱。

楼观雪见此，唇角溢出一丝极冷的笑意来。

下一刻，万籁俱寂。

水滴蝴蝶纷落于地。

"你……"珠玑像是被抽空一切力气，死死握住骨笛的手都无力垂落。

　　压制，绝对的压制如网铺天盖地将她笼罩，逼得她什么力量都使不出来。

　　鲛族的力量都是神赠予的，自然也能被全部夺走，能让她毫无反抗之力的，只有神。

　　珠玑唇角溢出鲜血来，大脑内最后一根强撑的弦彻底崩裂，脸色苍白如纸，微微颤抖，涣散的瞳孔已经失去一切情绪。

　　她以为自己转生后遇到的第一个敌人会是宋归尘，没想到……是她想都不敢去想的人。

　　很久，珠玑轻声说："我曾以为世人不懂'神'，没想到，我也不曾懂过。"

　　珠玑唇无血色，发上的白花碎成星辉，洋洋洒洒落在光尘里。

　　她只是跪在地上，穷途末路，那张被贪婪和恨意扭曲的脸上，散去一切情绪。

　　所有惶恐、抗拒、癫狂、不愿相信，都在血淋淋的真相面前碎为粉末。

　　"百年前，您被人族、鲛族算计，被抽去了三魂，抽去了神骨，抽去了力量。所以现在，您是来复仇的吗？"

　　珠玑抬起手来，轻轻摸上了自己的脸。颤抖的指尖不出意料碰到了长出的鳞片，这是鲛人衰老的预兆。

　　珠玑停了片刻，恍惚又讽刺地笑出声来。多可笑啊，她和宋归尘争斗了那么久，一百年间尔虞我诈，机关算尽，却没想到从一开始，故事的结局从来无关他们的事。

　　他们都是罪人。

　　诛神的罪人。

　　楼观雪饶有趣味地看着她，俯身轻轻说："你知道璇珈死前跟我说了什么吗？"

　　珠玑所有话语止在喉间，僵硬抬头，以这么一个跪在地上的姿势

第九章　崩析

153

仰望他。都说鲛人一族的幻瞳可以迷惑人心，谁又知道这其实是传承于"神"的术法，真正能操纵人心的是神之眼。

漆黑的、遥远的，像通天海尽头的深渊，无情无欲，终年覆雪。

楼观雪说："她让我小心宋归尘，小心你。"

"她说你动用了转生邪术，邪术的容器是温皎对吗？"

他似笑非笑："珠玑圣女，孤想问，你们圣女生下孩子是不是都是为了让他死在合适的时候？"

夏青在旁边听到他说出这句话，心剧烈一颤，下意识抬头。

珠玑念了一遍："孤？"

她呆愣了好久，才找回自己的声音。

她的视线一下子穿过茫茫的纸屑、蝴蝶，落到了夏青身上。

她拉上整个蓬莱，作为牵制宋归尘的筹码。

她把夏青强行带到了璃国皇宫，放到了现在的璃国皇帝身边。

她以为哪怕是九五之尊，也不过是凡人蝼蚁。却没想到……就是这么一个一直一直被她忽视的人，从梁国皇陵走出，成为她永生永世的噩梦。

"您恨我吗？"

珠玑到最后，只是颤声问了这么一句话。

楼观雪轻轻地嗤笑一声，懒洋洋道："我恨你干什么？'神'早就死了。"

"现在，我们的目的是一样的。"

珠玑瞳孔缩成一点，但很快，剧烈的痛苦让她大叫出声。

"啊——"她捂住脸，崩溃地蜷缩在地上。

紫珠在她掌心粉碎，被她吞噬的神光和残留紫珠内的力量，统统化为一抹至纯的白色流光，涌入骨笛的尖端。

原本风和日丽的山谷上方忽然罡风卷过，乌云慢慢笼罩，像极了风月楼那一晚，雨雾灯火，人间惶惶。

鲛族每个圣女死后都会下雨。

没有雷鸣，没有闪电，风声萧瑟。

珠玑痛苦地弯曲在地上，黑发开始变得苍白，就像璇珈死的时候，缓慢枯萎，皮肤苍老变皱。

她静静地看着开在草地上的血色花朵，银蓝的眼眸涌现出浓浓的恍惚来。

她就这么死了吗？

她咯出一口发黑的鲜血，她从不流泪，于是现在从眼眶里涌出的也是冰凉的鲜血。

不！

她不甘心啊。

她还没让宋归尘付出代价呢。

"神"压制了她全部的力量，却没有压制她的本能。

珠玑手指死死抓紧土地，最后关头，却像是拼尽全力地抬起头来，用一双几乎称得上诡异的纯白眼眸，望向了夏青。

夏青本来就为楼观雪前面说的一句话而心烦意乱，突然对上珠玑的视线，一下子整个人僵住，大脑"轰——"地炸开。

与此同时。

压抑很久的大雨倾盆而下。哗啦啦，落在葳蕤的草木上，溅起一层茫茫白雾。

楼观雪毫不犹豫，用骨笛指向珠玑的眼。鲜血溅到了他雪白的衣袖上，但很快随着雨滴流下，甚至没在上面留下一点儿红色的痕迹。他将神光吸收，垂眸，面无表情地擦去骨笛上面的血迹，侧脸在雨雾中显得冷漠至极。

"啊啊啊啊——"珠玑尖叫一声，捂住眼睛，身体出现一条一条的裂痕，犹如被凌迟，痛不欲生。

这场雨驱散了蛊惑人心的灵薇花香，也驱散了血池不断冒出的黑色瘴气。

寇星华等人后知后觉地醒了过来。

众道士被雨浇醒，愣愣看着前面的情景，看着累累白骨和死去的女人。

楼观雪在大雨中回身。

夏青浅褐色的眼眸安静地往前望，他隔着雨雾，隔着尸骨血肉，与楼观雪四目相对。

夏青想起，其实早在陵光皇宫内他就有过这样的时候。

那一晚指尖靠近楼观雪的眼睛，一个眼神牵动全身。一念间，心跳声震耳欲聋，他以为是幻听、是那一晚的春雷太响。

这一刻重新体会到这种感觉，才无比清晰又无比明确地知道。

那不是春雷。

"楼观雪。"

圣女的幻瞳是能蛊惑人心的，能直入灵魂，挖掘出最压抑的过往。

夏青魔怔般，喊了他的名字。

脑中是各种光怪陆离的响声，碎石齐飞，宫殿坍塌，混着如今嘈杂不断的雨，分不清真实与虚幻。

心中一个答案呼之欲出。

怪不得。

怪不得，他那么抗拒重新拿起阿难剑。

怪不得，哪怕楼观雪在摘星楼表现得那么恶劣，后面他还是愿意去相信他。

上京城迎来了三年来最长的一场雨。

这场雨将整个春商洞淹没，梁国皇陵毁于一旦。

但是陵光城却迎来了两个好消息，一是自灯宴上消失近一个月的陛下回来了，二是玄云派带来了大祭司需要用以驱动伏妖大阵的圣女之珠。

"圣女之珠？你到底给了他什么玩意儿？"

夏青坐在马车上，拿着一个果子啃，听到外面的传闻，非常疑惑地问楼观雪。

楼观雪勾起唇角说："顺手给的，宋归尘不是力量不够吗，我便借他一点儿。"

夏青一下子觉得清甜的果子都食之无味了，拿下果核，还想说什么，楼观雪已经很自然地凑过来，把血强行喂给他，淡淡地道："你先把身体养好再跟我说话。"

夏青乖乖闭上了嘴。

楼观雪回宫的那一天，燕兰渝不顾所有人的阻拦，从静心殿披发跣足跑了出来。五月，陵光城的桂花便开了，淡雅的花香漫了全城，燕兰渝一身素净的青色衣裙，站在桂花树下，因为夜夜失眠遍布血丝的眼在看到楼观雪的一刻，露出得到解脱的狂喜来，人像疯魔一般。

夏青回寝殿后，咬着糖人由衷感叹道："燕兰渝那样，我差点儿以为她对你情根深种呢。"

楼观雪问："你在吃什么？"

夏青说："糖人，就春商洞前那个小镇，他们那里的糖人真的好吃，有种说不出的甜。"

楼观雪看他一眼，然后俯身咬住了他手上的糖人。

夏青人傻了，把他推开，气急败坏："我在跟你好好说话呢。"

楼观雪："我试试你口中说不出的甜。"

夏青把手里的糖人直接塞给他嘴里，让他闭嘴。

楼观雪愣了下，却也没吐出来，轻笑一声，继续看奏折，看到一半忽然说："燕兰渝在催我举办大典。"

夏青："她还没死心啊。"

楼观雪道："伏妖之事定在五月十五，她说这样的百年之喜，若是举办大典，定然会被上神福泽。"

夏青："骗人。"

楼观雪："我不需要上神福泽，但我觉得，那天确实是个不错的日子。"

（七）

璃国即将迎来大典的消息不胫而走，传遍大街小巷，茶楼酒馆都在热热闹闹议论这件事。

夏青在皇宫听到各路言谈时，差点儿把骨笛掰断，嘴角抽搐，无话可说。

"我真的觉得没必要……"夏青幽幽地吐出口气，跟楼观雪讲道理。

楼观雪："你若是不喜欢被别人观看，我可以……"

夏青生怕他说一句"把他们眼睛挖了"，忙开口："不是不是，我就是觉得在皇宫不自由。"

楼观雪听到这话，一下子笑出了声："不会，之后你想去哪里我都陪你去。"

"真的？"夏青震惊，想了想，心思一动说，"那我想去东洲。"

楼观雪："好。"

夏青："想去看看那堵墙。"

楼观雪："好。"

夏青："还想去看看鲛人一族的魔渊万冢——这你也陪我？"

楼观雪："陪你。"

夏青愣了愣，眼眸一弯笑起来："楼观雪，我第一次见你的时候，可没想过你会这么温柔。"

楼观雪在支颐看书，灯光落在霜雪般的眉眼上，闻言抬了下眸："是吗？"

夏青："对啊，我那时真觉得你就是个神经病。"

"神经病？"

轻轻念过这三个字，楼观雪意味不明地微笑，然后拉着他重新去了一趟摘星楼。

摘星楼前的竹林还是老样子，风过，林涛如浪，簌簌震动。深处与浮屠塔遥遥相对的摘星楼雕梁画栋、天阶如镜，檐角的青铜铃叮啷叮嘟响个不停。

夏青故地重游，颇为新奇，他指着一处房梁说："我那时最喜欢坐在那里。"

楼观雪："我记得。"

夏青浅褐色的眼眸溢满笑意："不得不说，当皇帝是真挺爽的。燕兰渝送进来的歌女从不重样，我当初每天都有新乐子看。哦，对了，我还记得第一晚你召了好多鸟过来，那是什么邪术？"

楼观雪说："不是邪术，竹林的鸟都是我养大的。"

夏青："啊？你什么时候开始养的鸟啊？"

楼观雪："六岁。"

夏青安静了会儿，才轻轻地"哦"了声。

这是楼观雪第一次提起他的小时候。

摘星楼清冷空寂，楼观雪带他到了顶楼的露台上。

当初舞女的血迹早就被抹去，露台没有围栏，只有浩瀚的风月。

夏青站久了，干脆坐了下来，坐在边缘，往下望就是十丈高空。

夏青："养鸟是为了什么？好玩吗？"

楼观雪："为了提防燕兰渝派人杀我。"

"啊？"

楼观雪微笑，轻声说："我那时还什么都不知道。"

夏青一愣。

六岁的楼观雪什么都不知道。

不知道浮屠塔内关押的是神魂。

不知道燕兰渝根本不敢让他死。

他不知道有关自己的所有秘密，冷静孤僻，只想活下去。

楼观雪突然说："从五岁那年开始，我有了很多不属于自己的记忆和情绪。"

楼观雪从袖子中掏出笛子，道："我从未去过通天海，却清楚神宫的每一个角落。神殿前是忘返源，神殿后是魔渊万冢。

"你上过我的身,应该感受过那种疼痛。

"我五岁开始一直在体会这种折磨,像是阴冷潮湿的海水渗进骨子里,我能感觉到,它在更替我的血液,重铸我的骨骼。

"瑶珂说'神'会在我身上复苏。"

楼观雪:"我一直觉得,他就在我的身体里,冷漠地看着我。先循序渐进占据我的身体,然后占据我的记忆,最后彻底成为我。

"一百年前,他被背弃被陷害,被抽魂拆骨,被夺取力量,于是我小时候经常在做梦的时候有粉身碎骨、坠下深渊的感觉,活生生被痛醒。

"这是'神'的记忆。"

楼观雪停了停,眼眸无波无澜,却很轻地笑了声:"现在,我的恨也不是自己的。他的恨太沉重了,压抑了一百年。恨鲛族,恨人族,恨不得让天地崩析,十六州、通天海全部下地狱。"

夏青安静地低下头,握住了他的手。

瞬间,楼观雪眼中的暴虐猩红淡了下来。

竹林里鸟雀鸣叫,涛声如海。

月明星稀,青铜铃在头顶清脆地摇曳。

夏青说不出现在的感受,只觉得心脏在一抽一抽地痛。

原来这就是感同身受。因为在乎他,所以怜惜他的恨,怜惜他的苦。

他见过无数爱恨别离,却是第一次为他人的悲喜而沉沦。摘星楼的露台仿佛和当初冷宫的高墙重合。那个萤火虫闪烁的夜晚,他难过地抱住了哭泣的男孩,告诉男孩,长大后的你还是你。

只是,现在他还能确定吗?楼观雪本人都不能确定。

楼观雪察觉到夏青有些低落的情绪,垂眸,不知道在想什么,随后淡淡地说:"宋归尘想诛灭神魂,其实,我和他的目的是一样的。

"我现在有了神骨,有了他全部的力量。神魂被放出的一刻,不如看看,我和他之间最后到底是谁取代谁吧。"

"你现在还痛吗?"

夏青听完，却只是安静地问了这句话。

楼观雪一愣，没想到夏青在意的是这一点。

他凝视他，随后牵起唇角，似乎撒娇般说："痛啊，很痛。"

篁竹十里，月与灯依旧。

夏青再次见到卫流光是在御花园。

卫六是陪卫念笙入宫的。

燕兰渝还在不死心地物色陵光城中适龄的贵女。卫十六娘就被盯上了。

卫念笙吓得脸色苍白，欲哭无泪，慌乱之下拉着卫流光进宫给她壮胆。只是卫六前些日子刚发了一次高烧，自己都烦得很，一路上各种不爽，不仅没壮胆，还各种阴阳怪气地恐吓她，把卫念笙一腔害怕直接变成了愤怒。

在御花园见到夏青的时候，卫流光明显呆了片刻，别扭地皱了下眉，可很快又把奇怪的情绪抛之脑后，打开折扇给自己扇风，欠欠地说："哟，万安啊。"

夏青知道了两人前世的羁绊，也没有打算认亲。他相信卫流光如果真的有了前世的记忆，估计也顶多感叹一声"娘哎"。

夏青翻个白眼："滚。"

卫流光束发的冠永远金灿灿的，他合上折扇贱贱地一笑："你真的不错啊夏小青，只手遮天指日可待。"

夏青："卫流光，你是讨打吗？"

卫六："咱们不是好兄弟吗？好兄弟关心一下你怎么了？"

夏青忍无可忍，想转头就走，可是想起珠玑的话，又冷冰冰转过身来，看他一眼然后问："你现在身体怎么样？"

"啊？"卫流光想了下，颇为震惊，"你怎么知道我前些天发了次高烧？你暗中关注我？"

看夏青已经是一副想弄死他的冷漠神色，卫流光马上换下嬉皮笑脸，装作虚弱苍白地说："我……我现在身体很不好，不光是肉体，

第九章 崩析

161

还有我的心。"

真是个憨憨,看来是没事了。

夏青不再和他多说什么,转身离开。

谁料卫流光快步往前,扯住了他的袖子,语速飞快地问道:"那么久没见,你是和陛下一起流落民间了吗?还有,怎么你都不跟我叙叙旧?"

夏青:"跟你有什么旧可叙?"

卫流光气笑了:"嚯,你以后别后悔今天说的话。"

夏青凉凉地道:"你信不信我今天就让你后悔说这句话?"

卫流光不再贫了,眼神复杂地落在他身上,说:"我真的从来没想过,你会真的进宫。"

夏青郁闷:"……别说你了。"——他自己都从来没想过。

卫流光:"我第一次见你的时候,老觉得你不该被困在皇宫。"

夏青想了想,说:"放心,我不会被困在皇宫的。"

卫流光眼睛一下子亮起,来劲了,充满小孩子般的兴奋:"什么什么?你打算逃?要不要我帮忙?"

夏青:"……滚。"

离开了卫流光,夏青在宫墙角落一棵将败的石榴花下,看到了宋归尘。璃国年轻的大祭司静静望着这边,紫衫木簪,笑若春风,气质通明如珍珠贝母。

夏青还是不能以平常心对他,尤其是隐隐约约猜测到了百年前的真相后。

宋归尘这回倒是说话挺正常的:"恭喜。"

夏青抿着唇,一言不发。

一朵石榴花落到了宋归尘衣袍上,他轻轻拂去,问道:"你用了阿难剑是吗?"

夏青奇怪地看他,心中升起戒备。

宋归尘笑着眨了下眼,儒雅随和里带一点儿揶揄:"放心,我没跟踪你。你师姐的叶子在我身边待了那么多个日夜,它碎裂我肯定是能感知到的。"

"哦。"夏青移开视线。

宋归尘很多时候在他面前像个喜欢开玩笑的兄长，缓缓地说："其实我不赞同。但你决定的事，没人能劝得动。"

夏青扯了下嘴角，加快步伐离开这里。

宋归尘跟上，道："这么急干什么，我话还没说完呢。夏青，想知道血阵的事吗？"

血阵。夏青猛地一缩，抬眸望向他。

宋归尘被他逗笑，似乎在叹息："你真以为神骨从我手里溜回去，我会装作什么都没看到吗？这位陛下身上有古怪，我查了经世殿的窥灵石，也发现了一些线索。"

宋归尘说："我是没想到，瑶珂就在璃国皇宫。"他想到什么，轻嘲道，"拿自己的孩子做'神'复苏的容器，她和珠玑在某种程度上也挺相似的，不过珠玑比她还是要自私点儿。春商洞被彻底摧毁和你有关吗？珠玑也是你杀的？我猜，你就是在那里面拔出的阿难剑。"

夏青只问他："血阵到底是什么？"

宋归尘回道："上古一种唤'神'的邪术。"

夏青手指微微握紧："怎么破除？"

宋归尘道："破除不了。不过你放心，这个邪术从来就没成功过，也根本不可能成功。"他顿了顿，淡淡地评价说，"瑶珂也是蠢，也不想想凡人之躯怎么可能获得'神'的眷顾，怎么可能成'神'，尤其他还是楼家的人。"

夏青皱起眉头。

宋归尘见他如此，道："我今日进宫，其实是想跟你说说楼观雪的事。"

夏青见鬼一样地看着他。

宋归尘抬下巴，望向浮屠塔的方向，笑笑说："想要诛灭神魂，必须先把它放出来。而璃国皇室被'神'诅咒，神魂出浮屠塔的一刻，楼观雪必然会死。你最好劝劝他，换一日举行大典，让他在破塔的那天离开陵光。"

夏青其实很不想和宋归尘聊天。宋归尘对他很好,如清风朗月,没有一丝利用,也没有一丝恶意。他冷漠地望入他的眼眸,看到的也只有一片含笑的融融春光。

可夏青看到他就觉得很抗拒,这种抗拒归于深处是一种哀伤。或许曾经有过愤怒、怨恨,但是经过百年的时光,都归于宁静。

夏青听见自己问。

"宋归尘,百年之前,蓬莱的灭亡是不是跟你有关?"

宋归尘听到"蓬莱"两个字,脸上的笑意稍淡,神情变得复杂而怅惘,但是他很快摇头,静静地道:"不是,我成为璃国大祭司后就已经被师父逐出师门,再没回过蓬莱。"

"好。"

夏青得到他的话,只留下一个字,什么都没多说,转身就走。

宋归尘看着他的背影,说:"不过,我最后看到了你。

"神宫坍塌之时,你握着阿难剑闯了进来。我猜是师父要你过来阻止我,可是当时来不及了。你明知血阵已经落下,还是头也不回地往里面走。"

宋归尘说到这儿,摇头叹息着笑了下,心情有些复杂。

他很快又平静道:"你师姐曾经问过我后悔吗,这有什么后悔的呢?"

宋归尘唇角弧度很小地笑了下。

"依仗'神'的存在,鲛族造尽杀孽。我知道'神'无辜,可如果非要有一个罪人来终止这场无休止的杀戮,我觉得,我就挺适合的。"

(八)

"你带来的只是另一种偏见和杀戮。"夏青停住脚步,回头静静地看他一眼,冷静地说,"宋归尘,你的苍生道早就破了吧?"

宋归尘愣了愣，偏头笑了两声，说："没大没小，怎么跟师兄说话呢？"

夏青说："你心里早就没有了苍生，只有恨。你诛神不过是为了报复鲛族而已。"

宋归尘说："可能吧。"

石榴花在他指间粉碎，掉落。

夏青这一刻算是真的明白了什么叫"道不同不相为谋"。他讥讽地一笑，什么都没说。

珠玑和宋归尘都认为神魂出塔的一刻楼观雪就会死，因为璃国皇族被"神"诅咒。

一个弱小的凡人在愤怒的神魂面前只会死无葬身之地。

宋归尘说血阵不可能成功。

可是……血阵真的不可能成功吗？楼观雪现在真的是凡人吗？

……但不是凡人，他又是什么呢？

夏青闭了下眼，耳边忽然响起那个男孩的声音，在萤火纷飞的惊蛰夜，颤抖的，哽咽的——

"那我是什么呢？

"人族把我当作鲛，当作异类，鲛族把我当作人，视我为仇人。

"那么我到底是什么呢？"他在风中打了个冷战，一字一字颤抖地说，"我是……怪物？"

不该活着的怪物。

出生就是为了死，生命只是一场献祭，连长大的资格都没有。

"多可笑啊，我那么努力活着，是为了什么？

"原来我是为了死而活。"男孩蹲在虫子低鸣的墙角，茫然无措看着伤痕累累的手，难过得话都说不完整，"……为了……养大一个容器。"

皇城内的桂花开了，淡雅馥郁，夏青往前走。

他现在才明白楼观雪在千机楼内说的话。

"你出'障'后问我，'神'有没有在我身上复苏，其实……我也

第九章　崩析

不知道。或许现在，我不属于十六州大陆，也不属于通天之海。

"我这样，才算没有来处和去处。"

夏青兜兜转转走到了冷宫前。

这里在宫巷的尽头，白墙高筑，荒草横生。

他曾经和那个男孩坐在墙上聊天。

浓绿的青苔里开满白色小花，那时的楼观雪还小，雌雄莫辨，漂亮得惊人，咬着糖葫芦，跟个小狼崽一样，眼里是野草般顽强的生机和狠戾。

如果非要用一个词概括楼观雪的性格，夏青觉得应该是冷漠，贯穿进灵魂深处的冷漠。

五岁之前，装乖卖惨、上蹿下跳只为了活着。五岁之后兜兜转转，机关算尽，等着浮屠塔破的一天，也只是想要一个答案。

——你确定你见到的，真的是长大后的我？

夏青声音很轻，喃喃道："我确定啊，你就是你。"

哪怕你说记忆开始不是你的，爱恨开始不是你的，血液骨骼都在重塑。

可我还是觉得，你一直都是你。

夏青去了一趟经世殿，了解血阵的事。

经世殿在陵光城外，需要过一条大河，他有楼观雪给出的令牌，自然是畅行无阻。

在路上，他听到了很多关于民间鲛人的事。

随着百年之期的来临，浮屠塔上的紫光开始镇压不住邪气，鲛人暴躁化妖的概率越来越高。

船家是个话多的，竹竿欸乃划开水波，他高兴地说："这杀千刀的妖怪可算是要死了！就是它害我们先祖暴毙！可叹我璃国景帝，千古明君居然死在邪祟手里。"

夏青垂眸看着透碧的河水，问了句："景帝为什么会被大妖所害？"

船家道:"我看话本里都说,这浮屠塔内关着的大妖其实就是鲛族的皇。当年先祖英武,远征通天海,把鲛族打得落花流水,如愿进入神宫,先祖本就是天之骄子,自然轻而易举得到了'神'的恩赐,'神'赐他长生不老,也佑我璃国长盛不衰。鲛族妖皇嫉妒不已,怀恨在心,便尾随先祖回宫,趁其不备将其杀害。"

夏青说:"是这样吗?"

船家对景帝那是一个仰慕,语气里是说不出的骄傲:"对啊,肯定是这样!真是天妒英才!若是景帝多活几年,我们璃国肯定更威风。

"景帝是何等豪杰,都能让蓬莱的仙人心甘情愿地追随。鲛族在通天海从来是海之霸主,但景帝领兵出征,直接把他们都打为奴隶。气派!"

夏青一时间不知道该说什么了。

这就是民间所传的关于百年前的事吗?

没有刻骨的仇恨,没有扭曲的野心。

有的,只是一位千古明帝开疆拓土,征服鲛族,满载而归。

夏青唇角笑意讽刺。

蓬莱的仙人心甘情愿追随?

——错了,他只是想借你们的力量,报血海深仇。

先祖把鲛族打得落花流水?

——错了,鲛族圣女和你们里应外合,通天海有一半的鲛人纵容外敌入侵神宫。

因为最开始,大家有一个共同的目的——诛神。

璃国先祖想要神魂,求长生不老。

珠玑想要神力。

鲛族想要脱离"神"的禁锢上岸。

"神"死后,结盟破裂,才显出每个人狰狞的野心来。

鲛族嘲笑人族的愚蠢,不知道"神"亡后,他们将上岸主宰一切。可神宫坍塌后,鲛族才发现,他们确实拥有了上岸的自由,却也永久失去了力量。

最后，宋归尘的真面目暴露。

螳螂捕蝉，黄雀在后——他想要的，从来就是鲛人一族下地狱。

神宫之战，每个人都野心勃勃，每个人都自信满满，每个人都……不得善终。

"'神'，到底是怎样的一个存在呢？"夏青从船上走下来，上岸时心里不由自主掠过这么一个话题。

这世间唯一的"神"，生活在通天海的尽头，由鲛族世世代代侍奉。

他有实体吗？他长什么样？

他会痛吗？当年被信徒背弃，鲜血淋漓地跪在诛神大阵中央时想的是什么？

夏青不由自主想起通天海那堵高墙来。他刚来这个世界时看《东洲杂谈》，书上说墙是大祭司为了防止鲛族逃窜所立的，但是夏青觉得不对，宋归尘没有能力在通天海上立一堵墙。

《东洲杂谈》比陵光的话本要真实一点儿，上面没把景帝描绘得多么光明磊落，说景帝以为"神"就是真龙，觊觎龙肉求长生，才率兵进攻通天海的。

和真相也没差多少。

都是贪婪。

夏青进经世殿的书楼，看到了一个意料之外的人。

燕兰渝。

她的静心殿永远浸润在檀香里，久而久之，青色的裙裾都带了些这种味道。年轻的太后坐在靠窗的椅子上，闲闲地翻书，光影落在她素静的面容上，鲜红的蔻丹起落间画出淡淡的血红。

这算是夏青第一次以自己的身份见她。

他曾经在摘星楼里怕这个疯女人怕得不行，现在却发现，她在这一百年兜兜转转的命盘里，也只是蝼蚁。

燕兰渝代表的是人族的权欲、贪婪和野心。

"好孩子，你叫夏青是吗？"燕兰渝见到他的时候，眯了下眼，似乎有些惊讶，但是很快又换上她那副惯常的温婉柔和的笑脸来。

"阿雪一直把你藏在宫里，哀家很早之前就想见你了，只是没机会。今日一见，果然生得标致。"

夏青说："太后娘娘。"

燕兰渝亲切地端坐好，朝他露出一个春风细雨般的笑："不必多礼，过来坐。夏青，你会下棋吗？"

她的前面摆放着一个棋盘，旁边熏烟袅袅，白雾移往窗边。

夏青："我不会。"

燕兰渝拉家常般轻声细语："你来白子，你先行吧。"

夏青闭上了嘴。哦，差点儿忘了，这人是什么性格。

夏青随便拿了颗棋，随便放到棋盘正中心。

燕兰渝挽袖，拿起一枚黑子落下，声音轻细："我最近总觉得心里不踏实，老是做梦。我昨天又梦到先皇，我跟他说了诛妖之事，先皇喜极而泣，牵着我的手感叹楼家百年的仇终于得报。我还梦到了阿雪的生母，我说瑶珂，阿雪终于可以摆脱每年三月摘星楼内的折磨了，你在九泉之下也可以安宁了，但是瑶珂什么都没说，叹息一声就走了。"

燕兰渝眉眼间笼罩着烟雨般的轻愁，似叹似笑："还真是，物是人非事事休啊。"

夏青垂眸下棋，丝毫不为所动。

燕兰渝说："我现在心里唯一的遗憾就是阿雪还没有孩子。楼家子嗣单薄，可不能断在他这一脉……"

夏青平静地问道："太后娘娘，您想我怎么做呢？"

燕兰渝微笑："乖孩子，我知道你向来懂事。

"你帮我劝劝阿雪。我看卫家那十六姑娘生得机灵可爱，性格也好，干脆让她入宫，如何？"

夏青的睫毛很长，覆下阴影，遮住全部情绪，他有些神游天外。

——他现在拿的是什么剧本？

夏青抬眸看着燕兰渝。

这位身份尊贵的太后虽然笑着，可是看他的眼神里充满不屑和轻蔑。

夏青想，燕兰渝现在应该很开心，浮屠塔要破了，对于陵光三家的诅咒也将彻底消除。

如果伏妖成功，她会直接杀了楼观雪，用一千种方法折磨这个她眼中的贱种，以泄心头之恨。从此高枕无忧，掌权天下。

伏妖不成功，她也有后路，现在跟他说这些就是在做两手打算。

夏青说："我觉得，不如何。"

他起身往经世殿的二楼走，不想再和她浪费时间。

燕兰渝笑容僵硬了片刻，红红的指甲轻抚过棋盘，笑说："居然还是个有脾气的小孩子。

"夏青，贪心的人在陵光是活不长的。"

夏青笑了下："太后，这句话我也送给你。"

他的身影消失在阁楼转角处。燕兰渝眸光瞬间变得阴冷，银牙一咬，将棋盘上的棋子尽数推到地上。

经世殿的每一层都飘着很多红丝带，密密麻麻，像是万千因果。宋归尘或许知道他会来，早就把禁处的书给他拿了出来。

血阵。

夏青翻开了那本书页泛黄微皱的书，一个字一个字看着。

天底下离"神"最近的就是鲛族，于是血阵用的也是纯鲛的心头血。

将阵法写在孕妇的肚皮上，于神息最强大的惊蛰夜生下孩子，便可让孩子成为容器。

等神彻底在容器内苏醒，吞下脐带，便可彻底脱离凡胎。

这一页被很多人翻阅过，但是实行的却很少，毕竟鲛族百年前何其强大，从来不出通天海，想要得到纯鲛的心头血难如登天。

宋归尘说起血阵之事时，也只是短暂地笑了笑。

"瑶珂或许真的是走投无路了，才会信这么一种邪术。"

宋归尘明显不以为意，声音很轻，却很笃定："'神'怎么可能在人的体内苏醒？"

夏青回宫的路上，还在想这句话，他觉得宋归尘或许是对的。

他是蓬莱的大师兄，如果没叛离师门，之后会是蓬莱之主。

他把那本书藏在袖子里，打算拿回去给楼观雪看看。

经世殿前的这条大河叫离离，夜晚的时候天空下起了小雨，停在附近的只有一艘乌篷船。

夏青踏上去，听得艄公问："小公子怎么这么晚才过河？"

夏青："在林子里迷了路。"

艄公笑笑："这样吗？"

夜幕低垂，河水寂寂。

风声肃杀，艄公从袖子里拿出匕首，电光石火间朝夏青刺来时，夏青眼都没眨，拿着手中把玩的竹叶直接将艄公的腕筋挑断。

"你！"艄公骤然抬头，语气冰冷。

夏青笑了下："燕兰渝下手那么急不可耐吗？"

艄公脸色古怪，皮肤像气球一样膨胀起来，直直盯着他，露出一个诡异的笑来。

"砰——"艄公身躯爆炸，带着乌篷船一起，炸得四分五裂。夏青稍微躲了下，防止碎屑入眼。他衣袍翻飞，站立在了一块木板上。

离离河水奔涌，月色照出林子里人影幢幢。

夏青冷眼看了那些人一眼，一下子跳入河中。

"追！"

"太后有令，活捉他！"

夏青落入水中的一刻，被冷得激灵了一下。

白色泡沫"哗啦啦"地往上冒，黑暗里发光的藻类越发明显。

它们随着水纹晃动，露出里面细小的、会发光的虫子来。

光是蔚蓝色的，在逐渐模糊的视线里，被分割出五光十色。暗流涌动的声音无比明显，缓缓擦过耳边。

第九章 崩析

他往下坠。

在这万籁俱静、冰冷压抑的河底。

夏青脑海里忽然又清晰浮现出珠玑临死时遥遥看他的一眼。银蓝色，蛊惑心志，纯鲛的幻瞳，撬开他蚌壳一般死守的记忆。

夏青的脸色骤然苍白无血色，大脑掀起毁天灭地的疼痛，嘴唇颤抖，痛苦地闭上了眼。

"把剑交给你之前，你要答应我一件事。"

"什么事啊？"

"从此，无论生死，剑不离手。"

他想起了数千个和阿难剑相伴的日夜。

剑不离手其实是一件特别麻烦的事，他花了好久的时间去习惯怎么吃饭、怎么洗澡、怎么换衣服、怎么下雨打伞、怎么抄书和扫地。

卫流光在知道这件事后，笑得滚到地上，自告奋勇说要帮师父监督他。

实际上就是为了看他笑话、抓他把柄。

他小时候没辟谷，上茅厕时，卫流光就会贱兮兮地从门板上冒出一个头来，单纯为了看他有没有放下剑，好给师父告状。

夏青想把他的头摁进粪坑。

吃饭的时候，卫流光也噗噗直笑："夏青，你洞房的时候怎么办啊？"

傅长生扶额："流光，你少说两句吧。"

宋归尘身为大师兄，却从来不教好的，他闷笑两声，风姿清润儒雅，眼眸满是戏谑之色，不正经道："还能怎么办，夏青，剑和妻子哪个重要还要大师兄告诉你吗？当然是——"

这时薛扶光端着汤从外面走进来，石榴红裙掠过门槛，凉凉地道："当然是什么？"

宋归尘差点儿被口水呛着，轻咳一声，装作失忆，柔情似水地笑问："你怎么在厨房待了那么久，累不累？"

薛扶光翻个白眼，没理他，坐到了夏青旁边。

卫流光闻着味道，眼睛发亮流口水，先动勺子给自己盛了碗浓郁的鱼汤。

薛扶光偏头看夏青，出声安抚道："阿难剑是上古神器，你想要和它心神结合需要很长的时间。剑不离手，实际上就是你们彼此互通灵息的过程。"

夏青听到这话露齿一笑，同时白了卫流光一眼："我知道。"

卫流光"嗤"一声，吃饱喝足又开始作妖："哦，夏青！我还想起一件事，你洞房的时候，拿着剑也不好办事吧？"

他明显忘记了饭桌上还有师姐在。

薛扶光扬起手，皮笑肉不笑："你还知道办事啊？来来来，卫流光。"

卫流光吓得一溜烟跑了。

蓬莱的日常看似鸡飞狗跳，可每个人都有自己的修行。大多时候，夏青都是一个人和阿难剑安安静静待在一块儿的。

通天海经常下雨。

雨水从屋檐落下，水汽把山峦溅得白茫茫一片。

夏青就拿着阿难剑，坐在窗边，瞪大眼睛，看一眼高高的天空，又看一眼阿难剑，好奇地嘀咕："都说你是上古神剑，真的有那么厉害吗？那我以后是不是会成为天下第一？"

等他真的被允许一个人出海历练，兴奋得一晚上没睡。

他专门把自己打扮了一下，意气风发，对着蓬莱的花花草草大放厥词："走了，我要去征服天下！"

然而他没能征服天下，他倒霉死了！

他杀了个魔修，结果被困山洞，只能在黑暗里，用阿难剑一点一点凿开出口。天光涌进来的一刻，夏青眨了下眼，生理性眼泪落到了阿难剑上，他明显感觉到剑身颤抖。走出逼仄山洞的时候，他才发现——如果一开始他和阿难剑是冤家、是玩伴，那么三年、五年、十年后，它已经是他身体的一部分，是刻入灵魂的习惯。

他真的做到了，在生命的最后剑都不离手。

游历回来的时候是三月五，通天之海的尽头散发出幽微的蓝光来。师父说过，那是灵薇花在照离人。

蓝光照亮地平线，瑰丽又浪漫。只是这种瑰丽的背后，是汹涌大海下暴虐的危险。

他的船被海浪卷翻，又在海中碰到了鲨群。他那时还年少，几番挣扎下堪堪从鲨口逃生，已经奄奄一息。

谁料又遇到了濒死归家的鲛人。鲛人死前都是狂暴嗜血的，他不堪为敌，手臂被撕咬下一大块肉来，夏青心里"咯噔"一下，只有一个念头——他要死了。

他要死了。

意识混浊，大脑空白，可手指却像是被牢牢固定住一般，怎么都不松开。

夏青心想：师父，我这也算是无论生死剑不离手吧，你见到我的尸体一定要夸我。

他以为自己会死，会葬身通天海底。

但是没有。

他被人救了。

惊蛰万物生，蓝光漫过整片通天海，海藻珊瑚，贝壳珍珠，光华熠熠。他对上一双冰蓝的眼眸，那人银白的发散在海水中，容颜模糊，带着一种遥远的神性。

夏青那时失血过多，快要晕过去了。

他气喘吁吁趴在礁石上，心中警惕，不知道这人是谁，要干什么。

只是那人什么话都没说，目光只落在他手中紧握的阿难剑上，冷淡倦懒，没什么情绪，转身离开。

回到蓬莱后，夏青被师姐数落了很久。他坐在床上，看着师姐腰间摇曳在金光中的叶子，心里却一直想着那个人是谁。

"救我的那个人眼睛是冰蓝色的。"

师父说："确定是冰蓝色，不是银蓝色？"

"确定。"

师父哼哼说:"我看是你出现幻觉了吧!"

夏青一头雾水:"啊?"

可能真的是他出现幻觉了吧。

他和卫流光夜探友邻家的那一次,其实故事还有后续。

卫流光不愧是作死小能手,知道了鲛族作的孽气得咬牙:"不行!来都来了,我们得给他们一点儿教训。"

夏青:"啊,你要干什么?"

卫流光捡起掉地上的扇子,往外面看,发现瑶珂已经带着鲛人士兵离开,才扯着夏青的袖子说:"她不是说现在不能闹出太大动静惊扰到什么东西休息吗,走,我们去神宫外放鞭炮。"

夏青:"滚!"

他头也不回,想甩掉这个尽会惹事的扫把星。只是这扫把星是狗皮膏药,硬拖着他爬上了神宫的那堵玉墙。卫流光别的不行,吃喝玩乐样样精通,藏在袖子里的居然还有鞭炮。这是他最近琢磨出的新玩意儿,专门让薛师姐用灵力把它做成防水的样子,有事没事就往海里扔。夏青一边嫌弃这太幼稚,眼见浪花被炸上高空,又经常眼巴巴凑过去拿一个过来过手瘾。

"放完就跑!"夏青说完,从卫流光手里抢走小炮筒。

"我来扔,你数一二三。"

卫流光一时无语。

接着他不情不愿道:"哦!"

两个小少年鬼鬼祟祟。

"一、二、三——"

"砰!"炮筒被扔过去,发出震耳欲聋的声响,惊起无数泡泡。夏青眼疾手快拽着卫流光直接就跑,但是他们明显低估了鲛族圣女的力量,一条淡粉色的鲛纱直接捆住两个人的腰,拦住了他们的去路。

"我当是谁,原来是两个小鬼。"

万幸这一次抓住他们的不是清冷严酷的瑶珂,也不是妩媚狠毒的珠玑,而是三位圣女中素以温柔出名的璇珈。璇珈看着他们,鹅黄色的衣衫曳过玉砌成的长阶,俯身,微笑道:"小鬼,胆子这么大啊。这一次除非你们师父过来,否则都别想走了。"

卫流光人傻了。

夏青也是。

——完了,他又要抄书抄断手了。

神宫内脚步声响起。

璇珈忽然身体一僵,起身,毕恭毕敬道:"尊上。"

夏青咬牙,气得想打卫流光一顿,听到璇珈的声音,抬起头,却一下子愣住了。银白长发的少年从神宫内走出,双瞳冰蓝,如寒月清辉。

璇珈皱眉,神色紧张:"尊上,您怎么出来了?"

银发少年停在神殿门口,眉眼间还有一些慵懒倦怠,可是看到夏青,却是缓缓地笑了下。

"放了他们吧。"

少年说。

璇珈愣住,还是轻声说:"是。"

那天回去的路上,夏青一直魂不守舍。按理说他修的太上忘情道,与天地有感,根本不会踩到地上的陷阱。

他应该走路带风、所向披靡。

偏偏那天他心事重重,一步一摔,两步一跌,三步一个狗啃泥。

把卫流光人看傻了。

"……闭嘴!不许说话!"夏青恼羞成怒。

他的救命恩人根本不需要他报恩。

救命恩人在鲛族身份很尊贵。

算了……不报就不报吧,虽然两次欠人恩情让他有些别扭,可是夏青的情绪总是转得很快,不会一直牵挂。

神宫惊变的那一天。

夏青守在师父的旁边。

师父快死了。

通天海在下雨,淅淅沥沥,将叶子打湿,檐下细雨如珠。

老头儿生前说话总喜欢拖着调子显示出自己世外高人的风范,而现在不需要拖,说话也是破碎沙哑的了。

生生死死,黄土白骨。

夏青安静地候在他身边,第一次,迷茫到说不出话来。

师父眯着眼看他,不满地说:"你这是什么表情?你师父我马上要飞升当神仙了,臭小子,开心点儿。"

夏青说:"死了就是飞升吗?"

师父哼哼道:"我说是飞升就是飞升。"

夏青涩声说:"好,飞升。恭贺师父得道飞升。"

师父咧嘴笑,嘀咕:"这才像话。"

说完,他的眼眸又望向外面,眼里有着尘埃落尽的平和。

外面在下雨,一点一滴,遥远处能看到通天海上血光冲天。璃皇东征通天海,战况越来越烈。

师父轻声道:"你的师兄师姐都去了通天海,蓬莱逢乱必出——可是现在,鲛族、人族,海上作乱的到底是哪一方呢?"

夏青握紧阿难剑,眼神迷茫,出声问道:"师父,大师兄为什么要离开蓬莱去当璃国的大祭司啊?"

师父眼眸中流露出一种哀伤来,沙哑着声音道:"这是你大师兄的劫难。当初思凡剑给你大师兄,我就料到了。他这一生注定要与红尘俗世纠缠不休,被羁绊牵累,永生永世不得解脱。"

夏青一愣:"永生永世,不得解脱?"

"对啊。"师父突然剧烈地咳嗽起来,瘦弱的身躯像是干枯的叶子,他擦掉唇角的血,还不忘瞥夏青一眼,"别哭,我这都活了几百年了,早活腻了。"

他手指还停在脸上,突然身体一僵,眼神锐利,一点一点迟钝僵硬地抬起头来,直直看向通天海的尽头。

夏青被师父的神情吓得一愣。

"师父,你怎么了?"

第九章 崩析

177

师父苍老的皮肤都在剧烈发颤,唇抖得不像话,浑浊的眼眸瞳孔涣散,是难以置信,是震惊,是滔天的愤怒。

"他怎么敢,他怎么敢——"师父说完又剧烈地咳嗽起来,这一次大口大口的血把被褥染红。

"师父!"夏青一下子抓住他的手,却被师父一下子反握住,师父濒死的病容涌现出极度的惊骇来,这是夏青这辈子见过师父最失控的样子了。

师父抓着他的手,用一种前所未有的焦急语气说:"夏青,去神宫!现在去神宫!阻止宋归尘!"

夏青:"什么?"

师父苍凉一笑:"我以为你大师兄顶多是借助人族的力量进攻鲛族,报当年的仇,没想到,没想到,他居然敢把主意打到这上面!"

一阵风吹过,摆在桌上的两盏灯明明灭灭,忽然归于寂静。

师父脸色煞白,又吐出一口鲜血来,大笑两声,眼里满是悔恨:"怪我,怪我,他拿走蓬莱之灵,我就该发觉的。现在你的两个师兄也受此牵累而死!宋归尘,他知不知道他在干什么!"

夏青神魂巨震:"什么?"

师父手指几乎痉挛,握着夏青的手腕,用颤抖的声音说:"去神宫,阻止他,一定要阻止他。"

夏青眼眶也红了一圈:"我去阻止他什么,师父?"

"阻止他……诛神。"

师父的尸体都没埋,夏青就拿着剑急匆匆出门了。

通天海上满是硝烟的味道,战火和血光齐飞,明晃晃照着横尸累累。夏青收拾情绪,眼眶还红着,神色却冰冷如霜,黑衣黑发,手握长剑,行于火海中如修罗。

"来者何人!大祭司有令,今日谁都不能擅闯神宫!"

"滚!"

阿难剑没有鞘。

万物皆是收剑的鞘，万物皆是剑下的杀机。

所有人族士兵还没来得及沾沾自喜，以胜利者的身份去凌辱鲛族，已经被这位不速之客给吓到了。

众人前仆后继地冲过来阻止他。

那一日，夏青根本不记得自己杀了多少人，满脑子都是师父死前的叮嘱，耳边是各种怒斥、各种尖叫、各种咒骂，他充耳不闻，面无表情。十步杀一人，脚下尸横遍野，鲜血将他的黑袍浸染，他杀到最后，眼中血色已经归于麻木。

巍巍神宫出现在他面前，夏青手指剧烈颤抖，脸色苍白。

"蓬莱着火了！"

进神宫前的最后一刻，耳边听到了嘶吼。

蓬莱……

夏青背影僵直，他闭上眼，却没有回头看。

他跑进去，只想着阻止宋归尘。

于是在惊神殿外，看到宋归尘时，所有怨恨、震惊还没涌上心头，眼中已经泛起了泪光，他一字一字恨声喊："宋归尘！"

宋归尘明显一愣，皱眉："夏青？你怎么在这里？快回去。"

夏青眼眸赤红："你知不知道你在干什么！"

宋归尘站在华丽冷清的神殿内，神情莫测："我知道，你回去，这里不是你该来的地方！"

"滚！"夏青想杀了他，可不想再浪费时间，握剑往神殿深处走。

宋归尘出现在神殿，说明诛神大阵已经布下。

他不知道"神"现在怎么样，可他必须救下那个人。

宋归尘冷下脸来："你进去送死吗？给我回来！"

夏青没理他。

宋归尘从袖中抽出思凡剑来，紫色的剑气撼天动地，化成万千剑刃，将夏青围住。宋归尘神色冰冷："回去！"

夏青："滚！"他眼眸赤红，横剑眼前。

剑气破开长夜，属于山川草木红尘五行的浩瀚力量，一下子笼罩天地。神宫卷起长风，吹动他的衣袍与黑发。

这股力量来自鸿蒙上古，饶是宋归尘都被震伤。

"你……"他后退一步，抬手擦了下嘴角的血，眼神既是哀伤的又是冰冷的，声音却坚定，"我不会让你进去送死的。"

思凡剑骤然出鞘，这一次毫不留情，锋利的剑端直刺夏青握剑的手腕，打算让夏青彻底没有反抗余地。

"——宋归尘！"与此同时，另一道饱含怨恨的声音响起。

是璇珈。她刚阻止了珠玑，现在原路返回，只想着将这人挫骨扬灰。

夏青瞳孔一缩，直接用左手去挡，手腕被思凡剑直直刺穿，经脉寸断，鲜血汩汩流下。

夏青踉跄一步，脸色苍白，咽下喉中的血，却什么都没说。

破开阵法，他握剑直接往里面走。

"夏青，回来！"

宋归尘焦急地看着夏青的背影，还想阻止，可是璇珈来势汹汹的攻击已经让他无暇顾及。

夏青已经痛得失去了神志。他浑身上下都是血，自己的、别人的，杀戮让他的眼中一片红。暴躁的、悲恸的、愤怒的、怨恨的情绪，充斥整颗心脏。他修的是太上忘情道，第一次那么深刻地体会人间的悲喜爱恨，受惊扰的道心带来精神上的苦痛折磨，与之相比，经脉寸断的痛苦都不值一提。

师父死了，师兄也死了，蓬莱也没了。

好像只是一夜之间，他的世界天翻地覆。

夏青跌跌撞撞走进惊神殿的一刻，恍惚了下，冷风像一双手，轻轻拂过他沾在眼睫上一直不肯落下的泪。

轰隆隆。

夏青感觉到大地在震动。

紧接着，外面传来各种尖叫和逃窜声。

"神宫塌了！"

"神宫塌了，快跑！"

乱石齐飞，脚步错乱。先坍塌的是石柱，而后是墙壁。

夏青真的走到这里，却安静下来，他闻到了一股冷冽的花香，来自荒冢。

海水逆流，天地崩析。

万事万物都在灰飞烟灭。

夏青步伐蹒跚，全靠着脑海中师父的那句话坚持下来，坚持到最后，走到惊神殿……他看到了满台阶的血。

鲜血中心有人半跪在地上，银白的长发披散在血泊中。

夏青对上了一双极冷极寒的眼。

冰蓝色。像是蒙昧未出世的珠玉，纯粹到只剩下冷漠。

海浪回旋敲击，古老大海的呼啸从深渊之底涌出，石块摧枯拉朽地纷纷落下。

夏青大脑空白，安静地看着他，一句话都说不出来。

他今天经历各种生死爱恨，杀人杀到麻木。阿难剑的尖端现在还在滴血，在身后曳出一条长长的血迹来。

他以为他已经不会再有多余的情绪了，可没想到，就这么一个眼神，再次让他溃不成军。

"原来是你啊。"

夏青脸色苍白，极轻地说了句。

他想笑，可是笑不出来，体力早已耗尽，没走两步他便再没了力气，狼狈地跪下来，以剑撑地。

黑发落在地上，与那人的白发相融，在血泊里诡异而和谐。

"轰——"

神殿背后的墙壁也彻底崩塌，带着地面齐齐下坠。

露出海尽头的深渊来。神宫背后就是魔渊万冢，漆黑一片，吞灭了所有的光。

夏青不知道该说什么。

他穿过腥风血雨从尸海中杀过来，到现在，眼里居然只有迷茫。

神宫要坍塌了。

这里即将灰飞烟灭。

可是蓬莱也没了啊。

"神"的眼神冷漠寂灭。

地面四分五裂，海水开始倒流，天地颠覆。蓝光从深海喷涌而出，"咔咔咔"，裂痕蔓延到了"神"的脚下。

魔渊像是一张巨口要将他吞噬。

就在此时，夏青耳边听到了很轻的一声笑。遥远的，讥讽的，嘲弄的。

夏青眼神迷茫，抬头，对上少年半勾的唇角和冷漠寂灭的眼。

他心中涌出奇异的难过来，轻声说："别怕，我带你出去。"

只是他说完这句话，最后一块地面猛地下坠，带着少年往深渊坠去。

银发少年缓慢闭上眼，神情冰冷。他被蓬莱之灵结成的阵所制，无法反抗，只能亲眼看着自己被抽魂、被拆骨、被夺去力量，一个人待在这孤寂的神殿里等死。

"不，等一下——"

大地粉碎的同时，夏青的思维好像也粉碎了。

他想伸出手去抓住少年，可是左手经脉已经被挑断，彻底废了，动不了。

唯一能动的，只有——

"咚！"神殿天壁崩折，珊瑚、贝壳、夜明珠稀里哗啦落了一地。

夏青愣在原地，在少年即将下坠的最后一刻，眼眸血红，咬牙松手，放下剑来。

阿难剑落地的一刻，声音清脆悦耳，仿佛来自世外，散去了一切尘世的混乱喧哗。

他俯身向前，在废墟中，握住了少年鲜血淋漓的手，却没想到，下一刻他自己身下的地面也裂开了。

夏青没有救下他，反而随他一同坠入深渊。

萤火星辰浮动在周围，深渊底下是白骨荒冢和无边无际的灵薇花。

夏青最后的记忆，是与自己十指紧扣的冰冷的手和一道黑暗中安静的凝视。

疑问的，懵懂的。

没有情绪，不含爱恨，或许只是好奇，或许只是不明白。

灵薇花温柔哀伤，开在深渊。

他意识模糊，只见身边幽蓝的光越来越强烈。

一朵又一朵灵薇花飘浮了起来，同时巨大的声响震在耳畔。

他看到海水分流，堆积万年的白骨不断往上，冲出海沟、冲出海面。

它们立成了一堵墙。

——隔绝了鲛人一族百年的归乡路。

第十章 业孽

你是我看不破的自我
是我的道心所向

宫廷生存纪事

（一）

"我倒是不知道，原来你与'神'还有这样的往事。"

幻瞳能蛊惑人心，珠玑临死用全部的力量变成一缕幻影，驻扎在夏青的识海。她哪怕功亏一篑、魂飞魄散也不会让他好过，势必要成为他的心魔，拖他一起下地狱。

临近月中，月亮是圆的，浊黄色，森冷诡谲。

夏青破水而出，苍白的手死死抓住岸边的草，勉强从河水中爬了上来。他的眼睫沾了水，黑发湿漉漉地披在身上，浑身上下彻骨寒冷，唯一的热源是腕上的舍利子。

两世的记忆交错，灵魂紊乱，道心破裂，在他最虚弱的时候，珠玑乘虚而入，声音跟毒蛇一样钻进了他的脑海。

"怪不得我寻遍天下找不到你的魂魄，原来你被送到了异世啊。"

她轻轻笑着，抽丝剥茧，试图一点一滴摧毁他的神志。

夏青没理她，跟跄着走上岸，强撑着身体往皇宫的方向走。

可还没走几步，忽然听到了烟花绽放的声音。

"砰砰砰——"

一束又一束的烟花升空、坠下。

珠玑的声音甜蜜妖媚："陵光城好像很热闹呢。"

夏青抬起头来，看着前方。

灯宴的盛况在伏妖前夕重现，这座奢靡的城市永远不缺热闹，火树银花将夜照得明亮，众生的欢呼笑喊如潮水般涌来，隔得很远都能感受十丈软红的繁华。

他站在荒芜的旷野，身侧是离离河水。

夜鸦乌鹊惊飞，寒风贴着骨骼轻轻战栗。

珠玑语气轻蔑："所以我说世人愚昧啊，一群蠢货，不知道百年之期一到就是他们的死期。

"这一次命盘转动，谁都逃不出神罚。十六州、通天海，人族、鲛族——当年诛神的罪，百年后，只会以天下为葬作为终结。"

"天下为葬"四个字她咬得极重，喉间腥血翻涌，满是幸灾乐祸和报复的快感。

夏青的声音沙哑得仿佛都不是自己的："'神'要复活了吗？"

珠玑骤然拔高声音道："你在装傻吗？你在他身边待了那么久。"

夏青沉默很久，一字一字艰难地说："楼观雪就是'神'？"

珠玑笑个不停："夏青，事到如今你还想自欺欺人？"

"血阵，血阵，哈哈哈哈哈。"珠玑像是想到什么，讽刺地大笑出声来，"血阵？瑶珂居然会信血阵这种东西，她是真的老糊涂了吧！

"'神'怎么可能会从人身体内复苏？'神'那么骄傲，卑贱的肉体凡胎再如何都成不了容器！

"他之所以会是'神'，是因为他本来就是'神'！"

——他之所以会是"神"，是因为他本来就是"神"。

像是一道雷劈开混沌的大脑，粉碎一切，只剩下焦黑的血肉。夏青踉跄着后退一步，喉间一痛，吐出一口血来。

他垂眸，沉默很久，颤抖地用手擦掉。

"也怪我蠢，当年居然真的以为人族可以将'神'彻底诛灭。不过现在看来，这倒是好事。"

珠玑咬碎银牙，恨恨不休："我死了又如何！宋归尘，你马上就要和全天下一起来给我陪葬了。"

她古怪地笑起来："你到时候一定会后悔吧。

"你拿的思凡剑，你修的苍生道。你百年前为报血海深仇，将鲛族拖下地狱，试图以杀止杀。肯定没想到，百年后恩怨清算，神罚降临，要苍生赎罪。

"哈哈哈……思凡剑主断送凡间,太讽刺了!"

——苍生赎罪。

夏青已经没心思去听她的话了。

他像是失去了三魂七魄。

走过旷野,走过断桥,走过城门。

风卷着草木清香划开天地,他穿过人山人海,身侧是众生悲喜。

夏青看到了紫陌大街上一盏一盏连接成海的花灯。孔明灯在欢呼声中升空,成千上万,飘向苍穹,照亮浩瀚琼楼,如飞舞的流火把整座城市笼罩。

夏青的指尖在颤抖。

他回忆起当初离开陵光城的夜晚,护城河那座荒草丛生的废弃断桥上,楼观雪问他的话。

——"你知道琉璃塔是什么时候建起的吗?"

——"上元佳节登楼拜神是百年前璃国才兴起的习俗。在这之前,璃国是没有神,也不信神的。"

——"什么时候他们才会明白呢?觊觎不可得的东西,总会付出代价。"

楼观雪……

那不是"神"的恨,那自始至终都是你的恨。

你寻觅半生,想知道的答案根本就不存在。

你一直都是你。

可我多希望,你不要是"神"。

因为……抽魂拆骨太痛了啊。

"河水叫离离,传闻很久以前,陵光一对不为世俗所容的爱侣殉情跳入河中,世人感其深情,便用女孩的小名来命名此河。"

"离离?"鲛人男孩困惑地低头,"为什么有人小名叫离离啊?是不是太不吉利了点儿?"

旁边的女人出声喊他的名字:"灵犀。"

"哦。"灵犀乖乖闭上了嘴。

船公偏头,看着眼前莲青长裙、苍灰头发的女人,好奇地问:"姑娘不是陵光人士吧,怎么在这个节骨眼上来这里呢?"

"找人。"

船公更疑惑了:"嗯?找什么人?"

薛扶光拢袖,说:"故人。"

船公暗中打量着她,涌到嘴边的话又识趣地咽了回去。这是一位身份不凡的贵人,她有着很多故事,厌恶让任何人知晓。

"薛姐姐,我们要去哪里啊?"

"经世殿。"

灵犀脖子上挂着一个竹木制成的哨子,细软的头发扎成小辫,悄悄看了旁边的薛扶光一眼。他心里还是有些怕她的,局促不安地扯着衣袖。

薛扶光的步伐一停,偏头说:"在外面等着我,哪儿都不要去。"

灵犀乖乖点头:"哦。"他坐到了凉亭里。

天阴沉沉的,看样子要下雨了,呼啸的风把青绿的叶子卷到了台阶下。

薛扶光腰间坠下的木灵轻轻响动,莲青衣裙像是一缕烟消散在尽头。

璃国经世殿为一人所建,自始至终也只有那一人。她第一次来这里,却畅行无阻。

书楼背后是个院子,推门而入的一刹那,她像是穿越了时空,回到了蓬莱。满院都是药的清香,凤凰木立在墙角,花若飞凤之羽,焰焰如火。

回廊一路挂着各种木牌,当啷当啷响个不停。

宋归尘肯定知道她来了。

薛扶光走进去的时候,他就坐在窗边,香炉逸出的白雾模糊了紫衣青年的眉眼。年轻的大祭司手里拿着块牌子,若有所思地看着外面。

他在看灵犀。

宋归尘问:"这是你救下的小孩?"

外面乌云越聚越重，真的下起雨来，稀里哗啦。

薛扶光说："把陵光城内的鲛人都放了。"

宋归尘没有回答她的话，视线落在她脸上，沉默很久，哑声说："你好像瘦了很多。"

薛扶光静静道："宋归尘，一百年了，你到现在还不肯收手吗？"

宋归尘凝视她很久，重新笑起来，轻声道："扶光，你还想要我怎么收手？当年在神宫我本打算将他们全族诛尽的，是你要我放鲛族一条生路。好，我放了。

"现在的一切，难道不是他们咎由自取吗？是他们野心勃勃想上岸，放纵人类进攻神宫。神陨之时让荒冢成墙。"他笑了下，说，"是鲛人一族亲手葬送了自己的轮回和归路。"

薛扶光："是啊，所以鲛族没有了轮回。一百年，你恨的那群人早就死了。冤有头债有主，现在的鲛人都是无辜的。"

宋归尘藏于袖中的手在颤抖，他扯起唇来："你见我就是想说这些？"

薛扶光憔悴的眉眼间涌现出深深的疲惫，说："宋归尘，你知道我见到了谁吗？我见到了夏青，也见到了长生。我不知道当年神宫内夏青做了什么，魂魄消散又重新回来。可他忘记了所有前尘往事，甚至再也不想拿起剑。"

宋归尘没说话。

薛扶光道："而我见到长生时，他正被伴生灵蛊折磨，倒在上京城的某个街角，差点儿被野狗分食。我知道伴生灵蛊应该是珠玑下的，可百年后我们每个人身上发生的一切，你不觉得更像是报应吗？"

宋归尘再次沉默很久，说："不会的，若果真有报应，应该只由我一人承担。"

薛扶光一下子笑起来，眼眶都红了一圈："一人承担？你怎么承担？诛神之罪人类承担不起，鲛族承担不起，我们每个人都承担不起。"

宋归尘望入她眼眸，想去为她擦拭眼泪，可手指在袖中发抖，最后却只能挂上惯常的笑容："是啊，所以不能让'神'活过来。"

薛扶光红着眼，轻声说："你真是个疯子。"

宋归尘不说话。

薛扶光："你去东洲三年，是为了拿回蓬莱之灵吗？"

宋归尘："是。"

薛扶光闭眼平复心情，说："宋归尘，把陵光城所有被关起来的鲛人都放了吧。"

宋归尘说："鲛人现在频频化妖，不关起来，只会伤及城中百姓。"

薛扶光："我带他们走，回上清派。"

"上清？"宋归尘听到这个名字，唇角微微勾起，轻轻念着，似乎心情好了点儿，他点了下头，说，"原来你还记得啊。好，我答应你。"

薛扶光眼眸赤红地望着他，短促地笑了一下后，牙关颤抖着说："宋归尘，你信因果吗？师父说，苦海滔滔，业孽自招。我觉得也是，恶因造就恶果，恶业带来苦孽，你不要再杀人了。"

宋归尘微笑，他听到自己轻声说："好。"

她不愿在这里多待一秒，转身，衣裙掠过空气中的金粉浮尘，熟悉的药草冷香渐渐远去。

宋归尘靠在窗边，听着外面的雨，什么都没说。

东洲三年，其实他找蓬莱之灵只找了一个月。

剩下的时间都坐在那堵白骨堆成的墙上，和天地飞鸟相顾无言。

通天海真的太寂静了。

呼啸而来的只有海浪一次又一次拍打礁石的声音。

他曾想过看一眼故人就回头，可见过了故人，怎么甘心回头？

雨滴顺着亭子的边缘落下，溅开在青石块上。

灵犀清澈的眼睛望着林间飞鸟，闲得无聊，把脖子上的哨子取了下来，轻轻吹了首他走在陵光街上听来的曲子。鲛族擅音律，他只听了一遍，便记住了旋律。

薛扶光出来的时候，灵犀惊讶地看着她微红的眼眶。

"薛姐姐……"他慌忙把哨子握紧，站起来。

薛扶光在雨中愣了很久，轻声问："你刚刚吹的是什么？"

灵犀愣了愣："好像是……《金缕衣》。"

护城河畔，风月一条街。画舫之上，隔着红烛罗帐，歌女轻快明亮的曲调浸润着胭脂香悠悠传来。

"劝君莫惜金缕衣，劝君须惜少年时，有花堪折直须折，莫待无花空折枝。"

传到卫流光的耳中，他差点儿把酒全数喷出来，慌忙摆手："换一首，换一首。"

卫念笙在他对面翻个白眼："这是劝你及时行乐，你想哪儿去了？"

卫流光："真的？这真不是老爷子常拿来劝我的？"

卫念笙心情郁郁，没搭理他，喝了一杯酒。

卫流光一收折扇，劝她说："你放心吧，太后做不了决定的，你长得还没陛下好看，陛下怎么可能会要你。"

卫念笙喝完酒情绪上来，眼睛一红掩面痛哭起来，破口大骂："燕兰渝就是个疯女人！"

卫流光被她哭得耳朵痛："你声音小点儿。"

卫念笙气得浑身都在抖："疯女人！不得好死！下地狱！她要下地狱的，她年轻时杀了那么多人，又吃了那么多鲛人肉，她会遭报应的。"

卫流光真是服了这位姑奶奶，小心翼翼给出意见："要不，你私奔算了？"

卫念笙："私什么奔啊，呜呜呜，我不如一头栽进河里淹死算了。"

卫流光琢磨一下，想的却是："那你说它会不会改名，以后为了纪念你，把河命名为'念笙'？"

卫念笙红着眼瞪他，恰好红帐外的歌女唱到"悲欢离合总无情"，她想到自己的遭遇，哭得更大声了。

卫流光发冠都没戴好，拿着折扇急匆匆溜了。

陵光城这几日晚上都很热闹，人来人往，烟花照着天空不夜。权贵们沉浸在温柔乡里，觥筹交错，丝竹悦耳。而隔着护城河，在风月长街的另一岸，是肮脏逼仄、潮湿阴暗的囚牢。

"老实点儿！"士兵押着一个被打得伤痕累累的鲛人往里面走。

他旁边的士兵摸了摸嘴角，不满地说："怎么又是个男鲛啊？"

前人翻白眼："我劝你收敛点儿吧，前些日子才听说有人死在鲛人的身体上。"

另一人不以为意："鲛人生下来不就是给我们玩儿的吗，怕什么？"

这时忽然快马行过长街，一个身披黑甲的侍卫走了过来，手中拿着令牌，高声喝道："大祭司有令，明日把所有鲛人都赶到陵光城外！"

"什么？"所有守在监牢前的士兵都蒙了。

不一会儿，有人才开口："是因为明日是伏妖之日，大祭司才下此令的吗？"

侍卫冷着脸："不该问的事别多问。"

五月十五。

陵光城连着下了两天两夜的雨终于停了。晴空万里，阳光明媚，这一日浮屠塔前热热闹闹，文武百官齐聚首。十里竹林都被绑上红带，天地同乐。

夏青昏迷了好久，他醒来的时候，寝殿里已经没人了。他就记得自己从河中出水，步步艰难地回到皇宫，见到楼观雪的一瞬间，脑海内最后一根弦断，彻底晕了过去。时而清醒时而糊涂，他感受到楼观雪经常用手指往他嘴中渡血。

"你可终于醒了，不去看看好戏吗？"

他现在神魂虚弱，珠玑依旧有可乘之机，女人妖媚的声音低低在旁边笑着。

夏青抿着唇，一言不发起身，往铜镜看了一眼，才发现自己的衣服不知道什么时候已经被人换了。

他在昏迷中错过了大典，可还是被换上了红衣。

一直乱糟糟的黑发被理顺，用金色的发冠固定，红衣墨发，眉目如画，色若春晓。他还能记起楼观雪为他绾发的样子，手指冰冷，可是动作却很温柔,他在他耳边说:"等我。"

夏青脸色虚弱苍白,抿着唇,一言不发地往外面走。

路过门口时,看到了被他专门高高挂起的灵薇花灯,过往一幕又一幕的相处情形浮现脑海,他安静地垂下眼睫来。

珠玑隐晦而嫉妒地说:"尊上对你还真是上心呢。"

夏青很久没说话,开口嗓子干涩沙哑,喃喃:"你说浮屠塔内关押的到底是什么?"

珠玑微笑,蛊惑道:"你问我吗?浮屠塔内关的是什么我猜不到,但我知道,今日是所有人的死期。"

夏青自问自答:"那里面不是大妖……也不是'神'的三魂。"

百年之期,"神"转世降生。

楼观雪说他进过浮屠塔,里面一片漆黑什么都没有,但每年的三月五,那诡异的邪光从来没停过。

"浮屠塔关押的……"夏青静静说,"是'神'的记忆和恨。"

珠玑顿了顿,古怪地大笑起来。

"对!你说得对。没有蓬莱之灵,人间道士布下的阵,怎么可能困住神魂呢?"

夏青走到浮屠塔前时,刚好看到阵法落下的最后一刻。

琉璃作瓦的九层佛塔庄严肃穆,伏妖大阵自地面曲折蔓延,金光漫漫从阵法中心照彻,地面四分五裂,天地风云变色。

"破——"

宋归尘立于万千道士之首,紫衣翻动,清喝出声。

一瞬间万人俯首,每个人的脸上都溢出喜色和震惊来。

整片天地草木瑟瑟,十里竹林红色的长带扬上九天。

夏青站在竹林外。

珠玑说:"多可笑的一群人啊。"

夏青的目光看向楼观雪。

他穿着帝袍,黑色帝袍华贵典雅,长身玉立,乌发如缎,眼眸冷冷遥望浮屠塔的方向。衣袂翻飞,血色云纹煞气逼人。

第十章 业孽

"轰——"

浮屠塔破的一刻。

剧烈的响动带着整片大地都在震动,高塔坍塌的瞬间,烟尘碎石迸溅,把整片天空污染!

燕兰渝的指甲掐进肉里,直直看着前方,眼中溢出狂喜之色来。

"破了?破了?"

宋归尘垂眸看着浮屠塔,神色冰冷。他在等,等着神魂爆发,殊死一搏。只是废墟之中一片安静,什么都没有。宋归尘愣了愣。

"恭贺陛下!"

"恭贺陛下!"

这时,伴随崩塌的"隆隆"响动,是文武百官和无数道士齐刷刷的祝贺,声震如雷,响遏行云。

"浮屠塔破,大妖伏诛,天佑大璃!"

"天佑大璃!"

每个人脸上都是欣喜,都是欣慰。

楼观雪红唇勾起,似笑非笑重复说:"好,天佑大璃。"

他往下走,接过司仪递过来的酒。按照礼仪,璃国皇帝要酹酒三杯于废墟前,慰藉被大妖所害的先祖。

这一瞬间,所有人的目光都落到了这位少年帝王身上。

他举着酒杯,手腕从黑色宽大的袖中露出,上面系着一根缥碧色的长带。

帝王颜若珠玉,眸光深冷,唇角的笑散漫却危险,修长的手静静倒下第一杯酒。

楼观雪语气轻描淡写,也不知道是说给谁听。

"我从五岁开始就活在即将被取代的危险里。瑶珂说我身上有血阵,我活下去的意义就是为了给'神'提供一个容器,可是我不想认命。

"为什么是'神'取代我,而不是我吞噬他?

"我当初,只是想活着而已。"

万籁俱寂,只有少年帝王的声音,清冷地传进每个人的耳中。

所有人都愣住了，包括宋归尘在内。

第二杯酒倒于地上。

楼观雪像是想到什么好玩的，意味不明地低笑一声。

"真是蠢。

"我曾以为浮屠塔内关押的会是'神'的三魂。我将神魂诛灭，我就将成'神'，哦不对，我并不想成'神'，我只想在他取代我之前，先让他彻底魂飞魄散。

"结果兜兜转转，我寻了十年，寻得一个什么答案啊……"

太监颤颤巍巍给他递过来第三杯酒。

楼观雪接过，却没有按照礼数来。

指尖漫不经心把玩杯盏。

他垂眸，嗤笑一声："慰藉璃国先祖？

"他怎么配呢。"

咚——

酒杯直直摔落地上。

他的话音也如惊雷落地，震得所有人脸色煞白，纷纷抬头，惊讶地看着他。

燕兰渝瞳孔一缩，厉声道："楼观雪！你怎可这样对先祖不敬！"

唯独宋归尘猛地抬眸，眼如利剑死死盯在他的背影上。

竹林萧萧，风平浪静的废墟之上，自楼观雪脚下突然涌出一道浓郁的血光来，血气和黑雾缠绕，一如重重藤蔓破土而出，遮天蔽日，在空中凝成一层又一层的枷锁，颠覆天地！

"啊——"燕兰渝脸色煞白，颤抖着大叫了一声。

文武百官和道士们也都愣住了。

宋归尘手中思凡剑出鞘，他立于废墟阵法外，死死盯着楼观雪。大脑中断了的那根弦，像是重新接上。当初那个在阵法当中银发委地、鲜血斑驳的"神"，曾抬起头来用冰蓝的眼眸看了他一眼，如今这位璃国的少年帝王在浮屠塔的废墟前回身。两个画面诡异重叠。

第十章 业障

宋归尘剧烈颤抖,这才反应过来,他的记忆其实一直如同被诅咒般,隔着水雾……记不清的"神"的样貌。

楼观雪眼眸漆黑如皑皑荒山,他微笑着,一字一句缓声说:"宋归尘,好久不见了。"

"大祭司,大祭司!"燕兰渝慌慌张张,不顾形象地伸出鲜红指甲,死死抓紧了宋归尘的手,为求一丝安慰。不只是她,在场的所有人都被一股绝望和畏惧掐住了灵魂,窒息、崩溃。

陵光的所有权贵,当年追随皇族的所有门派成员,齐齐脸色煞白,控制不住瑟缩,跟跄一步跪了下来。

风云变色。

宋归尘的脸色同样好不到哪里去。

楼观雪脚下是伏妖大阵,万千血红色的记忆缠绕身边,回溯至天地初开时。黑色枷锁重重叠叠,一缕一缕疯狂的怨恨自他指尖慢慢涌入。

楼观雪漠然看着指尖,瞳孔泛起一层淡淡的红来。

他轻笑,缓缓道:"蓬莱之灵?怪不得你们百年前能成功。只是现在,蓬莱之灵也没用了。"

"杀了他!"宋归尘脸色煞白,闭了下眼后重新睁开,声音冰冷地对在场所有道士下令。

"大祭司?"燕兰渝人都傻了,哆哆嗦嗦地喊了一声。

宋归尘说:"陛下被大妖上身,现在已经是妖魔。"

燕兰渝这才找回理智,她现在根本不敢看楼观雪,就像是在压抑骨子里的恐惧。

她颤抖着身躯,骤然高声下令:"听到没?都听大祭司的话!杀了他!杀了他!"所有被神息所震、半跪在地上的道士都咬牙重新站了起来。"这是妖,这是妖。"他们心中告诉自己,一群人目眦欲裂,拿起剑和武器来,前赴后继地往法阵中心冲去。

楼观雪抬眸,戏谑地笑了下,瞳孔中的血色越发浓郁。

只是所有道士还没靠近,在阵法边缘就已经被空中盘旋的黑雾血瘴穿过身体,连同灵魂一切都被搅碎,灰飞烟灭,没有任何反抗的余地。

"啊——"一时间,各种崩溃绝望的尖叫声传遍天地,血流成河,将荒草染红。

燕兰渝这一刻神魂剧痛,大叫一声,跪在了地上。她发钗皆乱,像是第一次认识眼前的人,瞳孔涣散只有惊恐。

楼观雪从废墟中走出,黑色衣袍掠过鲜血,容颜诡艳到妖异,似神又似魔。

他勾起唇角,眼底尽是凉薄讽刺,轻声说:"宋归尘,我听说你是被凡尘拖累。现在我看,应该是凡尘为你拖累。"

宋归尘的瞳孔一下子剧烈震动起来。

夏青脸色脆弱苍白,看着眼前的修罗地狱。

血漫过废墟,漫过十里竹林。

珠玑已经快要笑出眼泪:"是啊!就是他拖累凡尘,百年之后血洗天下,让苍生赎罪啊!"

夏青喉间都是腥甜的血,他闭了下眼,说:"闭嘴。"

珠玑古怪地笑着:"夏青,是你让我出现的,你若是道心稳固,神志清醒,我根本找不到时机。我还得谢谢你呢,让我看看现在宋归尘的惨样。"

夏青紧抿着唇,一言不发。

罡风卷过天地,紫雷黑云在陵光城上聚集,风声哀号,像是天地的悲鸣。"啊,啊啊啊——"燕兰渝骤然失声尖叫,她瞪大眼,整个人仿佛从头颅开始爆炸。她一生为权欲迷惑,直到现在才惊醒血液里的诅咒。这不是妖……这不是妖……她都不敢对上楼观雪的眼,眼泪和鲜血流满脸,痛苦地蜷缩在地上,生不如死。

天上的紫云越聚越重,哪怕是在陵光,夏青好像都能听到山崩海啸的声音。

大地裂开,海水翻涌,万物崩析。无数山横断,就如皇城的千千宫阙在这一刻粉碎,带着所有人绝望的尖叫!

"娘,呜呜呜,娘,我好怕!"一个六岁的幼童涕泪直流。没有欲念时受诅咒的影响很小，他看着亲娘的尸体，颤抖着哽咽。

　　黑色瘴气带着压抑百年的恨，所过之处，所有生灵被摧毁。瘴气很快就到了他的面前，幼童呆呆地抬起头，清澈无瑕的眼睛倒映着血煌煌的世界。"娘！"在危险即将靠近的时候，他骤然发出一声大喊，呜咽着害怕地抱紧了女人的尸体，像小兽般把头埋着。

　　他以为自己会死，但是没有，一道柔和的剑意笼罩在他身上，带着草木的清新味道。

　　男孩呆呆地抬头，看到了一角红色的衣袍。

　　珠玑放声大笑："你以为你阻止得了？夏青，我劝你收了这些愚不可及的善良吧！"

　　夏青没有理她。

　　那道剑意出来的片刻，天地皆寂。

　　楼观雪无悲无喜地看着一切，神情冷漠，直到夏青出来，他才抬起头来。

　　隔着遍地的横尸，隔着无数鲜血，两人遥遥相望。

　　竹林上的红带飘扬，与少年翻飞的红衣相衬。

　　楼观雪眼中的血色渐渐消散。

　　恨意如枷锁把灵魂束缚，烈火重重烧尽业孽，直到这一刻，他才像是安静了下来。

（二）

　　"怎么不听话，不在寝殿等我？"

　　楼观雪垂眸，轻声开口。他驱散身边的血光黑障，往前走，似乎是想牵夏青的手，看看他的脉象。

　　宋归尘骤然出剑，"唰"，思凡剑卷动竹林叶子，带着清锐紫光，直刺向楼观雪。

　　宋归尘厉声道："夏青，走！"

　　楼观雪听到这话，唇角玩味勾起，眼底浮现一丝冰冷杀意，可到底是对夏青的关心占了上风，没有去搭理宋归尘。

思凡剑气根本近不了楼观雪的身，甚至在空中遭反噬，回刺入宋归尘体内。紫衣大祭司闷哼一声，跪下来。他五指痉挛地插入土地，双眼抬起，愣愣看着百年后重新降临的"神"。

这是世间唯一的"神"啊！

如果不是当年鲛族趁其不备，如果不是蓬莱之灵可以催动天地法则，谁又能诛神呢？

楼观雪想伸手去牵夏青的手腕，谁料夏青先出手握住了他。

少年的指尖冰冷，几乎有些发颤。

楼观雪愣了下，温柔地问："怎么了？"

夏青很少主动，或许是修太上忘情道的缘故，他迟钝木讷，甚至有些呆，被占了便宜也要反应半天，这次倒是难得。

夏青脸色虚弱苍白，浅褐色的眼眸静静地看着他。

楼观雪将他的一切表情收于眼中，鸦羽般的长睫垂下掩过深意，微笑道："乖，别看。"他解开腕上的缥碧色丝带，俯身触上少年的眼睫。

相触的感觉微凉如落雪，夏青还没反应过来，眼睛已经被发带蒙上了。

一瞬间，外面的鲜血战火归于漆黑，刺穿耳膜的呻吟哭号也彻底消散。

楼观雪手指抚上他的脸，温柔笑道："什么都别看。"

宋归尘心神巨震，瞳孔缩成一点，嘶声吼道："楼观雪，百年前的恩怨与夏青无关！你放过他！"

楼观雪讽刺地低笑一声，没理他。

强烈的白光从指尖溢出，形成一道至纯至粹的光，将夏青静静笼盖。人间乱象被隔绝在少年身后，他红衣如血，立在红尘外，任由天地崩析，日月倾覆。

宋归尘自然不会信他们之间的感情，一下子眼眸赤红。

——他害得他的小师弟被利用、被欺骗，可是他什么都做不了。

悔恨化为心间刺，宋归尘拿着思凡剑站起身来。

烟尘弥散空中，万千黑障红雾，像百年因果，照应神罚降临的最终命运。

"神。"宋归尘踉跄一步，一字一字从带血的喉间说出，艰难道，"百年前，是我、是珠玑、是璃皇，害你落得那个下场。冤有头，债有主，百年后，这些罪孽，我一人承担。"

楼观雪似乎现在才认真地看了他一眼，眼底冰冷一片，他似笑非笑，语调凉薄："你一人承担？"

他淡淡地问："宋归尘，我的恨，你拿什么承担？"

"砰——"一道黑色的雾障突然发作，钻进宋归尘体内，一下子压制住他的灵魂，嚼碎血肉、骨骼，逼得他咬紧牙关，重新跪下来。

楼观雪没再看他一眼。

衣袍掠过瑟瑟荒草，他往前走，冷漠道："哪怕你现在自拆骨、自抽魂，跪在我面前魂飞魄散也完全不够。"

他停在了废墟前，这里是阵法中心处，是他所有记忆和恨的根源。楼观雪凝视着一切，漫不经心地低笑着，轻声说："百年前，你们就应该猜到会是这样的结局。"

十六州黑云压城，地面如长蛇裂开，顷刻间无数房屋高楼化为废墟。众生尖叫挣扎，不得解脱，崩析声中构成地狱乱象。

文武百官匍匐在地哀号。

竹林不解悲苦，萧瑟依旧，燕兰渝倒在废墟中，手指颤抖着握住了一把荒草。

她急促呼吸，瞳孔涣散，鲜血从七窍不断涌出，脑海中忽然出现了当初瑶珂被鞭子活生生抽死前最后看向她的一眼——银蓝色，怨恨讥诮，从此她日日夜夜不得安眠。

"当年先祖东征通天海，带来了无数珍宝，也获得了'神'的眷顾。"

哪有什么"神"的眷顾，从来只有诅咒。一生汲汲名利，一生所求权欲，到头来贪婪者死于贪婪。燕兰渝痛苦到浑身抽搐，嘴里喃喃："不……"她的灵魂被烈火烧灼，血肉在翻涌爆炸。

可话还没说完，人已经被黑障撕碎，鲜血散开，溅上青草。

陵光城门外。

无数鲛人聚在一起，男女老少都瑟缩着垂着头，身躯颤抖。他们穿着灰扑扑的囚服，手上戴着铐链，被士兵们恶声恶气地赶向城门外。

"都给我走快点儿！"

踏出繁华城门的一刻，金光穿过云层照在了每个鲛人的脸上，照入他们麻木迷茫的眼中。

灵犀被薛扶光牵着手，站在不远处，安静又疑惑地看着这一群人。

扶光姐姐听完村子里发生的事后，就带他来了陵光，说这里是离浮屠塔最近的地方，也是鲛人受压迫和折磨最深的地方，必须早点儿救他们出来。

灵犀看着他们凌乱的头发和遍布伤痕的手，清澈不染纤尘的眼眸满是迷茫。

这是他的族人吗？可是为什么，族人会是这样的呢？

士兵不耐烦地说："都到齐了，带走吧。"

薛扶光点了下头："好。"

陵光城内数万鲛人排成一条很长很长的队。

鲛人们低着头。

他们被与生俱来的屈辱、苦难、折磨耗尽生机，懦弱和惶恐写入骨子里。他们像是一棵一棵枯朽腐烂的树，黑压压站在城门前。

城墙之上，卫流光悄悄趴在垛口冒出一个头，看着下面长龙般的人群，震惊不已："我的乖乖，这是在干什么？"

卫念笙在旁边气得跺脚："卫流光，这就是你说的最好的方法？"

卫流光理所当然："对啊！你逃出陵光城燕兰渝还能把你抓回来送进宫不成？"

所以他给出的方法，居然真的是要她连夜逃跑？卫念笙被他的不靠谱给气哭了，觉得自己听信他的话跟出来简直就是脑子进水。

一袭粉白色衣裙的少女扁着嘴，眼睛越来越红，越想越委屈，最后没忍住"哇"的一声哭出来。

卫念笙浑身颤抖:"哇呜……卫流光,你真是个浑蛋!"

她自幼娇生惯养,是卫太傅的掌上明珠,什么时候遭过这种罪?站在这寂寥冷冰冰的墙头,卫念笙越想越气,直接一屁股坐在了城墙上,抬袖掩面大哭起来。

她哭起来丝毫不在意形象,跟小孩子一样,眼泪鼻涕都在脸上,丝毫没有卫家贵女的做派。

墙垛上长着荒草,青绿色冒出石缝,随风招摇在她金丝勾勒的华贵的裙边。

"呜呜呜,我干脆真的跳河算了!顾修远也是浑蛋,关键时刻永远不在我身边!我都要被送入宫了,他还在不知道什么鸟不拉屎的地方当官,呜呜呜呜呜!"

卫流光头更大了。

他觉得自己招惹上卫念笙就是给自己招惹了一个祖宗。

他把折扇随便塞进袖里,扑上去捂住她呜呜哇哇的嘴,气急败坏:"我的姑奶奶!你小点儿声!"

可是来不及了,城门口寂静得只有风声,她的哭声早传遍了天地。

"谁在上面!"带刀士兵鹰眼一瞥,猛地抬起头来大声呵斥。

"呜呜呜呜呜……"卫念笙在陵光就没怕过谁,理都没理,继续哭得直打嗝。

卫流光崩溃捂脸,心里直骂这死丫头真是扫把星,害他丢脸丢大发了。

"是我。"他冷冰冰探身道。

"卫小姐,卫公子?"士兵马上认出了他们,神色一惊。士兵对待鲛人时的盛气凌人和不屑,在金尊玉贵的陵光世家面前,一下子只剩诚惶诚恐。

卫念笙沉浸在悲恸里,听到有人喊自己才抹把脸,吸吸鼻子往下看。

可只这一眼她就愣住了,她对上了无数双麻木惶恐的眼。

少女的手指搭在垛上,被泪水洗刷过的干净眼眸只剩愣怔。粉白的衣裙散在空中,像飞舞飘零的花。

天空是黑沉的,城墙砖瓦青灰,风声卷过天地,墙上墙下,隔开两片天地,就像两种人生。

卫念笙过了很久,才找回自己的声音:"怎么他们手上都戴着手铐?是犯了什么错吗?不对啊,我记得陵光押送犯人的铐链不是这样的,这是刑具吧?天啊,还有钉子,钉子都扎进了血肉里,太过分了吧!"

卫念笙撑在墙头,看着那些鲛人鲜血淋淋的手和脚,只觉得同情和愤怒。

卫家娇宠的千金小姐从来我行我素,她手撑在墙垛上,弯下身对着那个士兵长风风火火地大喊:"喂,你快给他们解开!你这是滥用私刑!我回去告诉我爹,你会被抓起来的!"

"啊?卫小姐你说什么?"

士兵长一头雾水,被这位金尊玉贵的卫家嫡小姐给弄傻了,可有碍于身份不敢反驳。

"你再不——"卫念笙话音戛然而止,因为一道道目光凝聚在她身上,让她彻底呆住了。

鲛人们缓慢抬头。

无数麻木、苍老、沉默以及怨恨的视线,齐刷刷朝她袭来。

"我……"她被吓到了,脸上溢出茫然之色来。她刚刚说错了什么吗?

就在这时,自陵光城皇宫的方向出现一声巨响,天地风云变色。罡风呼啸过山河,卷过来,差点儿把她整个人吹下墙去。

"啊!"卫念笙惊呼一声,死死抱紧了墙垛,她脸色苍白,回头望去,"怎么了?浮屠塔破了吗?"

"浮屠塔破了。"薛扶光声音沙哑缥缈。

她暗淡的长发随风飘浮,眼眸望向远方。

越过无数鲛人,越过城墙,看向最东方,那里黑云紫电密集,轰轰烈烈,像是要撕开虚无。

"天啊!这是发生了什么?"

卫念笙有点儿怕了,她下意识地移开视线,回身却对上一双死寂安静的眼,属于一个莲青色衣裙的女人。

她一下子愣住。

粉白衣裙的少女鬓发上都是珠玉,步摇金灿灿的,成为混沌天地间唯一的亮光。

她眼眸清澈,通身华贵,是人类百年的荣华,也是……人类贪婪的结晶。

卫流光正琢磨着怎么不动声色地把卫念笙抛下,自己天高海阔地到处玩,突然察觉脚下大地在震动,他愣住,转身,却只看到城墙坍塌,抱着墙垛的少女手指抓着几缕青草,人还没反应过来,已经随着石块往城下坠落。

卫流光眼眸瞪大,骤然大喊:"卫念笙!"

卫念笙脸色苍白,手在空中虚虚抓了几下,却什么都没抓住。她青丝散开,往下坠,衣袍翻飞像是蝴蝶又像落花。

"啊——"

城墙倒塌的一刻,无数鲛人僵硬地抬起头来。

发黑的紫光破开云雾,空气中泛起潮湿冷冽的气息,隐隐约约带来属于大海的回忆。

屈辱、流离、苦难,一代一代传承,刻入骨子里,他们迷茫混沌的眼睛一点一点清醒。

大雨哗啦啦地落了下来,有鲛人呜咽一声,懦弱和彷徨被仇恨的烈火焚烧,指甲变长,眼眸骤然猩红。

"卫小姐!"士兵长脸色大惊,卫念笙要是在他这里出事,他的命也没了。

他想去接住她,想在卫家面前博一分恩,谁料还没往前一步,一只手就从身后抓住他的肩膀。下一秒,"扑哧",尖利的指甲狠狠撕开他的胸膛,直取他的心脏。士兵长瞪大着眼,难以置信地回头,对上了鲛人血淋淋的笑容。

"鲛人化妖了!"

尖叫破开长空，押送鲛人的士兵们吓得屁滚尿流。

"卫念笙！"

而卫流光趴在墙头，目眦欲裂。

——"鲛族把东洲附近的渔村屠杀了个遍……你记得大师兄是哪里人吗？"

——"我知道'神'无辜，可如果非要有一个罪人来终止这场无休止的杀戮，我觉得，我就挺适合的。"

——"每年的三月五，惊蛰时，灵薇花便会在海冢上散发夜光。那些因为狂风暴雨迷路的鲛人，寻着光便能返乡，而濒死惶惶的老者，寻着光也能达到安息地。"

——"当年背弃神明，妄想上岸，如今全是报应。"

——"鲛人必须死在冢上，因为灵薇花只能开在那里。灵薇，它本就是鲛人的魂魄。'神'可真是残忍啊，现在荒冢成了墙，鲛人一死便是魂飞魄散。不过，这跟我也没什么关系了。"

——"什么时候他们才会明白呢？觊觎不可得的东西，总会付出代价。"

——"这花啊，根本留不住。"

夏青站在红尘外，耳边出现了无数人的声音，今生前世，错乱颠倒，犹如潮水将他淹没。自己的，别人的，一字一句，或笑或哭，或平静或激烈，兜兜转转，成了这百年后谁都逃不开的命运。

珠玑根本不敢在楼观雪面前出声，等到现在才重新说话，得意又怨恨："哈，到头来，谁又分得清是非对错呢？人族有错，鲛族有错，既然分不清，那就一起下地狱吧。"

夏青神色淡漠，长睫下褐色的眼眸若渊流，红色衣袍更衬得肌肤如雪，他立于天地间，像一把安静孤独的剑。

珠玑得意地说："夏青，你阻止不了他的。"

夏青听着她的话，不由想起了温皎眉心的那道口子。

在梨花纷飞的三月初出现在他视线里。

——猩红如血,像是朱砂曳开的一笔,所有恩怨因果由此开启。

夏青沉默了那么久,才第一次开口说话,声音轻若飞雪:"珠玑,我从来没想过阻止他。"

珠玑愣住了。

夏青脸色苍白,手指握紧:"百年前我阻止不了诛神大阵落下,百年后我又怎么去阻止神罚降临呢?"

珠玑语气古怪:"是吗,你真这么想的?"

夏青没说话。

他只是看了一眼天空的浮光,问她:"今天就是你说的,我会魂飞魄散的时候?"

珠玑被他这句话点醒,愣了好久,才放声大笑起来:"对,对!哈哈哈哈,我怎么忘了,哈哈哈哈,我差点儿忘了这最重要的一件事!"

她神情几近癫狂。

"你一个异世之魂被引过来,当然是要付出代价的,我将你和璃国皇帝绑定,你不得离开他半步,他死你也得死。真没想到这位璃帝居然就是尊上,不过殊途同归,尊上成'神'的一刻,和人间羁绊尽断,肉体重塑,璃帝某种意义上也是死了。你自然逃不开魂飞魄散的命运。"

珠玑勾唇。"哦,还有一个办法。"她像是毒蛇,慢慢蛊惑他,"你去阻止他!你让他自毁魂魄,放弃力量,不要成'神'。

"你去啊,夏青。"

夏青静静看着眼前的一切。他恢复记忆的一刻,所有修为也尽数归于体内,山海的呼啸,草木的低颤都响在耳侧。

他听见了陵光城里的各种哭号。

地震、海啸、天地崩析。

浩浩荡荡的劫数降临,家家户户蜷缩在黑暗里,孩子被大人捂住眼,大人泪流满面念着"别怕"。

他还听到了城墙之下万人呜咽。

听到少女从墙头坠落。

墙上墙下，各自百年后的归途。

贪婪和野心滋生出无边罪恶。

……可是，仇恨不该由无辜的后人承担啊。

以杀止杀，恩怨轮回不止，根本没有终时。

"我快要魂飞魄散了。"

夏青垂眸，看着自己的手。

腕上的舍利子滚烫得仿佛要在皮肤上烙下印子。

他皮肤白到不真实，像一个虚影。

珠玑恨蓬莱的每一个人，看他落到这个地步，自然是得意扬扬："夏青，你都不挣扎一下吗？要知道魂飞魄散就是彻底离于五行。到时候，谁都无法将你复生。"

夏青看着自己的掌心，清寒剑意漫过掌纹，问她："你觉得我怕死吗？"

珠玑噎住。

夏青忽然笑起来，笑意很浅，说："珠玑，你知道我昏迷的两天，梦到了什么吗？"

他轻声说："我梦到了我师父。

"他说太上忘情的第三式需要我自己参悟，因为那是我自己的业孽。我曾以为太上忘情，动了情就是有了牵挂，会万劫不复，从此道心破碎，百年修为毁于一旦。"

夏青顿了顿，径自一笑："现在看来，是我误会了无牵无挂的意思。"

什么叫牵挂？是心中放不下的挂念。

无牵无挂，求的是一个大自在，求的是一个心境通明，求的是冷静地面对自己，不逃避不闪躲，不盲目大悲，也不盲目大喜。

太上忘情第三式。

他见过了天地，见过了众生，唯独一直见不明白自己。

见不明白自己的爱恨痴怨，见不明白自己的红尘羁绊，见不明白，他信他，从来都不是劫难。无须恐惧，也无须害怕。

阿难剑在掌心慢慢化为实质，剑身雪亮，剑柄漆黑，它生于太初鸿蒙，与"神"同源，自然能轻而易举破开这道屏障。更何况，楼观雪本来就不忍心伤他，察觉到他想离开，所有神光主动散开。

楼观雪站在废墟中央，衣袍上血光森然，黑色的枷锁如长蛇把整座浮屠塔笼罩，属于"神"的恨逾越百年，越发疯狂。

血红的记忆浮现在他身边，重重叠叠，像是浓雾又像是藤蔓，将他钉在原地。

"夏青……"宋归尘见他走出神光，愣怔出声。

夏青将那缥碧色的发带握在手里，另一手拿着剑，往前走。

墨发扬散空中，红衣掠过一地的废墟横尸，天地扭曲，乌云雷电青紫压抑，他像是浑浊天地间唯一鲜明的色彩。

夏青听到声音，才回头看了宋归尘一眼，浅褐色的眼眸无悲无喜。

今生前世，回溯的海水和离开陵光城那晚奔涌的护城河相照应。

桥上桥下，恩怨成荒。

夏青突然笑了一下。

珠玑一下子警惕起来："你要干什么？"

夏青静了片刻，而后又清醒起来，他喃喃说："我要干什么……"

他要干什么？

他既然注定魂飞魄散，不如带着这纠缠不清的世人因果一起散吧。

竹林簌簌，惊起青鸟飞向天空，摘星楼挂在檐角的铃铛响个不停。

夏青握紧剑，不再看宋归尘，往废墟中心走。

属于"神"的恨横在空中，黑气肆虐，变成阻碍他前行的重重障碍。

夏青拿起阿难剑，垂眸，劈开所有阻拦。

这一刻，仿佛回到了神宫崩塌的那一夜。

同样的尖叫、奔逃、万事万物分崩离析。

同样的废墟、大阵、隔着腥风血雨，他向他走去。

楼观雪眼眸深黑，冷漠到极致，就像未蒙尘的珠玉。他站在仇恨的尽头，静静地看着夏青。

楼观雪漫不经心地想，夏青是来劝他的吗？劝他别杀宋归尘，劝他放过无辜的人。应该是的,夏青骨子里善良赤诚,根本见不得杀戮。

楼观雪缓缓勾起唇角,眼神有种杀戮散尽的温柔,心里却划过冷漠的声音。

——可是,不行啊。

他或许会在万物毁灭后,花很长很长的一段时间哄夏青。

"为什么不听话呢?"

楼观雪伸出手,似乎想轻触夏青肩膀,只是手指碰上的一刻,身体僵冷,骤然抬头,瞳孔深处涌现出一丝血红来。这是他从来没有过的神情,神宫之内被算计、被抽魂拆骨,都不曾有过。

夏青知道自己要消失了。

他对生死从来无感,却没想到有了楼观雪后,现在竟对此涌起一丝遗憾和难过来。

夏青心想:原来我也会怕死。

只是这件事从一开始就无解。

从他被带到这个世界走进命运之轮开始,就注定有这一天。

破开黑障其实需要花很大力气,每一剑出手都让他筋疲力尽。

他太累了,累到现在,看看楼观雪,什么恩怨、什么责任都没有去想,他只是伸出手,一如寝殿那一晚,抚摸上了楼观雪眼上那一颗很浅的痣。

夏青唇角扬起。

少年姿容绝艳,眉宇间的脆弱锋利这一刻都变成烂漫春光,他轻声说:"你看,我没有骗你。"

楼观雪死死握住他的手腕,几乎用尽了一生的力气。

夏青语气认真道:"真好,楼观雪,你活了下去,活成了自己,从小到大都没有变过。"

混乱纷扰的人间似乎一下子烟消云散,空气中的血腥似乎也被惊蛰夜微凉的风取代。

那一晚萤火虫飞上开满白色小花的墙。

虫子窸窸窣窣爬出洞,青草黄土下生机勃勃。

断壁颓垣里黑障和血雾交缠,夏青的眼眸清澈如初,和那个坐在墙上稚嫩的安慰楼观雪的男孩重叠。

他想了想,笑着说:"你看,你一直是为自己活着的。你的恨是自己的,你的爱也是自己的。真好。

"当然了,如果可以,我一点儿都不希望你是'神'。"

夏青说到这里,身体其实已经支撑不住了,踉跄了下。

楼观雪的神情有些迷茫,想要伸手扶住他,却因为身体颤抖,随夏青一起跪坐下来。

夏青静静看着他现在的样子,心里泛起尖锐的痛,轻声问:"楼观雪,你痛吗,在继承这些仇恨的时候?"

夏青手指发抖拂过楼观雪的眉眼。其实在摘星楼第一次见到的时候,他就在心里嘀咕过:这暴君长得可真好看啊。

"应该是很痛的吧。"

夏青眼眶微红,迷茫道:"我一点儿也不想你成为'神',因为抽魂拆骨太痛了……仇恨因果也太重了。可是当年我没能带你出去啊……

"楼观雪。"

夏青轻轻喊了声他的名字。

握在手里的发带早就飘散,随着风飞向废墟。

而现在,夏青松开手,放下剑,双手捧起他的脸。

泪水从紧闭的眼睫中流下,滚烫炙热,落入废墟血泊。

"我怕的是你痛。"

你的仇恨整个天下都承担不起。

这因果恩怨根本没有终时。

"夏青!"楼观雪睁开眼,眸中血色浓郁,声音冰冷至极,一字一字喊出他的名字。

阿难剑落地的瞬间,声音清脆,带起了前世所有纠缠羁绊。

楼观雪大脑一阵刺痛,六岁那年被困在浮屠塔内时,他就听到过这道声音。

平息所有血腥暴虐，成为他光怪陆离的世界里唯一的安息之所。

原来，是他放下剑的声音。

阿难剑现在只是剑魂，落地便散于空中。

星星点点的蓝光散布在夏青周围，天下第一剑承于天地，在他身上出现细碎温柔的光晕。

山河日月星辉交映，夏青的眼睫被泪水沾湿，手指轻轻摩挲着楼观雪的眼，他想要笑，可是实在是太难过了，唇角一牵动就让他五脏六腑生疼。

珠玑被剑意折磨，痛不欲生，她撕心裂肺怒吼："夏青！你疯了！你在干什么！"

他在干什么？

破了太上忘情第三式，他与阿难剑早就彼此相融。

夏青眼中都是泪水，却一下子笑了出来。

"神"的恨太沉重了啊……

血洗苍生也不能平息。

他不想因果再次轮回，也不想他痛。

系在腕上的红绳断裂，舍利子滚落到地上。

夏青的身体不断变虚、变透明。

风起云涌。

阿难剑的清辉浩瀚渗入他灵魂深处，剑光漫过天地，那横于皇城上方的万千黑障这一刻像是饥饿了百年终于找到发泄口，汹涌澎湃、化成恶龙，一条条汇入夏青体内。

"滚！"

楼观雪眼眸赤红，伸出手想要扯断那些黑障，可是他手指穿过的只有虚无。

珠玑被两种毁天灭地的力量相继折磨，再一次体会了生前粉身碎骨的感觉，发出尖叫。

只是夏青这一刻耳边什么都听不见，他神魂在变轻，散为光尘，散为粒子，就像当初他在墙头安慰楼观雪所说的，人死后会归于天地，归于黄土，所以不必遗憾。

可他望着楼观雪猩红迷茫逐渐浮上雾气的眼，一句苍白安慰的话都说不出来。

那条缥碧色发带也消散于废墟，由婴儿的脐带制成，最初和最后的羁绊毁灭。

楼观雪终究要成"神"。

阿难剑魂和"神"的怨恨以他身体为战场，撕咬纠缠，此消彼长，互相吞噬。

按理说他应该很痛，可夏青像是感觉不到。他能感觉到自己意识在淡去。

魂飞魄散前夕，他恍惚了片刻，想起了很多事。

想起深海之底的第一眼，想起荒冢之上万千的灵薇花，想起摘星楼内春雷乍动，还有那个炊烟袅袅的山村午后，残阳如血，梳妆镜前，转身时的桂花油味。

牵一发而动全身。

夏青眼中还蕴着泪，却像是自言自语，轻轻说："楼观雪，你从来都不是我的万劫不复。

"你是我看不破的自我，是我的道心所向。"

是我。

苦海中心甘情愿自招的业孽。

"卫念笙！"

卫念笙往下坠的时候，哭都来不及哭，心里只有恐惧。

那些鲛人恨她，虽然不知道他们恨她什么，可是她知道自己落入鲛群，一定会被他们撕咬成碎片。她捂着脸，哽咽着大喊："顾修远，救我！"

只是她的顾郎根本不在陵光。

她只有一个一点儿都不靠谱的堂哥。

薛扶光抬眸，刚打算出手救下那个人类贵族少女。

谁料忽然天地间轰隆一声下起倾盆大雨来，浩浩荡荡，像是要洗刷一切罪孽因果。

每个鲛人都像是被雨水烫伤，皮肤泛出一缕又一缕的白烟。

他们已经没了理智，眼睛充血，嘶吼着，盯着从墙头落下的少女，所有恨似乎都要发泄到她身上！

可他们还没行动，忽然闻到了一股奇怪的香，清冽深冷，带着大海的荒芜潮湿。

"薛姐姐，你看！"灵犀一下子瞪大眼，呆呆地往前看。

只见空气中浮起无数白色的粒子，细不可见，但汇聚在一起时，却如道道流光。

它们白茫茫覆盖旷野，使墙上墙下两个世界的界限模糊，在黑天大雨中凝聚化形，成了一朵朵冰蓝的灵薇花。

那些死于十六州、不得安息的鲛人的魂魄，在"神"苏醒的一刻，落得了归宿。

"灵薇……"薛扶光喃喃。

天地寂静。

卫流光趴在墙垛上愣住了。

卫念笙摔在地上，红着眼眶，也忘了说话。

可看着这一切，鲛人们突然痛苦地呜咽出声，匍匐在地，绝望哀伤地痛哭起来。

哭声传遍旷野。

百年恩怨，只剩大雨茫茫。

（三）

风烟散尽，夏青的魂魄消于指间。

楼观雪跪坐血泊中，墨发披散，眼眶看着前方。

仇恨所化的黑障被阿难剑魂吞噬，现在只剩漫天记忆。血气沉沉将他笼罩，白茫茫一片大雨落下来，打湿他苍白的脸。他身边是尸山血海，是鲜血染就的伏妖大阵。天呼地啸，雷鸣作响，大地尽头传来鲛人崩溃的哭号。

可这一刻楼观雪耳边什么声音都没有，空寂荒芜，像身处大海的最深处。

很久，他听到自己问道："夏青，你是在干什么呢？"

那颗青色的舍利子滚到身前。

楼观雪睫毛上沾了血，唇角几不可见地勾起，手指颤抖着捡起了它，饶有趣味地说："你以为这样我就会放了他们吗？"

他的声音轻如飞雪，满是讥讽和嘲弄。

"你想一个人承担我的恨？"

可他声音颤抖得厉害，情绪溃不成军，说完这句，只剩让人窒息的沉默。

身着玄袍的少年帝王缓慢抬起头，眼眸中的血色杀戮欲褪去，显露出一种极深的茫然。就像他五岁时的那个夜晚，面对瑶珂哭喊出的一声又一声"对不起"，伤痕累累站在原地，张嘴却说不出话。他那时还小，太无助也太无措了。没想到，兜兜转转，时隔多年居然又体会到了这样的心情。

他感觉自己现在像是分裂成了两个人。

一个无悲无喜冷漠麻木地看着这一切，一个茫然四望不知所措。

他的眼睛本来是极致的黑，如今被血浸染，眼白红得鲜明，交染出一种触目惊心的诡谲艳丽。

"……我的恨？"

楼观雪极轻极缓地笑了下，俯身，黑发尽落废墟，从发尾开始寸寸变白。

他的视线内早就变成一片血色，看不清晰，只能用冰凉的手指一点一点在地上摸索。

夏青什么都没留下，他本来就是降临这个世上的魂魄。

唯一与尘世的羁绊是楼观雪强行给他系上的红绳，如今红绳也断了。

楼观雪的手指被尖锐的石块划到，破开一道很深的伤痕，可他恍若未察觉，终于如愿以偿在地上捡起了那条红绳。

"你知道我恨的是什么吗？"

他鲜血淋漓的手握紧红绳，好像是在和夏青对话，嗓音沙哑淡漠，冷静到诡异。

"我之前恨过很多人。

"我恨瑶珂，恨她把我的出生当成算计，让我所有的努力和挣扎都像笑话一场。

"我恨'神'，恨他连我活下去的权利都要剥夺，使我日日夜夜心惊胆战不得入眠。

"我恨燕兰渝，恨她带给我的所有屈辱折磨。

"恨鲛族，恨他们一族造的孽要我来背负。"

楼观雪说到最后，眼睛已经血红，唇齿颤抖，轻轻地笑起来。

"所以夏青，你真的觉得我得到这个答案，是值得庆幸的吗？

"我该庆幸什么呢？"

他低着头，低笑一声。

"——庆幸我这十几年的人生，荒唐到可笑？"

楼观雪的头发已经全部变白，银白色，清冷不染纤尘，雾雨茫茫镀上一层微光。

他看着自己的手，眼眸猩红如血："多讽刺啊。我寻了半辈子的答案啊，就像个笑话，恨的尽头居然是更深的恨。

"你还跟我说'真好'？哈哈哈！"

他站起来的片刻，忽然踉跄一步。

最后一道属于"神"的记忆涌入他的眉心，痛苦卷动识海，铺天盖地，可是楼观雪咬紧牙关，不为所动。

他的身躯在颤抖，面对天地间无情肆虐的大雨，咬牙笑了很久，银发静落，属于神明的容颜这一刻扭曲颓艳更似妖魔。

"百年之前的神宫，我被鲛族背弃，被人族冒犯。

"蓬莱之灵压住我的修为，让我跪在地上，动弹不得。鲛族为求力量抽走我的骨，人类为求长生取走我的魂。

"——现在，你要一个人承担这些？"

他说到最后，呼吸都在颤抖，雨水靠近不了他半分，可是他的眼睫还是湿了。

楼观雪一个人站在这天地间，他是这世间唯一的"神"，可是无论百年前还是百年后，他都不是胜利者。

心间剧烈的骤痛已经压过屈辱和恨，牵扯他的五脏六腑，四肢百骸都在发颤，竟然比当年抽魂拆骨更难以忍受。

他茫然地伸手摸上自己的眼睛，只察觉一片冰凉。

鲛族的幻瞳继承于"神"，眼泪自然也继承于"神"。

楼观雪耳边没有声音，也失去了视觉。

他这辈子都活得很清醒，唯一的一次疯狂就是为了夏青，没想到这最深和最后的疯狂，真的让他万劫不复。

那个人就彻底魂飞魄散在他面前，他抓不住，也留不住。

剩自己站在恨与爱的旋涡尽头，独自沦陷，无法挣脱。

"夏青……"

最后一丝回忆入脑。

楼观雪瞳孔紧缩，一下子吐出一口血。

他捂住胸口，眼中一滴一滴的血泪往下落，大声笑出声来。

记忆里是通天海的雨和火交缠不断，海面上硝烟弥散、尸体漂浮，海面下海水奔涌、兵荒马乱。

他看到那个人走了进来，踏过遍地的废墟，黑衣在破碎的光里翻飞，指间沾满了血。

少年杀了无数人，剑刃锋利冰冷，如同修罗。可走进神殿的一刻，麻木的脸上却涌现出一种茫然来，深红的眼眶像是蕴着泪。

他跪坐在阵法间，冰蓝色的眼眸一片漠然。

他其实记得这少年，少年救过他，也无数次在远处凝视他。在某年三月五日灵薇发光的深海底，在无数潮汐拍打的礁石上。

他心里讽刺地想：这少年又是来干什么的呢？却没想到，少年体力不支，以剑撑地，和他跪在一起，呼吸轻缓，强颜欢笑说："别怕，我带你出去。"

只是来不及了，神宫早就因他的陨落而崩塌。一瞬间，大地碎裂、天壁倾颓，他听见少年大喊。下一秒阿难剑落地的声音响起，把一切混乱隔开在世外。

他抬眸，往后下坠的瞬间，被人握住了手。

鲜血黏稠在五指间，分不清是谁的。不解的、惊讶的、愣怔的，万般心思涌上心头，一念之间，破开他懵懵懂懂的神识。

魔渊之下是堆满白骨的荒冢，在灵薇花漂浮的深海，没人知道，少年当时其实是想拉住他。

"夏青，夏青，夏青……"楼观雪笑着，一声又一声念着他的名字，视线模糊，再次吐出一口血来。

他抬袖，轻轻地擦掉嘴角的血，血泪冰冷地划过脸颊。

慢慢地，风声、雨声都回来了。

视线也逐渐清晰，茫茫雨雾里，他看到了宋归尘，看到了蜷缩在地的一群道士，看到了垂死挣扎的陵光贵族。更远处，还有癫狂的鲛人、哭泣的众生。

"这就是你想用命守护的一群人。"楼观雪的眼睛已经流不出眼泪来，轻轻地说。

珠玑死了，璃皇死了，鲛人百年流离，人族诅咒缠身。其实从他坠下深渊的一刻，报复就已经开始，当年入神宫的没人得善终。

可是这怎么够呢？他是天地间的唯一，骄傲到极致，不叫天地陪葬都不甘心。

他往前走，黑袍上的血纹煞气森森，银发三千扬于空中。

空中泛起星星点点的白光来，微茫缥缈，带起熟悉的冷香，流光汇成片片花瓣，在空中凝结。

幽幽蓝光照彻天地，像当年初遇的夜晚。

雨也停了，烟尘血液被洗刷尽，剩一地焦土。

楼观雪抬头看天空，乌云在散，海潮在退，天灾在停止。

他所有的情绪收敛，脸色苍白，双目赤红，从来没有像现在这一刻般心脏抽痛，血液冰冷，与天地同生的傲骨，被他自己一点点亲手摧毁。

楼观雪踉跄一下，虚弱苍白地笑起来："好，你赢了。"

他将那条红绳系到了自己的腕上。

"你想终止恩怨，我答应你。

"我不杀他们。

"可你既然一个人承担了所有恨，就别想那么轻易离开。"

他嘴唇苍白，说到最后，眼神已经说不清是疯狂还是清醒。

楼观雪往前走，经过宋归尘时，血红的眼眸静静垂下。

风卷起他的黑袍，灵薇花织成一条幽蓝的河。

楼观雪轻轻俯身，银白色的长发落下像一捧深凉的雪。眼泪干涸的眼眸没有光泽，空洞冰冷，他兀地轻笑一声，容颜充满妖邪魔气。

楼观雪哑声道："宋归尘，思凡剑主，你可一定要好好活着啊。活着看看你是怎么拖累苍生的。

"我答应他放下我的恨，可是没说结束这段因果。"

楼观雪声音疏冷，落下如同最终审判。

"百年的恩怨，我没说让它结束。"

宋归尘一下子瞪大眼。

而楼观雪已经直起身子来。

横立通天海上的白骨之墙将成为永恒。

鲛族不得归乡，不得轮回，只能待在这十六州大陆，求生不得求死不能，与人类世世代代纠缠。

……只是他们不会再失去力量。

浩瀚的神光从楼观雪指间蔓延开，随着空中的灵薇花飞向天地。

城墙之外跪在地上的鲛人们忽然都愣住了。

卫流光已经急匆匆从墙上跑了下来，扶起卫念笙。

娇养出的人类贵族少女一下子扑进他怀里，委委屈屈地大哭出声来:"吓死我了,吓死我了,卫流光,我还以为我要被他们撕碎了!"

只是她的话还没说完,一道冰冷的声音响起:"退后!"

是薛扶光。

卫流光听到这道声音的时候愣怔了很久,但是接下来的事情已经不容他发呆。

他看到一个鲛人耳朵突然变尖,脸上长出密密麻麻的鳞片来,眼神挣扎迷茫,浑身抽搐,最后行尸走肉般重新站起来,神情狰狞,只剩血腥暴虐。

这一次,不像鲛族之前化妖时一样,疯疯癫癫神志不清。

这一次,每个鲛人的眼神都无比冷静,也没有丝毫濒死之态。

他们伸出利爪,露出猩红的獠牙来。

朝着这血气森森的十六州皇朝。

人间,入夜。

(四)

楼观雪拿着骨笛往外走。

天光破晓,竹林里鸟雀惊飞,乌泱泱覆盖了这座被大雨洗刷过的皇宫。

他抬头,微光映入血色的眼眸深处,静静看着这个地方。

他在这里长大,却什么痕迹都没留下。

墙上的青苔在又一年的春光里烂漫生长,细碎的白花点缀其间,就像小时候冷宫那堵永远出不去的墙。

其实他从出生开始就一直是一个人。

一个人在逼仄孤寂的冷宫长大,一个人面对疯疯癫癫的瑶珂,面对恶毒贪婪的宫人。

而当初那个男孩风风火火进入他的"障"内,睁着浅褐色的眼,像发现新大陆一样高兴又得意地跟他说:"楼观雪,我现在已经能猜出你的心魔是什么了。"

心魔。

楼观雪不屑地嗤笑了一声。

他从来就没有心魔。

他想活着，便只是单纯为此而活，自始至终就不需要救赎。

哪怕一无所有，生在深渊，他的目的也从来纯粹，贯穿血液、扎根灵魂。

五岁时荒草丛生的冷宫，是他早已预见也早已勘破的红尘障，夏青的到来既多余又吵闹。可是惊蛰夜火汹涌燃烧，那个男孩哀伤的眼眸，还是成为他一切劫难的开端。

真的是劫难。

楼观雪根本不知道去哪儿。

就像当初他跟夏青说的，他不属于十六州大陆，也不属于通天海。

现在记忆归来，他也回不去原来的地方。因为这一次，他有了勘不破的障，被彻底困在红尘中。

他心甘情愿万劫不复，而夏青当着他的面为天下魂飞魄散。

楼观雪唇色苍白，讥嘲地勾起唇角。

"夏青，我有时候在想，这一切是不是你早算计好的。

"是算计好的吧？

"故意让我记住你，故意以这种方式让我放过苍生。

"当年你也是奉师命过来的，对吗？蓬莱之人，逢乱必出。所以你这是在干什么，以身饲魔？"

他最后走到了冷宫前，抬起头，银色长发如瀑，拂过血色的眼眸，里面情绪空洞麻木。

楼观雪神色嘲弄，低笑一声，说话声音很轻。

"果然是蓬莱的小师弟啊，大仁大义，心系天下。"

可他说完，在原地沉默了很久，手指推开那扇陈旧古老的门，又觉得没意思。

他想着既然夏青愿意承担所有的恨，那就给他吧。

哪怕把一切当作算计、当作戏弄，除了迷茫和难过，夏青竟然生不出其他情绪，没有恨也没有怨。

原来，夏青竟信他信到了这个地步。

冷宫在他登基后便废弃了，杂草横生，那口枯井依旧立在那里，旁边盘旋着条毒蛇。

楼观雪靠近，毒蛇察觉危险便快速离开。

他垂眸看着那口井，在冷风中静立了很久。忽然想起，夏青当初入"障"，似乎一开始也没想着认真去救他。急功近利，风风火火，拙劣的演技，敷衍的示好，就连帮忙都是十足不耐烦。

夏青一开始是真的讨厌他。

他同样一开始只想着利用。

那么是什么时候开始不一样的呢？

楼观雪坐到井边，黑袍覆盖了荒草，往事一幕幕浮现脑海。

摘星楼内，他像逗小猫一样逗弄夏青，性格恶劣地总想惹他发火。后来才发现，夏青是很容易生气，可怒火浮于表面，实际上什么都没放在心上。楼观雪曾经很想看他真正愤怒难过的样子，结果到最后，竟舍不得让他受一丝委屈。

在皇宫的那段时间，楼观雪每天都在观察着他。

夏青手里总喜欢抓着一样东西，抓住后又总忘记放下，看起来很呆，就和夏青无意识看人的视线一样，安安静静，清澈明晰，不含爱恨。

他生活得极为自我，很少对什么事有兴趣，唯独夏青的每个样子现在居然都记得。

困惑的，愤怒的，郁闷的，高兴的，惊讶的，冷漠的，哀伤的。

寝殿之内，他骤然握住夏青的腕，四目相对时，少年茫然无措，心虚地移开视线。

流落山村的那个下午，黄昏漫过窗台，梳妆镜前，他们像是一对寻常的友人轻声交谈。

他漫不经心纵容夏青的刁难，随意抿上鲜红唇纸，听得少年絮絮叨叨说了一堆话后，心念一动，便魔障似的转身，拉着他逼近，轻笑着送上一个研磨胭脂红尘的恶作剧。

夏青落荒而逃。

所以也没看到，他倚窗闷笑好久后停下来，面无表情摸上自己的唇，想了很久。

后面官兵入村，《灵薇》吹拂过废墟，少年握剑立于天地间，眉眼冷若寒霜。

事情太多了，根本就记不起念不起是哪一瞬间。

可能是五岁在墙下夏青抱住他的时候吧。万物复苏，虫子爬出洞，乱得同当时的心绪一样。

也可能是某个夜晚，夏青安安静静地趴着睡觉，烛火照出他露出的脆弱的脖颈，白得像一截雪。夏青被吵醒后，抬起头来，浅褐色的眼眸里会带点儿水雾，纤细的手腕从灰色衣袍里伸出，招惹怜意丛生。

琉璃塔护城河，从高楼坠下的时候，少年的呼吸就落在他的脖颈上，如羽毛擦过心尖。

断桥上残月如钩，宋归尘说："我的小师弟从小性子就又倔又硬，不服管教，他居然能为你做到这个地步，陛下可真是运气好。"

楼观雪淡淡一哂。

做到什么地步呢？

做到明明不喜欢被束缚，却选择留下。

明明知道危险，还义无反顾跑回来。

明明那么排斥阿难剑，却自愿接过。

明明知道会万劫不复，还主动留在他的身边。

或者更早的时候。

通天海惊神殿，明明一辈子无论生死剑不离手，却为了抓住他，放下剑来。

楼观雪坐到了井边，眼中浓郁的红色一点一点褪去，眼眸漆黑冷静，冷风拂动三千白发，他想了很久，平静道："夏青，你是在意我的吧？虽然你从来没说过。"

所以他也不想问，为什么要在他面前魂飞魄散。

夏青若是像他一样深陷其中，又怎么会不明白，哪样更痛？

不过，这就够了。

阿难剑主，太上忘情。

这样流于表象的情感，又何必奢求过多。

楼观雪说："算了。"

是自己没抓住他。

若是早知道有今日。

他一定在夏青灵魂里设下最重的诅咒，在他骨骼里打下最重的镣铐，叫他的呼吸、血液都由他操控，永生永世，不得逃离。

楼观雪拿着笛子，最后看了眼当初他们紧挨着坐着的高墙，闭上眼，往东洲走去，轻声说："你不是说想看那堵墙吗？现在我带你去看看。"

灵薇花汇成一条漫漫长河，汇向通天海。

他衣袍与银发浮动，仿佛还是当年无情无欲的神明。

陵光城的百姓依旧沉浸在后怕和惶恐里，躲在角落里瑟瑟发抖。

城门口鲛人化妖，压抑百年的屈辱折磨这一刻悉数爆发，展开了疯狂的报复厮杀。道士们负隅顽抗，刀光剑影里声嘶力竭。

楼观雪垂眸，冷漠地看过这一切。

一片混乱中，他看到了当初那个在田埂上被夏青忽悠的小孩。

夏青做什么其实他都能知道，他都不知道夏青是出于什么自信去教人吹《灵薇》的。

出陵光城的时候，夏青坐在船上兴致来了，用骨笛吹了首曲子，很难听，难听到惊得白鹭野鹤从芦苇荡里飞出，羽毛和芦花散满了夜空。夏青呸出嘴里的毛，气急败坏地把骨笛给了他。

"薛姐姐……"

灵犀察觉到自己身体的变化，害怕地哭喊出声。

只是薛扶光已经没空理他，她出剑护在一众无辜的人类面前。

以杀止杀，轮回不止。

楼观雪的指尖飘过一朵灵薇花，索然无味地将它捻碎。

花瓣碎在他脚下,又重新凝聚起来,不死不灭。

他现在心里空茫茫一片。

他不知道自己到底疯没疯,可能疯了吧。

他有了红尘障,离不开尘世。

可是尘世里既找不到恨的人,也找不到爱的人。

先前是神罚降下泼天大雨。

现在却是自然变数,天地间飘起小雨来。

隔着细雨、黑云、剑影、烟尘、廿载红尘。

楼观雪垂眸看着人间。

风月楼那一晚也下了雨,他给夏青系上红绳,把他绑在身边,灯火煌煌,咿咿呀呀的歌女在帷幕外唱了首《虞美人》,声音婉转动人。对于不老不死的"神"来说,其实并没有年岁轮转物是人非的悲欢,他现在想起这件事,也只是记起那天,他带着睡着的夏青回宫,肩膀被抓了好几下,他无数次想把夏青丢下,却又作罢。

还有船驶进芦苇荡的那晚,荻花瑟瑟,江阔云低。

夏青刚被他一番话搞得心神大乱,差点儿想跳河,憋了半天转换话题,居然是要他吹笛子。他们之间的相处,总是无意识中一个人在纵容,一个在恃宠而骄,只是两个人都没察觉。

雨下到了最后。

楼观雪脑海中走马观花般想了很多事,眼眶干涸流不出泪,再多激烈的情绪也烟消云散。

执念成了无休无止的生命里唯一的念想。

早在夏青还没被他所救时,他从虚无里苏醒,就在碧浪起伏的通天海暗处看了他好久。看着那个小孩枯坐礁石,一坐就是七天七夜,不哭不闹,望尽天地。

楼观雪擦去唇角的血,咽下喉咙里的腥甜,轻轻地自言自语。

"我会找到你的。"

上碧落,下黄泉。

找到你之后,我们之间就再也不需要玩心甘情愿的戏码了。

（五）

夏青以为自己会魂飞魄散，没想到在意识归于虚无的最后关头，他看到了蓬莱之灵。

青色的，像一团云，在无人可见的虚空，安静地凝视着他。

宋归尘专门从神宫废墟处找来用以做阵眼的蓬莱之灵，其实早在百年前诛神时便耗尽灵力，只剩躯壳。但哪怕只剩躯壳，这样生于太初的灵物，也拥有着超越五行的力量，能使人起死回生。

夏青魂魄浮于空中，猩红着眼，满是泪痕。

这时，一道温柔的触感从眉心传来。

夏青下意识仰起头，愣愣看着它。他很小的时候就被师父带回了蓬莱，在童年时期很长很长的一段时间里，陪伴他的就是蓬莱岛上的一草一木。于是面对蓬莱之灵，他有一种深入骨髓的熟悉和信任。

蓬莱之灵亲昵地靠过来，安慰一般抹去了他的眼泪，在他身边呢喃了什么。

它只是一团模糊的虚影，说的也不是人类的语言，夏青听不懂。

唯一知道的是，它靠过来的时候，声音细碎温柔，像是某一年春天岛上夹竹桃开了又落。

夏青心一悸，伸出手，青色流云自指间消散。

——蓬莱之灵以躯壳为代价，代替了他的消亡。

元初十年，冬。

怀金长洲，丹心派。

大雪覆盖过白石路，道旁的松树浓郁青翠，两名身穿白衣的弟子边走边聊天。

"当今世道鲛妖横行，占据东洲、星洲、翼洲三大洲，将人类尽数屠杀，立地为王。大妖行踪诡秘，出入民间如无人之境，动辄杀一村屠一城，血流成河，民不聊生。前些日子上清派发动英豪令，邀天下道士一同前往东洲诛灭鲛妖。我们掌门好像也打算响应号召，率领门中一众杰出弟子，前去助一臂之力。"

另一人颇为震惊："东洲？掌门是疯了吗！谁人不知道东洲是鲛妖的大本营，里面的大妖最为血腥残忍。"

"掌门没疯，听说这一次，上清派薛前辈也打算出手。"

这人更震惊了："薛前辈？！扶光仙子？"

"对，东洲鲛妖近年来越发猖狂，薛前辈估计也看不下去了吧？"

"我听说薛前辈也出自蓬莱。"

"没错。"

"奇怪，大祭司好像也是蓬莱的，怎么不见二人联系呢？"

"薛前辈所在的上清派镇守沧州，大祭司所在的玄云派镇守陵光，隔得太远不方便吧？上清派、玄云派，幸亏有这两大修真门派，没有他们，天下不知道得乱成什么样。"

"唉，现在就已经够乱了。"

风吹落松间雪，天地清明。

一人沉默了片刻，摇头唏嘘道："十年前，谁会想到今天是这个局面呢。"

"当初陵光何等繁华，歌舞升平、四海来朝，十六州极盛之地，谁料现在居然成了鬼城。"

"民间的话本里都说，浮屠塔破的那一天，大妖跑了出来，夺取了璃皇的身体，赋予鲛人力量。你说现在妖皇去哪儿了？"

"不知道，不过我们该庆幸，妖皇没想着报复天下，否则，你我哪能活到现在啊。"

两人边聊边走，到了一个破落庭院。庭院里种了几棵梅花树，梅花纷纷扬扬落在雪地上，红白交映，好看得很。

"喂！吃饭了！"一人直接把饭盒放到了柴屋前，叫嚷了一声。

柴屋里有很多人，或是衣衫褴褛的乞丐，或是饥肠辘辘的逃难者，或是伤痕累累的散修，都是昏迷在丹心派山下而后被带进来的。如今大妖横行，乱世之下，修真门派大都有接济天下的意思。

"吃饭……"老乞丐半死不活，喃喃一声，爬着去打开门。可是手还没碰到饭盒，已经被旁边的散修一脚踹开。

年近古稀的乞丐呜咽一声，抱着肚子蜷缩在地上。

"老不死的，吃什么吃！"散修得意扬扬地打开饭盒，直接把全部馒头抓在手里，往嘴里送。

旁边醒来的人瑟瑟发抖，贴着墙，饿到脸色发青，却也什么都不敢说。

"娘，我饿。"七岁的小女孩虚弱地抓住妇人的衣衫。妇人眼含泪水，捂着她的嘴，小声说："囡囡乖，再忍忍。"等那个道士吃饱了，总会剩下一些的，他们常年生活在恐惧里，早习惯了懦弱忍让。

柴房角落里，夏青慢悠悠醒转，先听到的就是这么一句饱含哭腔的话。他感觉自己睡了很久，久到五感都有些麻木，睁开眼先看到潮湿发霉的木屋横梁。

蛛网密布，一只飞蛾正在网中心挣扎。

屋内是压抑的呜咽哭啼，屋外是飞雪茫茫。

"哭，哭什么哭！老子在吃饭，听着真晦气，闭嘴！"散修嘴里咬着一个馒头，不耐烦地回头瞪过来，眼里血红一闪，手中的剑已经径直刺向了那个夏青旁边的妇人。

"囡囡！"妇人哭号一声，用身躯护住了自己的孩子。

夏青拂开眼前的黑发，抬眸看了那个散修一眼。下一秒，他捡了块碎石扔过去，打在那散修的腕上。顷刻之间，剑落地，散修发出凄厉的大喊。

柴屋内所有人都愣住了。

夏青扶着墙站起来，没有去看倒在地上的散修，也没有去看那对母女。他垂眸，推开了柴屋半掩的窗。哗啦啦，风雪吹进来，外面山河大白，银装素裹。

夏青迟缓的思绪稍稍转动，浅褐色的眼眸泛起一丝疑惑，这里是哪儿？

不过很快，夏青就知道了答案。

他在怀金长洲的一个三流修真门派——丹心派中。

雁返峰，白鹭立雪，梅花纷纷。房间内烧着炭，和外面的冰天雪地完全是两个世界，香炉袅袅，白烟溢散到窗边。

"前辈可要洗漱休息？"掌门小心翼翼打量着他，轻声问道。

夏青刚醒来出手将那个散修制服时，剑意泄漏，惊动了丹心派的掌门。掌门以为他是某个隐士高人，诚惶诚恐特意赶来，把他奉为座上宾，专门给他安排了住处。

夏青心事重重，摇头道："不必，多谢。"他早就辟谷，而且他现在要去找人。刚刚跟掌门交谈才发现，现在居然已经是十年后了。

破了太上忘情第三式，天地法则不堪为用，夏青伸出手，捻动光尘，闭上眼，急切地想去追寻楼观雪的动向。

可是他注定失望了。

楼观雪的踪迹，岂是凡人能窥伺的？

夏青迷茫地看了看前方，又垂眸盯着自己的掌心，悻悻地心想：楼观雪应该生气了吧？

肯定生气了。虽然不是夏青自愿的，可就这么当着他的面魂飞魄散，还说那样一番话，确实过分。

他把楼观雪惹生气了。夏青忽然想起，当初被小火焰带到摘星楼，那个小傻子喋喋不休地跟他讲故事，他当时冷嘲热讽，只想让它闭嘴。

没想到，时过境迁——追悔莫及的竟然是他自己……这谁又能想到呢？

（六）

找不到人，又不知道去哪儿，夏青还是先在丹心派住下了。

掌门给他讲了好多十年间发生的事，说到后面，胡须颤抖，气得面红耳赤："十年来，鲛妖横行霸道，占我城池，杀我族人，造下杀孽无数！不将他们挫骨扬灰，难消我辈心头恨！"

夏青听完他的话愣了好久，才轻轻点头。掌门行了个礼离开，剩夏青一个人在屋内若有所思看着窗外。

寒月照映地上霜雪，梅花几瓣零落空中。夏青手指抚过窗沿上的雪，垂下眼睫，轻声道："还真是轮回啊。"

掌门说上清派发天下令，广邀十六州道士前往东洲诛鲛妖。丹心派这一次也打算前往，他已经选好了门中的杰出弟子，问夏青打不打算一同去。夏青漫无目的，听到"东洲"两个字，想了想也答应了。

掌门喜出望外，打算给他宗门长老之职，可夏青闲散惯了，实在受不了一群人围着自己转的感觉。推拒后，他要了身门中弟子的装束便混入人群中，跟着飞舟出发。

从怀金长洲前往东洲，路程万里，哪怕是飞舟也需要飞上半月。丹心派的衣袍是玄色的，袖口、衣领用金丝绣着云纹，夏青用玉冠束起青丝，跟着掌门出现在一群人面前时，所有人都僵在了原地。

蓬莱之灵让他起死回生，给他的是自己的身体。上辈子久居蓬莱不出世，修的又是太上忘情道，夏青其实对自己的样貌没什么感觉。

丹心派一群人却因为他的出现，心情久久不能平复。

自大雪梅花中走出的少年，大病初愈，脸色苍白，却并不显得脆弱，气质和这冰天雪地诡异地融为一体。黑发柔软冰凉，随着风擦过白皙脸侧。少年的睫毛很长，眼珠子是琉璃般的浅褐色，唇色殷红，随意望过来时，视线疏冷又轻盈，像漫天飞雪。

掌门斟酌半天，才说出他的身份："这位是你们的夏师弟，夏青。"

飞舟上丹心派的弟子们张着嘴失态半天，回神后才露出一个不好意思的笑容来。

"夏师弟好。"

夏青朝他们点了下头。

掌门怕这群人对夏青不敬，又添了句："你们夏师弟身体不太好，平时没事不要总是打扰他，知道吗？"

"知道了！"一群人齐声应和。

而人群中，一个唇红齿白样貌清秀的小少年闻言翻了个白眼——

既然身体不太好,那跟过来干什么,拖后腿的吗?

飞舟很大,掌门给夏青安排的房间是最好的。

夏青一出门就能看到浩瀚的山河,云蒸霞蔚。

他重塑身体灵魂用了足足十年,现在肢体反应和感官都有些迟钝。在飞舟上,夏青就记住了两个人。

一个是丹心派最受宠爱的小师弟,因为这位小师弟总是跑到他面前来找碴,说些莫名其妙的话。夏青有时候看他,像是重新看到了温皎,感觉还挺稀奇。

一个是老意味深长盯着他的青年男子,样貌普通,客客气气地笑着介绍自己叫东方浩。

夏青盯着他的耳郭看了会儿,缓缓地笑着点了下头:"东方兄。"

路途遥远,夏青在飞舟上时不时就感到困倦,他精神不太好,喜欢盯着云海发呆。

鲛人化妖后,基本上每个有人类居住的城池都有修真门派镇守,可是依旧不够——鲛人诡计多端,善用幻术,潜入城中轻而易举。

城中百姓终日活在恐惧里,而流离在城镇外不被庇佑的人更惨,要么逃窜流亡,要么苟且偷生。

东方浩跟他讲了很多十年间发生的惨案,鲛人屠村屠城,杀人放火无恶不作,处处废墟、处处哭号,血光弥漫整个十六州人族皇朝。

东方浩原本唏嘘不已,可说到最后又热血起来,眼中迸发出光芒,掷地有声道:"如此乱世,就待我辈儿女书写传奇,匡扶正道。"

其余丹心派弟子闻言,也深以为然地点头,跟着附和。

"对,匡扶正道!"

"将鲛妖杀尽,还天下太平!"

少年们眼中有光,意气风发。

夏青一个人坐在飞舟顶端,听着他们瞎吆喝,低头看着满是疮痍的人间,什么话都没说。他很小的时候也怀着一腔热血,拿着把剑火急火燎地想出门征战天下,最后被师父气急败坏地揪了回来,在房里

第十章 业孽

231

抄了三天的书。其实如果可以，他还是想拿着把剑到处走的，但这一次，他已经不想再除妖了。

这是个乱世，可并不需要书写传奇的少年。

少年们的热血晕染命运的齿轮，只会让轮回周而复始。

夏青曾经在传说里听过无数次的东洲，到现在已经成了妖巢。丹心派不敢贸然进东洲，依上清派的命令，在一座名叫川溪的城池前停下，等其余门派到来。他们来得很早，现在城镇里除了镇守此城的长青派，没有其他人。

河水汤汤，春光烂漫。燕草如碧丝，秦桑低绿枝。

川溪城内也有百姓，有仙家镇守的城池表面上还是太平的。街上酒楼茶肆招子飘摇，人群熙攘，热热闹闹。长老对他们的行动没什么约束，道士们都走到了街上，少年们兴高采烈，啧啧称奇。

"川溪好热闹啊。"

"对对对，街上叫卖的好多东西我见都没见过。"

"听说川溪当初只是璃国一个名不见经传的小城，我的天，那你们说，陵光会是什么样子？"

听到这个名字，每个人眼中都涌起向往和惊羡来。陵光，这两个字好像就是尊贵的象征，当年四海来朝的璃国京都，一笔一画仿佛浸润了百年的金粉荣华。

夏青停在一个卖胭脂水粉的摊子面前，垂下眸，看着那些奇奇怪怪的花钿红纸。

老板娘笑说："仙人想要什么拿就是，不收钱，毕竟我们老百姓的命都是你们给的。"

东方浩就像个狗皮膏药一样黏在夏青身边，自来熟地问道："夏师弟是要买给友人？"

"嗯。"夏青拿起一支簪子，在手中转了转，"我把他惹生气了，得哄哄。"

老板娘闻言笑个不停："仙人这般样貌，我根本就不舍得生气。"

夏青提到楼观雪才有了点儿精气神，跟她贫，慢悠悠笑道："您还别说，我那朋友啊，不光舍得生气，还很难哄。"

老板娘被他逗笑了，眼中满是善意："没事没事，打是亲骂是爱，你多给她买些东西就哄好了，寻常的女孩子都喜欢胭脂的。"

夏青继续笑："可那人不是寻常女孩子啊。"他眨眨眼，意味深长地说，"他是仙女。"

"仙女？"老板娘愣了愣，随后了然，"哈哈哈哈，果然，能让您这般魂牵梦萦的，便只有天上的仙女了，她一定很好看吧？"

夏青勾唇："好看。"——那人当年好歹也是陵光珠玉。

东方浩心中充满不屑，阴恻恻说："说得我都好奇了，夏师弟的朋友叫什么名字啊？"

夏青深深地看他一眼，微笑："他啊，你肯定知道的。"

东方浩迷惑了。自己肯定知道？

东方浩眼里掠过暴虐和杀意，暗中咧嘴讥讽一笑，露出尖得不似人类的牙齿。他倒是不知道，天底下还有什么人配他去知道？

晚上的时候，川溪城更是热闹不减。夏青在客栈三楼，看到天空放起了烟花。

见过当年陵光灯宴的盛况，再看这些就是小打小闹。

可是没见过世面的一群丹心派弟子还是激动得不行，红光照耀着每个人的脸，少年们坐在一起，推杯换盏，喝得烂醉如泥。那个对夏青找碴没找成功的小师弟，现在众星捧月般坐在人群中，察觉到夏青的视线，扬扬得意地白了他一眼。

夏青一袭黑衣，青丝飞扬，清瘦苍白的手腕搭在栏杆上，安静地看着下面一群人。

东方浩逮着空就往他身边靠，嬉皮笑脸："上清派还有半个月才到，这十五天你真就打算在客栈待着不出门玩？"

夏青往东边看了眼，问道："你说，东洲内的鲛人能看见这边的烟花吗？"

东方浩嘴角扬起古怪的笑容来:"这个嘛,我又不在东洲,我怎么知道。"

夏青闷声道:"我还真是第一次见诛妖诛得这么大张旗鼓的。不在暗中秘密谋划,先在东洲附近的城池齐聚,还放烟花。这是在干什么?"感觉跟送上门一样。

东方浩面不改色:"都是上清派的意思,我们只能照办。"

夏青浅褐色的眸中冷意一闪,疑惑:"真的是上清派的意思?"

东方浩不满:"扶光仙子都发话了,怎么?夏师弟连扶光仙子都不信?"

夏青笑起来,一字一字缓慢道:"扶光仙子啊。"

他的这位师姐,怎么会传达出这样的命令?他这几日越想越觉得不对劲。

天下乱了十年,怎么突然就有一群道士吵着叫着要进攻鲛族大本营?有这能力,早干什么去了?还发令天下,这是明目张胆告诉鲛人"我要抄你老家"。东洲是那么好进攻的吗……各种猫腻。

东方浩说:"夏师弟我看你就是操心太多了,乱世之下我们就是蝼蚁,听上头发话便是。走走走,喝酒去。"

夏青看他一眼,慢吞吞道:"不了。"

一会儿传奇,一会儿蝼蚁,东方兄你可真是会自相矛盾。

后面陆陆续续来了很多修真门派。

清一色的天之骄子齐聚于此,丹心派的小师弟混入其中,如鱼得水,与众少侠惺惺相惜,交谈甚欢。

夏青虽然样貌出众,可是性子孤僻,加上他不笑的时候气质生人勿进,于是很少有人敢上前跟他交谈。

在客栈,夏青身边叽叽喳喳的永远只有两个人,一个是扬扬得意,总是像看猎物一样看他的东方浩;一个是嫉妒写在脸上,只想让他不痛快的小师弟。

到后面,门派聚得差不多了,唯独上清派迟迟未到。居然有人提议先来个各门派弟子的比赛,让年轻一辈切磋切磋。小师弟听到这个消息的时候，激动得眼睛放光："好啊，好啊，我早就想和其他人比试一下了。"那可是个出风头的好机会！

"宗门大比？"东方浩笑得不行，"好主意好主意，在进攻东洲前，热热身也好啊。夏师弟，你要参加吗？"

夏青喝了口水："我不。"

小师弟闻言，上赶着过来嗤笑，阴阳怪气道："他参加什么？又没有剑又没有修为，病恹恹的绣花枕头，给我们丹心派丢脸吗？"

夏青心道：你还想着丢脸啊，你们命都快没了。

东方浩做老好人，眼睛一眨不眨盯着夏青，和稀泥："哎，话也不能那么说，宗门大比重在参与，要我看，夏师弟去认识认识新朋友也是好的。"

"你们聊。"夏青扯了下嘴角，喝完水起身，头也不回往楼上走。

"喂！"小师弟次次拳头打在棉花上，找碴把自己找得一肚子气。

夏青这几天坐在客栈内，其实主要就是想听听十年后的事，道士们来自五湖四海，聊的都是当今世上有名有姓的几个人物。

陵光现在成了只准出不准进的禁城，大祭司宋归尘一人镇守其中。

寇星华成了玄云派新掌门人，而傅长生加入了上清派，以战入道，一柄"破军"威震四方。

最让夏青惊讶的是卫流光，那个吊儿郎当的纨绔子弟，没想到最后被逼无奈，还是练起了剑。

（七）

东洲临海，川溪这座城池也是河流居多。

二月，怀金长洲还在下雪，而这里已经是柳枝抽芽，冰雪消融。

东方浩像个狗皮膏药，一天到晚在夏青身边晃悠，瞎拱火："夏师弟，今日你没去看比试真是遗憾，你都不知道小师弟有多威风！现在小师弟可真是修真界红人，每天前前后后有一群人围着他献殷勤！"

夏青问道："那你呢？"

东方浩疑惑："啊？"

夏青："小师弟那么受欢迎，东方兄怎么还不去抓紧机会？要知道，近水楼台先得月。"

东方浩一噎，摇头："不，我跟小师弟合不来。"

夏青："不，我不允许你合不来。"

——自信点儿，你们简直天生一对。

东方浩笑容微微僵硬扭曲。

夏青当初答应跟过来，一方面是因为刚复活，身体还有些虚弱，另一方面是他本身就对东洲很好奇。

这几天他坐在客栈大堂喝水，左边小师弟阴阳怪气，右边东方浩煽风点火。他真想捂住耳朵，让他们互相折磨。

这两人其实挺有意思。

一个人的恨源自嫉妒，源自最简单的虚荣；一个人的爱源自外表，源自最肤浅的皮囊。

听说鲛妖喜欢以人为食，东方浩真不知道是眼光好还是不好，居然把注意打到他身上来。

当然，夏青一点儿都不享受这种注视。

他从来不觉得揣摩人心很好玩。

他留下来，想看的或许只是百年后鲛族、人族的僵局。

现在鲛妖人人得而诛之，就像当年鲛族人人皆可玩弄一样。

他曾经在山村血夜为鲛族拔剑，可最后谁也没能救下，烈火焚烧一切，只剩废墟焦土。

——追溯不到源头的仇恨，破除的唯一办法是斩断轮回。

何况城中还有那么多无辜百姓，不能轻举妄动。

二月，柳眼春相续，遍地桃花水。

夏青在一个老乞丐的指路下，走进了一间书店。

他本来是打算看看民间话本，学学怎么道歉的。

结果无意间翻开了一本《东洲》，被里面"上清"两个字吸引了视线。

夏青喃喃:"上清?"

书店里没什么人,老板见他刚好拿了这本书,便开口跟他聊起天来,唏嘘道:"上清是百年之前离国的国都,后来离国被灭国,这个名字便消散在了历史里。谁能想到多年后,它又成为天下赫赫有名的修真大派的名字。"

夏青疑惑:"离国?"

书店老板打着算盘,点头说:"对啊,离国,当年东洲的第一大国。只可惜盛极必衰,离国末代君主暴虐昏庸,被人举兵谋反,改朝换代。"

夏青点头,继续看书,发现当年离国的皇姓是"薛"后,他又愣了好久。

老板年过花甲,话憋不住就喜欢找人聊天,开口说:"说起离国的末代皇室,就不得不提一下那位小帝姬了。公子可知东洲女子好细腰——这全是当年那位名动东洲的小帝姬掀起的风潮。

"史书上记载的小帝姬,踏月而来,步步生莲,纤细窈窕恍若神宫妃子,引得不少女子效仿。"

夏青拿书的手不由一紧。

老板继续道:"听闻小帝姬出生时,天降异光。离帝大喜,给小帝姬取的名也带了'光'字。只是帝姬从出生便身体不好,幼年大病小病生个不停,把帝后急得不行。幸得国师寻山访水找到了解决方法。国师说,帝姬不能养在皇城,需要归于凡间。

"于是在小帝姬五岁的时候,帝后便将她送到东洲沿海处一个名叫青岚的小城里。

"帝姬在青岚城中长大,此后就回过两次上清城。一次是参加帝后的葬礼,一次是亡国之时。

"民间都说,她后来拜入仙门成了神仙,我想也是。

"在离国皇室被逼宫那一天,小帝姬的兄长自刎于殿前,上清城下了一场很大的雨,可皇宫却燃起熊熊大火。有宫人说,他们看到小帝姬坐在宫墙上，发了好久的呆。离国亡国是命数，是大势，可她还是不开心。宫人还说，帝姬旁边坐了位清风霁月的紫衫仙人，偏头想方设法逗她笑。

"若是小帝姬真的成了神仙，在天上有了可以托付终身的人，想来帝后泉下有知也该欣慰。"

夏青手指停在书页上，什么都没说。

她确实成了神仙，却并没有可以托付终身的人。

这就是陵光说书人讲的大祭司与发妻青梅竹马琴瑟和鸣吗？最后道不同不相为谋，分道扬镳。

青岚，应该就是宋归尘的故乡。

书店老板笑笑说："哦，我还从一些乱七八糟的书上看到，国师当时占卜三年，在神殿里求签翻书，得到的关于帝姬的命数只有四个字，不过是哪四个字，我们就不知道了。"

夏青想了想，开口问："老板，那你知道青岚城在哪里吗？"

老板愣了愣："公子问这个作甚？"

夏青说："就是好奇帝姬幼年生长的地方。"

老板轻轻地叹息一声，眼中流露出深深的疲惫和哀伤来："青岚城啊，不在了，一百年前就不在了，被鲛妖入城把人杀光了。

"男女老少万万人，无一幸免。鲛妖尤擅幻术，听说当时它们还以玩弄归乡的游子为乐，把一切幻化成太平的样子，然后哄骗他们吃血亲的肉，就为了看他们知道真相后呕吐痛哭的样子。"

书店老板说完，沉默了很久，声音苍老："当年璃皇东征通天海，换来了百年太平。没想到啊，现在一切又都恢复原样了。"

夏青抿唇不说话。

百年的太平。

这一百年，真的是太平吗？

百年前鲛人吃人，百年后人吃鲛人。

夏青出书店的时候，已经是晚上了。他走在街上，在一个卖花灯的小摊前停了下来。兔子灯、莲花灯、老虎灯，什么奇形怪状的灯都有，独独没有他想要的灵薇花灯。

他随便买了一盏莲花灯，往客栈走。黑云压城，星光稀疏。

客栈内，一群少年正在把酒言欢，东方浩坐在角落里阴恻恻瞪着他，而小师弟喝得红光满面，看到夏青回来，眼中恨意一闪而过，正捏着嗓子想要发话。

夏青这一次径直走了过去。

"夏夏夏夏、青。"小师弟说话都结巴了。

夏青问他："上清派的令牌在你手里吗？"

——上清派广邀天下门派，前往东洲伏妖。

小师弟死鸭子嘴硬："不在我身上，难道还在你身上？啊，你你你要干什么？"

夏青说："拿出来。"

小师弟气不打一处来。

可是夏青没什么耐心，修长的手指直接点在他的眉心。

小师弟骤然瞳孔变大。

浩瀚到恐怖的力量漫布整个客栈，所有人身躯僵直，脸色煞白。

风声停息，灯光月色这一刻都仿佛有形，化作如雪刀锋，杀意融于天地。

并不是那种肉眼可见的毁灭之力，更为虚无，却也更为恐怖。

众人身躯僵硬，屏住呼吸——如今空气都是刃，紧贴着脖子。

是完全超过他们认知的威压。

这些日子宗门大比，一群自认为天之骄子的人在切磋比试，出风头。他们以行侠仗义、斩妖除魔为己任，自以为心系天下大仁大义，非常瞧不起夏青这样"金玉其外败絮其中，只会拖后腿的绣花枕头"。

夏青又一直是那种避开他们的态度，众人扬扬得意，觉得他是自惭形秽。

没想到，夏青不搭理他们，就只是单纯不想搭理……

"前、前辈……"丹心派带头的大师兄一下子跪下来。

夏青垂眸，轻声说："十六州那么多门派，就没一个察觉出不对劲的吗？"

小师弟被他操纵，没有说话，僵硬地从怀中把那块令牌取了出来。

紫色古朴的木质令牌，字迹清晰，写着"上清"二字。夏青手指自他眉心移开，摸过那道令牌。

顷刻之间，覆于上面的幻术被捏碎，一块森白人骨显露在众人眼前。

一时间鸦雀无声。

哗啦啦！这时，客栈的窗户被风吹开，浊黄的月光照进来。

刹那间外面热热闹闹的叫卖声、嬉笑声、交谈声烟消云散。

放眼望去，空空寂寂，没有人烟，一片空城。

此时，黑黢黢的街道上空，开始浮起诡异的青色瘴气。

"哈哈哈哈哈——"坐在角落里的东方浩一下子大笑出声，眼神阴鸷："我还以为你要多久才能发现不对劲呢！哈哈哈哈！难得难得，蠢货堆里还有一个聪明的！"

东方浩从椅子上站起来，撕碎伪装，身躯变得颀长消瘦，露出半透明的耳郭和尖利的獠牙来，他舔了下唇："夏青，不愧是我看中的人啊，你还挺聪明。"

"鲛妖！"

"啊啊啊啊啊，是鲛妖！"僵住了的众人这才回神，骤然拔高声音，失声尖叫。

东方浩得意道："我还以为你真会傻傻地等着上清派来呢。"

夏青淡淡地道："我就没想过等上清派来。"

东方浩眯了下眼："嗯？那你在等什么？"

夏青讥笑，神色平静，将人骨放在桌上："等你们自己过来找死。我本来顾忌城中百姓，想再等等，没想到这里居然早就成了空城，既然如此，也就没必要想那么多了。"

东方浩勃然大怒："夏青，你好大的口气！"

夏青讽刺地一笑，往外面走，没理他。

这种被忽视的屈辱令东方浩怒不可遏。

他是东洲的十五堂主之一，除去灵犀圣者，天底下还有谁敢这样忽视他？但他刚打算出手，往前走一步，却直接体会到万剑诛魂般的痛，跟跄着跪下来。

东方浩霍然抬头，竖起的瞳孔里满是震惊："你到底是谁！你——"

太上忘情，光尘草木皆可为剑。

夏青把阿难剑弄丢了，可是对付这些人根本就不需要用剑。

青色的迷雾将整座城市淹没，夏青看向东洲的方向，声音平静，问东方浩："东方浩，到底是谁给了你们这样的自信，敢将天下道士聚于一城来屠杀？"

鲛人哪怕重获力量，也并不是无敌的。它们和人类道士分庭相抗，谁都不一定能从对方手里讨着好处。

东方浩匍匐在地上，吐出一口血来，眼里却满是狷狂的笑意，恨声道："夏青，你们这群道貌岸然的畜生，终于要付出代价了。"

他眼中深刻的恨，早压过了血液里的暴虐。

"我族世世代代生活在通天海，不得上岸也不求上岸，是你们人族，先是觊觎财富，成群结队出海捕杀鲛族；后是觊觎长生，率兵东征诛我神明，将我族困于大陆。无论当年还是现在，一切都是你们咎由自取。"

东方浩嘴角溢出鲜红的血来，诡异地笑起来："夏青，你知道一个月前，我们在东洲附近发现了什么吗？"

夏青静静地看着他。

东方浩说："我们发现了阿难剑。

"鲛族当年犯了大错，错在没有阻止人类进犯神宫，我们不求'神'的原谅。"说到这里，东方浩眼睛血红一片，唇瓣颤抖，声音轻下来，"我们现在就求'神'能再次垂怜我们一回……让我们回家。

"生于太初的阿难剑，和'神'同源。以它为祭品，前些日子，我们第一次感知到了'神'的气息。"

东方浩的眼神迷茫又恍惚，很快又清醒起来，他冷笑。

"鲛族的力量都是'神'赠予的，'神'降临的时候，力量将达到巅峰。我不知道'神'会不会垂怜我们，可是这一次，你们都先死在这里吧。

"你一人再厉害，能与东洲万万鲛人为敌？"

（八）

不得上岸，不求上岸？

夏青听到这句话，只觉得好笑。

不过真相早就在代代相传里变了样，再去追溯对错也没意义。

世间的善恶从来不是泾渭分明的，分明的只有通天海上的那堵墙。

夏青心不在焉地听着东方浩说话，直到后面"阿难剑"和"神"出来，他才身体一僵，骤然转头，咬字用力："神？"

东方浩眼睛赤红，得意道："对，看到外面的青雾了没？很快这座空城都要烧起来了，我给出了信号，鲛族马上会赶过来守在城门外！谁都逃不出去，你们都得死在这里。"

夏青愣了愣，望向外面的寂寂长街，没忍住笑出声来，轻声说："东方浩，你倒是做了件好事啊。"

东方浩没想到他还笑得出来，瞬间脸色铁青："死到临头还在装模作样？！"

夏青没再理他，手指搭上窗户，衣袍卷动清风月色，就这么潇潇洒洒跳了下去。

"你——夏青！"东方浩再一次被忽视，目眦欲裂，骤然大喊。

而客栈内的一群人，齐齐后退缩成一团。小辈们没经历过什么风浪，吓得浑身颤抖；带头的几位长老脸色阴沉，纷纷握紧了手中的武器，警惕又厌恶地看着东方浩。

夏青往下跳的时候，随手折了一截杏花枝当作武器。街巷处处黑灯瞎火，青色的毒雾给砖瓦房屋镀上诡异之色。纸钱被风吹得打卷，起起伏伏飘零在城镇上空。他沉睡了十年，醒来后一直处于一种游离世外的状态，对什么都兴致恹恹，直到现在才像是被人安上魂魄，重新活了过来。青雾弥漫的空城浮起一团又一团的幽火，星星点点似乎要形成燎原之势，将这里毁灭。

鲛族擅长幻术，所以这些雾其实也有蛊惑人心的功能。

夏青往前走，看到了前世今生的很多画面，一幕一幕都像是要勾起他内心的遗憾和悔恨。

他看到了蓬莱仙岛。看到某个春日午后，他在练剑，卫流光躺着呼呼大睡，师父和二师兄坐在礁石上聊着什么。碧水桃花下，师姐拿笔撑着下巴对着书发呆，大师兄坐在她旁边不正经地笑。缤纷落英在她石榴色的裙边，蝴蝶飞过蓝天沧海。

他还看到了蓬莱的春夏秋冬，看到跟阿难剑较劲的自己。雨天打伞，厢房抄书，晚上睡觉，白天扫地。那么小的年纪，一个人安静孤单地修炼，拿着把剑做什么都不方便，可还是十年如一日地忍了下来。

夏青轻声问："你觉得这些会成为我的心魔吗？"

世间最苦，大都为离散。

眨眼之间便是师父死前颤抖僵硬的手。风吹灭两盏魂灯，他眼眸血红，一人杀到神宫深处。脚下血流成河、横尸遍地，身后蓬莱在烈火中灰飞烟灭。

轰轰烈烈的往事，而今看来居然像梦一样。

夏青面无表情，没有说话。

他就站在百年后，以一个局外人的视角看着从前。看着自己坠下魔渊万冢，魂魄飞到了现代。现代的二十年都是些琐碎却温柔的记忆。生锈的跷跷板，颓圮的高墙，长满荒草的院子。翻修前的寝室楼，墙皮斑驳脱落，一到夏天，老旧的电风扇就会"嘎吱嘎吱"转动。新来的护士一天打十个电话给家里，食堂的阿姨总是为了一点儿小事嘀咕半天。隔着一条街的工地挖掘机"嘟嘟嘟"响个不停，小胖趴在窗前气急败坏，画鬼脸折成纸飞机，往那边丢。

夏青低笑一声，摇摇头，手里拿着那杏花枝，往前走。

灼热感越来越重，那些青雾和幽火一触碰便"噼里啪啦"产生反应，不一会儿大火笼罩整座空城。

"走！"
"长老！"
"快走！跑！往城外跑！"

客栈里的道士们回过神，纷纷惊慌失措地往下跑，东方浩也没阻止他们。他靠在窗边，望着空城青火，嘴角扯着讥讽的笑，可是这种笑又转瞬即逝，仇恨过于沉重，沉重到报复也并不能让他感到快乐。

"跑？你们能跑得出去？"

人类的道士离不开这座空城，就像他们再也回不去大海。

夏青走到了川溪城的城门口，城墙又高又厚，如东方浩所言，一群鲛人已经黑压压守在这里了。他们手里拿着武器，脸上密布蓝色的鱼鳞，身躯高大，黑发长至腰，耳郭尖锐透明。无数双眼睛戏谑玩弄地盯着他，夏青仿佛回到了和卫流光夜探神宫的那一晚，海水分流，波光潋滟，鲛人拖着尾巴游弋过上方寻觅着他。

夏青停下脚步。他衣袍无风自动，黑发黑袍，肤色苍白，唯唇艳如血。

鲛族看他犹如看被玩弄于股掌中的蝼蚁，咧出一口白牙来。

"你以为你今日跑得出去？"

"神"的归来，让他们血液燃烧，力量空前强大。

鲛人阴恻恻道："灵犀圣者如今闭关，谁都救不了你们。"

夏青勾起唇角，平静地说："没关系，我本来就没想出去。"

他以手中杏花枝为剑，顷刻之间，花叶散尽，万千蕊粉带着清香，似乎将大火的灼热都驱散了一点儿。

鲛人们瞪大了眼："你想干什么？"

夏青抬手将束发用的冠取下，青丝尽数垂落身后，他眼睫微抬，笑了下，声音很轻："我想见你们的'神'。"

这话如落地惊雷，震得所有鲛人瞳孔一震。

下一秒，滔天的愤怒从每个鲛人心中涌起，如果他们原先对人类只有不屑和轻蔑，现在就因为夏青这句对"神"不敬的话，直接被气到失去理智。

"你真的是在找死！"

"杀了他！"

"哗啦"，青雾舔舐过街道，煌煌火光把夜幕照亮。

前方是尖牙利爪、神色狰狞的鲛人，背后是惊慌失措、号叫失控的道士。

夏青恍惚了片刻，很久才轻轻道："一百年啊，你们的恩怨，我真的再也不想被牵扯进去了。"

纠缠来纠缠去，没有终时，当初他没能带着这些恩怨消散，现在……既然鲛族想要回乡，那就送他们回乡吧。

只是现在他最在意的，不是天下，也不是苍生。他现在在意的，只有楼观雪。他要去东洲，去跟楼观雪说对不起，为当初的不告而别，为这十年漫长的等待。

夏青没有动手杀人，他早就厌倦了杀戮，只是将鲛人打倒在地，一个人往前走。

空城大火，青雾黄纸，鲛人吐出鲜血，染在长街上。后面赶过来的人类道士们都愣住了，愣愣地看着那个黑衣少年，以杏枝为剑，杀过千军万马，血雨纷飞，往城门的方向走。

夏青修长的手指擦过脸上的血，睫毛抬起，浅褐色的眼眸像是琉璃。他微微喘了口气，毕竟刚苏醒，体力不支，丢了阿难剑跟少了魂魄一样，现在已经感到疲惫。夏青抬头看了眼今天的月亮，很圆、浊黄色，边缘泛起一层淡淡的血红，和当年通天海上的夜色一模一样。

他走到了城门前。

白色的光从门缝渗入。

手指碰上门的时候，夏青鬼使神差，心里浮过一个念头：要是当年我入神宫时就知道自己的心思，又会怎样？

川溪城中已经是漫天的硝烟灰烬，青雾、红火、白光，燃烧成灼灼地狱。城门内外是截然不同的两个世界。

"吱呀——"城门渐渐打开,风卷动夏青的发。

要是他早一点儿参破懵懂逃避的自我之相。

要是他早一点儿看清楼观雪对他的特别。

或许……坠下深渊,察觉那道属于楼观雪的安静视线,夏青会选择靠近他。

"哗啦啦",火越烧越烈,浓烟滚滚。

夏青以为推开门会是清风明月的旷野,没想到迎面而来的是乌泱泱扑翅而飞的蝴蝶、鸟雀。

蓝色、赤色的蝴蝶绕在身边,青羽黄尾的鸟雀在空中盘旋,它们用嘴叨起他的衣袍,用羽毛掠动他的发丝。

风声呼啸,夏青一愣,被这乱象刺得稍稍闭眼,没想到下一秒,下巴被冰冷的东西缓缓抬起,应该是一支笛子,尖端就抵着他的喉结,毫不留情地滑过。

很重,很痛。

痛得夏青想要闷哼一声,可是那种熟悉的气息让他选择了忍耐。

他听到了衣袂翻飞的声音。光影里勾勒出一个挺拔的身影,衣袍飒飒如雪,外罩的鲛纱泛出星辉般的微蓝,华贵精致,在黑烟白光里渗着分蛊惑人心的冷。

夏青的大脑"轰隆隆"响,离别时的难过再一次浮现在眼中,万般情绪涌上心头,几乎是搭上了他的全部。

"楼观雪……"夏青张嘴。

可是来人已经将手指放到了他的嘴唇上,轻笑说:"嘘。"

那些涌到嘴边的话归于沉默。

城中天地俱静,所有倒在地上的鲛人都僵住了,难以置信地抬起头来。人类道士也是,跟跄跪下来,诚惶诚恐,为绝对的威压。

楼观雪从光中走出,当年珠玉般容颜绝艳的少年,现在已经长成青年模样。银发如瀑,俯身而下时,眼上的那颗痣似妖似仙。他将笛子收回，手指摩挲过夏青刚刚被他用笛子用力碾红的喉结，垂眸，猩红的眼眸里情绪难测，笑了笑，漫不经心道："夏青，好久不见了。"

"你想见我？"

夏青被他的语气弄得有些蒙，甚至有点儿慌。

他对于二人的久别重逢想了很多。反正自己是心里一腔感动，却没想过楼观雪会是现在这样的态度。

冷冷淡淡，噙着笑，看向他的目光深如沼泽，能将他直接吞噬，毫无温柔，只剩冰冷。

夏青颤声说："我，对，我想见你。"

楼观雪凝视他很久，忽然勾起唇角，讥笑一声，声音却很轻，温温柔柔的："鲛族胆子也是够大的，纵是我为一人入魔又如何？以为随随便便捏造出个一模一样的幻象，便可以——"他的手指捏紧夏青的脖子，轻描淡写，下一秒却可能直接将他弄死，微笑说，"蛊惑我？"

夏青眼眶红了一圈，再也忍不住，伸出手抓住他的袖子。

夏青哑声道："不是幻象，楼观雪！"

楼观雪被他抓住，神色居然丝毫没变。

"不是幻象，我回来找你了。"

夏青眼中泪水落下，青涩笨拙地从宽大的袖中伸出纤细的手攀上他的肩膀。

夏青醒来时就一直在想他，想他想到要发疯。

总想着见面后一定要先好好道个歉，可是真的见到了真人，却完全丧失了语言功能。

情绪失控，分不清难过和欣喜。

他们俩之间到底是谁困住谁，早就分不清了。夏青为了他放下剑，为了他自招业孽，从深海之底被他救下时睁开的第一眼，便挣脱不开了。

城中所有人都愣住了。鲛族脸色煞白，犹如神魂被击碎般呆愣在原地，呆呆凝望着城门口的两人；人族也是，身躯僵硬，仰着头。

川溪城中的大火越烧越烈。

夏青的呼吸颤抖着，说："对不起。"

他到现在终于体会到什么叫疯狂,他和楼观雪之间,如果没有那些恩怨,那些因果,或许故事就会特别简单。

就跟相遇的那一晚一样,潮汐平静,灵薇花温柔。

等他长大识得了爱恨,也许会拿着阿难剑杀上神宫,当着千万鲛人的面,磕磕绊绊地跟他们的神言谈,而银发的神明愣怔过后,大概会无奈地闷声笑好久。

"我想见你。"

夏青抬起手想要去触摸他的脸,可是刚抬起,就在空中被强硬地握住了手腕。

楼观雪拂去他的眼泪,平静地道:"嗯,我知道了。"

夏青羽睫潮湿,眸中水光潋滟,望着他。

楼观雪眼眸深邃,温柔地笑起来,看不出心情:"骗你的,我怎么会认不出你呢?"

夏青蒙了片刻,心一紧,越发捉摸不透楼观雪。楼观雪抬眸,淡淡地看了眼城中跪地的鲛族、人类,又看了眼空城上方接连不断的火,他笑问:"那么,你想见我干什么呢?"

夏青的呼吸变得很轻,单纯地望着他,跟近乡情怯一样,开口:"我……"

楼观雪与他对视几秒,却轻轻笑起来。

"蓬莱都是这样的吗,逢乱必出,心系天下?"楼观雪靠近,凑到他耳边,气息如雪般凉薄,声音很轻,"你想见我,是为了救这群人?"

夏青微微愕然。

楼观雪道:"当初为了苍生你宁愿魂飞魄散,现在是打算以身饲魔?"

他眼眸中压抑的疯狂晕开浓稠血色,微笑着说:"嗯,既然决定以身饲魔,这怎么够呢,小师弟?"

第十一章 思凡

少年不识爱恨
一生最心动

（一）

——这怎么够呢，小师弟？

夏青愣愣地对上他的眼眸，殷红色，目光深冷，像是血与泪凝固后的色泽，深如大海，包容一切疯狂。

楼观雪衣袖往下落了几分，露出了一根红绳，在冷白劲瘦的腕上显得格外刺目。那条当初困住他的红绳，已经被楼观雪戴了十年……

夏青一瞬间难过得话都说不出了。他修的是太上忘情道，对情感懵懵懂懂，可并不代表他察觉不到楼观雪的喜怒哀乐。

太上忘情的第二式是"众生悲喜"，他看遍分分合合，怎么会迟钝？所以楼观雪十年里都以为他是在拿命威胁他放过天下。

太讽刺了……

夏青张了下嘴，眼中满是哀伤，愣了很久才开口说："不是的，救下他们，我一个人就可以了。"

他已经把城门推开了，鲛族根本困不住那些道士。

"当年……"夏青解释说，"我不是为了天下牺牲的，珠玑将我的魂魄带过来和你绑在一起，你成'神'的时候，我就注定要魂飞魄散。"

夏青极少剖析自己去表露自己的情绪，于是说这些话的时候，很慢，很艰难，可还是耐心道："我从来没想过用自己威胁你。

"我只是怕你痛，也不想这恩怨轮回不止。"

楼观雪垂眸，暗红的眼睛死死盯着他。流光飞羽里，银发的神明神情如霜，眼眸晦暗，唯独用力到发颤的手泄露了情绪。

"不过，还是谢谢你放过苍生，放过那些无辜的人。"夏青说完，勾起唇角笑了下。这一刻,早在之前就累积的疲惫在大喜大悲后蔓延至四肢百骸,他感觉眼前一阵黑一阵白,意识涣散。稍稍冷静,夏青深呼口气,几乎是怀着破釜沉舟的勇气,踮起脚触上他冰冷的眼睫,触上那颗痣。

"楼观雪,我这不是以身饲魔。"

东洲,惊鸿殿。

这里是最靠近通天海的地方,每晚都能听到潮汐起伏的声音。月色、灯光漫过长殿,玉石地面光可鉴人。

少年圣者衣袍曳地,乌黑的头发扎成一个辫子垂落胸前。

他手里拿着一片叶子,独对孤海,吹着熟悉又陌生的曲子。

这时,一位身着青色宫裙的鲛人少女走了进来,毕恭毕敬道:"圣者,上清派扶光仙子求见。"

"扶光仙子?"

灵犀愣了下,缓慢点头,从台阶上跳下来。

惊鸿殿外的长廊上挂了一盏又一盏灵薇花灯,堆成一片漫漫无际的灯海,就像当初每年惊蛰通天海上的盛况。

他十年前觉醒成纯鲛,拥有了最纯粹的血液,也拥有了最强大的力量,被奉为圣者。可除了日日夜夜待在惊鸿殿虔诚地供奉神明,他什么都做不了。

"薛姐姐……"

灵犀走到回廊尽头,看到了檐下正在伸手摆弄贝壳的薛扶光。她年复一年越发消瘦,如今跟枯木一样。灰发暗淡,颧骨突出,修真者到她这个境界应该不老不死容颜永驻,可她却像是开败的花,转眼就凋零在岁月里。

灵犀小时候不敢直视她的眼睛,现在同样。

薛扶光的眼睛很深,瞳孔比常人稍稍大一圈,凝视人时总有种古怪诡异的凉意。

薛扶光点了下头,声音很轻,开口问道:"灵犀,我听说你们找到了阿难剑，是吗？"

灵犀瑟缩了下脖子，开口："嗯。"他有些害怕地往旁边看了看，又说，"薛姐姐，你是偷偷进来的吗？东洲不少鲛人对人族都深恶痛绝，你小心些，要不……等下我送你出去吧。"

薛扶光笑了下，平静地说："没关系。我要是想出东洲，没人拦得住我。"

灵犀小声道："哦。"

薛扶光道："阿难剑在哪儿？"

灵犀如实回答："在密室里。"

薛扶光："带我去。"

灵犀紧张起来，面露犹豫之色。

薛扶光看出他的犹豫，解释说："灵犀，阿难剑本来就是我小师弟的剑。"

灵犀眨着眼，颇为惊讶："啊？你的小师弟？"

薛扶光点头，声音沙哑着说："对，但他现在应该已经不在了。"说完，她抬袖捂住嘴，剧烈地咳嗽了几声，几根发丝垂落在苍白的脸侧，神情麻木。

冷风卷着她的衣裙，腰上的草叶木块当当作响。

灵犀担忧地问道："薛姐姐，你没事吧？"

薛扶光压下哀恸，说："没事。带我去密室。"

"……好。"

通向密室的路很长。

一路上灯火通明。

灵犀一个人待在清清冷冷的惊鸿殿，从来就没有谈话的人，见到故人难免话多了些，他说："薛姐姐，我已经很尽力地在约束东洲的鲛人了，可还是有很多鲛人想要溜出去杀人，我拦不住他们。"

薛扶光："你已经做得很棒了，谢谢你。"

灵犀忙摇头，说："不用不用。当年我的命都是上清派救下的，很多鲛人的命也是你们救下的。我现在不过是做了和你们以前一样的事而已。"

他又嘀咕:"啊,我都搞不懂,外面那么多道士,为什么他们非要跑出去杀人,根本讨不来好处,只会被道士追杀。"

薛扶光轻轻看着他,问道:"灵犀,你不恨吗?"

"嗯?"灵犀疑惑地眨了下眼。

薛扶光说:"恨人类当年奴役你们,杀了你们无数族人。"

灵犀手里摸索着那片叶子,想了很久,说:"我……我恨啊,我的亲爷爷死在上京,死在战乱中。后面收留我的爷爷,也是死在官兵手中,他们还放火烧光了村子。"

灵犀眼眸里浮现出一丝迷茫来,而后说:"我恨那些人,可是我不恨人族,因为我的命也是你们救的啊……冤有头,债有主,仇恨不该牵连无辜的人。而且,那些坏人最后也都死光了。"

"……仇恨不该牵连无辜的人。你都懂的事,他为什么不明白?"

薛扶光轻轻重复着这一句话,疲惫地闭了下眼。

灵犀想了想,又说:"我记得小时候,村长跟我说现在的一切都是报应,你又说一切是轮回。

"我一直没搞懂报应到底是什么报应,可是我想,先等这一个轮回过完吧,要是这期间再创造出新的轮回,那真的就没完没了了。"

薛扶光哑声道:"你说得很对。"

密室在后山一个天然洞穴内。路崎岖难行,中间还有无数机关,灵犀还想着提醒薛姐姐注意脚下,却没想到,薛扶光仿佛比他还要熟悉这个地方。青色裙裾掠过荒草,手指径直摁上开关。"轰隆隆",一扇门打开,露出蜿蜒往下的楼梯。

灵犀惊讶:"薛姐姐,你是怎么知道这个机关的?"

薛扶光扶着腐朽的栏杆,往下走:"以前在这里住过一段时间。"

"哦哦。"

灵犀突然开口说:"薛姐姐,这些日子其实我在惊鸿殿闭关,他们要我感受'神'的气息。"

"那你感受到了吗?"

"……没有,前些日子还能隐约感受,今天不知道为什么,什么都感受不到了。我觉得是'神'不想被我们窥伺。"

薛扶光没再说话。

灵犀说:"薛姐姐,你说这世上真的有'神'吗?"

薛扶光失笑:"你都成为鲛族圣者了,为什么还会问出这样的话?"

灵犀道:"因为我从没见过'神'啊。他们说是'神'重新赠予我们力量,是'神'还在眷顾鲛族。可是既然'神'眷顾鲛族,为什么不撤了那堵墙呢?那么多年,恩恩怨怨纠缠不休,很多鲛人的野心早就被消磨殆尽,只想回家。"

薛扶光沉默片刻,道:"或许'神'赠予你们力量,不是因为眷顾。"

"啊?"

"他这么做,只是在报复人类。"

灵犀更蒙了:"报复人类?"

"不过要是'神'的报复仅仅是这样,倒是比我预料的最坏结果要好很多。"

她当初以为神罚降临,会血洗苍生,让众生赔罪。

在身躯即将没入黑暗之时,薛扶光腰间的木灵突然"哗啦啦"震动起来。

她手中掌着灯,霍然回首,直直看向远方。

那里骤然白光一亮。

同时,灵犀的惊呼在耳边响起,他瞪大眼望着前方:"薛姐姐,阿难剑不见了。"

(二)

夏青醒来,睁开眼,差点儿以为自己回了璃国皇宫。

藻井中的夜明珠散发着冷光,照在光可鉴人的地面上。鲛纱为幔,珍珠作链,琉璃四处可见。

他揉了揉眉心,让自己冷静会儿,起身往外面走。

第十一章 思凡

路上夏青听到了海水流动的声音，他走到宫殿尽头，才发现这里真的是海的深处。

他生在蓬莱，却没怎么接触过通天海，师父总是命令他们不要去招惹鲛族，所以夏青上辈子只到过海里三次，次次都与楼观雪结缘，就好像他的到来只是为了见楼观雪一样。

第一次在海底被他所救，第二次在神宫被他解围，第三次随他一起坠下深渊。

夏青抬眸，看着深海漫散的光，一时间愣了愣。

红色的珊瑚礁上漂着透明的水母，鱼群浩浩荡荡穿梭而过，海草缓缓摇曳。

通天海底光怪陆离的世界被隔绝在一道看不见的屏障外。

殿前台阶处，楼观雪席地而坐，衣袍散开，漆黑的长发垂落在腰间。

夏青走了过去，刚睡醒的脑袋还有些蒙，揉了下眼，想也不想就开口："这十年你就是住在这里吗？"

楼观雪把骨笛放下，抬眸看了他一眼，勾了下唇角，淡淡地说："夏青，你可真会聊天。"

夏青听到这熟悉的语调，差点儿被自己的口水呛着。他彻底清醒了，乖乖地坐到了楼观雪旁边，决定当个哑巴。

楼观雪眼眸已经褪去血色，恢复成原来的黑，黑发落在冷白的脸庞上，唇色殷红，一如当初摘星楼里诡艳靡丽的神秘帝王。

夏青又觉得当哑巴解决不了问题，于是开口："对不起，我再也不离开了。"

楼观雪颔首，淡淡"嗯"了声，讽刺说："没关系，你也离开不了。"

楼观雪忽然伸出手，冰冷的手指轻抚过夏青的喉结。那里被骨笛狠狠地碾过，现在还留着红印。他神情平静地问："痛吗？"

夏青吞了下口水："……还行。"

楼观雪笑了下，温柔地揉着，眸中全是疯狂，轻声道："夏青，我那个时候是真的想把你当作幻象，然后杀死的。"

夏青一愣，却不再像刚见面时一样头脑发涨，冷静下来轻轻握住他的手。

楼观雪继续道:"杀死后做成傀儡,血肉为我而生,灵魂被我操控,永生永世待在我身边。"

夏青一瞬间惊讶得不知道说什么了。

楼观雪笑了下。"别惊讶,我也很惊讶。"他淡淡地说,"我居然会有那么蠢的想法,可能是被这十年的心魔折磨疯了吧,病得不轻。"

夏青噎了下,小声说:"不蠢的,也没病。"

楼观雪听到他的话,轻轻一笑:"巧了,当初一句'是不是有病',你一天要问我三遍。"

夏青讪讪:"……今时不同往日。"

楼观雪说:"我那时候没病,现在才叫病入膏肓。"

比起阿难剑消失不见,后面川溪城传来的消息更叫人惊讶。

所有道士和鲛族昏迷城内,没有打斗没有伤亡,而空城里焦土一片,明显是大火后的情景。薛扶光后面也调查清楚了事情原委。

"上清派广邀天下宗门前往东洲诛鲛妖?"从不轻易动怒的她气笑了,闭上眼,声音冰冷,"一群蠢货。"

灵犀听着下面的人解释。

"东方堂主说,'神'的到来让我们越发强大,现在是最好对付人类道士的时候,不如将他们一网打尽。"

灵犀疲惫地揉了下眼睛,什么话都没说。

薛扶光下令让上清派的弟子前往东洲接人,自己也先留了下来。

灵犀对她一直都是敬畏,睁着清澈的眼睛,小声说:"扶光姐姐,这回……"

薛扶光抬头,看着写着"惊神殿"的高楼,问道:"灵犀,这些年,你知道外面是什么情况吗?"灵犀手指抓着袖子,不说话。

薛扶光说:"十年来,人人自危。妖魔乱世,生灵涂炭。

"我找你拿阿难剑,其实是想试一下。

"阿难剑生于太初,我想看看……我能不能用它劈开海上那堵墙。"

灵犀骤然瞪大眼。

就在二人在此谈论时，忽然有鲛人急匆匆闯了进来，神色惊恐："圣者！宋归尘知道了川溪城中发生的事，拿着思凡剑杀到了东洲！"

夏青又累又困就直接睡觉了，一睡就睡到了第二天早上。

他醒来发现楼观雪还在睡。

这样平和又安宁的时候，其实在他们之间很少有，可是夏青却很喜欢。没有那么多的恩怨，没有那么多离别。

鸦羽般的睫毛微颤，楼观雪睁开了眼，眉眼冷倦，漆黑的眼眸却毫无睡意，静静地看着他。

夏青尴尬死了，被他的眼神吓到，急匆匆开口："我……你之前不是说带我去看看那堵墙吗？我们、我们今天去看看吧。"

楼观雪闭上眼，声音慵懒："今天不想去。"

夏青："啊？"

楼观雪道："那堵墙没什么好看的。"

夏青："你答应过的。"

楼观雪睁开眼："你这是在冲我撒娇吗？"

夏青咽下差点儿脱口而出的脏话，再次警告自己——你现在有罪在身。

他咽下口水，讪讪说："是、是吧。"

楼观雪笑了："好的。"

（三）

青岚城是东洲临近通天海的一个小城，民风淳朴，以渔为生。

家家户户门前都晒着渔网，摆着渔具，檐下吊挂着一丛又一丛蓝铃草。

花的形状像铃铛，一条枝上长着十几朵，吊垂在翠绿的叶子间。

这种花在东洲土生土长，传说挂在门前有招福辟邪的功能。

当然，这些都是宋归尘听人讲的，他虽然在这里长大，却从来没出海打过鱼。

宋家是离国名门，老太傅辞官归隐后，才离开上清定居在青岚。

书香门第总是规矩多，宋归尘身为嫡长孙，被老太傅带在身边教育，从小背四书五经，学君子六艺，他家也算是家风严谨，可他骨子里就不正经，当不成君子。

老太傅为人清廉端方，独独没想到自己亲手养成的孙子会是个浑不懔。

小时候的宋归尘仗着自己天资聪慧、过目不忘，每回忽悠完教书先生，都会翻墙偷溜出去到市井民巷瞎混。

除了怕被老太傅打断腿没敢去青楼外，吃、喝、赌三样他都占了个遍。

当然他不是纨绔，他对这些也没瘾，他做什么都是图个新鲜——

看到木匠削泥人，能死皮赖脸缠着人家拜师学艺；路边遇到一个卖身葬父的，也可以蹲下来边嗑瓜子边聊天，跟她一起骂那黑心肠的后娘。

他从小人缘好，长袖善舞，嘴甜卖乖，跟谁都能聊得起来，把他放到菜场里，砍价的本领不比宅里的婆子差，不是靠脸，靠讲道理。

亲眼看见他把一条鱼从三十文砍到二十文后，老太傅差点儿被活活气晕过去。

醒过来拿着棍子追着他满院跑，每逢这时宋归尘都会溜去隔壁避难。

他爷爷脾气暴躁，但君臣之礼刻在了骨子里，在皇家人面前总会收敛几分。

可以说，他小时候的命是上清城那位病秧子帝姬给的。

上清城那位帝姬，小时候宋归尘对她的印象就是病恹恹，心狠嘴毒，长得……挺好看。

他和薛扶光之间，民间书籍三言两语就可以概括——青梅竹马，伉俪情深。

第十一章 思凡

回忆起来，也没什么大风大浪刻骨铭心的事，毕竟青梅竹马的另一层意思就是，他和她真的过于熟悉了，再难生出波澜，最好的归宿就是相敬如宾。

他和她成亲也是莫名其妙的，因为国师演算出的四字命数"和光同尘"。

他差点儿想改名。

就这么一个莫名其妙的成语，扯上玄乎其玄的命数，给他们定下了这一世的姻缘。

"宋归尘，你后悔吗？"

薛扶光这辈子问过他两次这句话。

一次在成婚前，石榴红裙的少女坐在秋千上，偏头静静地问他。

帝后和太傅都觉得这是门好亲事，因为他们从小到大一起长大，知根知底。

可就是因为从小一起长大，成亲反而成了一件很奇怪的事，宋归尘为此抓耳挠腮，彻夜难眠——

他还从来没体会过话本里轰轰烈烈至死缠绵的爱情，难道就要和早就熟知的薛扶光绑在一起了吗？

宋归尘的性子，说白了就是好奇心重，好奇尘世间的一切。

凡是好奇的事，他千方百计也要试，比如沿街乞讨、路边叫卖、下地挖坟。

可当时他明明那么好奇书里说的，遇一个陌生人，怦然心动并有愿为她上刀山、下火海的感觉，对上薛扶光的眼时却噎住了，跟入魔一样，心甘情愿断送了这种可能。

那天他发了好久的呆，难得不好意思，别过头，低声含糊地说："不悔。"

"宋归尘，你后悔吗？"

神宫崩塌，蓬莱大火，血与雨染就的夜。

他第二次听到那句话，给的答案也没变，伸出手擦过脸上的血，微笑，一字一顿道："不悔。"

自己选择的路，无论什么结局，都谈不上后悔。

薛扶光一句话没说，拿着剑转身离开。

宋归尘忘了恩断义绝的时候是什么心情。

大概那时候被仇恨所累，情绪过于疯狂，早就麻痹了五感。其后百年，一个人坐在经世殿，眺望那条名叫离离的长河，他也将所有记忆封印，不敢去回忆。

拜入蓬莱后，他问过师父，离国国师算出来的命数是真是假，师父翻个白眼反问他："你希望是真是假？"他一时语噎，说不出话来。

他希望，是真的……

原来这世间情爱，不止一种怦然心动。

后人评价他们，都摇头叹息说"道不同不相为谋"。宋归尘坐在书楼角落，听完也觉得挺有道理的。

他和薛扶光，青梅竹马，结发夫妻，因道不同，咫尺天涯。

——到最后，刀剑相向。

他的苍生道早就破了。

尘世的执念、羁绊成了永生永世的枷锁，困住他的神魂，日复一日，终于在他心头结成了心魔的果。

从密室闭关出来，玄云派那位小弟子毕恭毕敬守在门外，见他出来眼露惊喜，说了一堆祝贺的话后才引入正题。

宋归尘听完，被心魔操纵混乱嘈杂的大脑中，只捕捉到了几个字：东洲，上清派，鲛族。

寇星华犹豫地说："……大祭司，您说，我们要不要去？"

宋归尘立在石门前，玉簪紫衫，闻言轻轻一笑："假的。"

寇星华："什么？"

宋归尘道："她不会做出这种决定的。"

寇星华："她？您说扶光仙子？"

"嗯。"宋归尘低头，看着自己手中的思凡剑，剑刃上已经开始有黑色的魔气缠绕。他的苍生道破了，早在百年前以杀入道，修的是杀戮道。

……杀戮道。

心中的恶魔越发暴躁,试图控制他的神志。

宋归尘说:"她永远不会选择以杀止杀。"他聊天的语气非常平和,就和无事一身轻、路上遇见跟人拉家常一样。

宋归尘又想到了什么,笑了下,说:"你们不用去东洲了,我一个人去就行。"

他一个人,就可以了。

重新回青岚城,宋归尘看到的是一片空城。冷风呜呜吹过,泛黄的枯草瑟瑟发抖,蓝铃花在春季枯萎。

天气阴沉,他看着乌压压的黑天,忽然想起很早很早以前,某一晚,在外游历的他心思一动忽然想回家看一眼。

走到路边,听到有人在唱歌。滚水沸腾,月色阴冷,那人佝偻着腰,疯疯癫癫地唱:"古古怪,怪怪古,孙子娶祖母,猪羊炕上坐,六亲锅里煮,女食母之肉,子打父皮鼓。"

恩怨之始。

(四)

夏青很早之前就在想:通天海上的这堵墙会是什么样子?

《东洲杂谈》里说"墙"是大祭司建立的,为了防止鲛人逃走。他那时以为这堵墙用砖石砌成,跟城门一样立在海岸线上,从来没想到它由累累白骨堆积,立于海上。

万万年深埋在生死之冢里的荒骨,随着神宫的崩塌"轰隆隆"往上,成了通天海最森冷、最决绝的天堑。既是天堑,也是天谴。

这堵墙很长很长,可是并不厚。白骨七零八碎,鲛人骨比普通人骨要白一些,森寒冰冷,在缝隙间还有些潮湿的青苔。

夏青坐在墙上,发了会儿呆。

蓬莱在大火中被毁灭，通天海百年无人靠近。这里太空太寂静了，连飞鸟都没有，呼啸在耳边的只有海浪一次又一次卷过来的声音。

夏青闷声开口说："这里和我记忆中的有些不一样。"

楼观雪淡淡地道："我说过了，这堵墙没什么好看的。"

夏青幽幽吐口气："我看它当然不是因为好看，我就是好奇。我当初听过太多人说这堵墙了，在书上，在民间，从你嘴里，从瑶珂嘴里。我无数次想过它的样子，结果都猜错了。"

夏青叹息，不是滋味地说："真离谱啊，堵住归路的墙居然是鲛人一族的冢所化。"

楼观雪没什么情绪地笑了下，不说话。

夏青现在也有几分不真实的感觉。让荒冢成墙、让鲛族不得归乡、创造这片乱世的"神"就在他身边。

他闭了下眼。

潮汐拍打礁石，浪花如雪。

夏青手指在墙上抓了几下，而后一咬牙，偏头开口说："楼观雪……"

楼观雪笑了下，平静地说："说吧。"

夏青愣住："你知道我想说什么？"

楼观雪说："嗯。"

夏青反而有些不好意思了。

楼观雪说："你想让鲛族回通天海。"

夏青讪讪："……嗯。"

可是通天海是"神"的领域，是"神"的疆土……

楼观雪想也不想，轻描淡写说："那就让他们回去吧。"

夏青一下子愣住。

楼观雪想到什么，低声一笑，饶有趣味地看着夏青："其实在这十年里，我最恨的大概是你。夏青，你这仇恨转移得很成功啊。"

夏青张了张嘴。楼观雪垂眸，说道："没必要愧疚，以后留在我身边，哪儿都别去。"

夏青点了点头，伸手抓住了他的肩。

楼观雪撤开这堵墙只是举手之劳的事，可是夏青出于心疼，真的一点儿都不想让他再面对这些乱七八糟的事了。

他打算在神宫内养一段时间身体，养精蓄锐后去东洲拿阿难剑劈开墙。

"我还记得你在摘星楼说，想要引起你的注意，把通天海上这堵墙劈开可能会有效。"夏青吐槽道，"我当时心里就想，你这人可真把自己当回事啊，要是有能力劈开墙，谁还在意你。"

结果——又是自己？

他当初还真是挖了好多个坑给自己。

楼观雪嗤笑一声，却没说什么。

夏青有时候望着通天海久了，就会跟他说很多以前蓬莱的事。

"我很小的时候，第一次出海，满心满眼就想着征战四方，名动天下。

"后面遇到了点儿事，就没再有这个念头。

"你还记得卫流光吗？神宫那次，就是他忽悠我夜探友邻家的。"

说着说着，自己会先笑出来。他对离散生死从来看得很洒脱，却并不代表他不会为此而难过。

他没想着去相认，是觉得卫流光也不想回忆起百年前的事，相隔了太多恩怨，这一世的缘没必要牵扯前世的记忆。

"还有傅长生啊，我这位二师兄，真的就是个老实人。我和卫流光吵架，一般都是他当和事佬。"

因为宋归尘这个大师兄不靠谱，吊儿郎当，遇事只会煽风点火在旁边看戏。除非师姐在的时候，他才会正经点儿。

可以说，傅师兄当初为这上梁不正下梁歪的门派真是操碎了心。

"我小时候跟阿难剑较劲，喜欢一个人待着，卫流光应该是最跳脱的。

"蓬莱所有人里，我最怕的应该就是师姐了，第二才是师父。"师姐无人不怕。

楼观雪静静地听他说蓬莱的事情，他对世间一切都懒得上心，与夏青有关的，才会叫他认真起来。他收了漫不经心的态度，垂眸，将每个字听入耳。

夏青说着说着，又不说了。

他不会在楼观雪面前提宋归尘。

因为他现在都不知道用什么心情去面对这位大师兄。

天下苍生为他所累，蓬莱的每个人都为他所累……

宋归尘走到现在，业孽重重，什么都没了。

没了亲人，没了师门，也没了爱人，蹉跎百年换最后一生落拓。

"你可以求我的。"

在他前去找阿难剑时，楼观雪似笑非笑地说。

夏青抿了抿唇，说："我自己来。"

楼观雪从善如流，依着他："好。"

阿难剑早就有了灵，它应该是察觉到夏青来了川溪城后，便自己溜了出来。

一把剑躲躲藏藏，怕被人抓住，感觉不到主人的气息后，郁闷地想把自己埋进土里。

被人揪出来的时候，阿难剑有一万种逃的方法，可是察觉到熟悉的感觉，又不挣扎了。

这人不是主人，但是它并不陌生。

卫流光觉得自己真是倒霉透顶，走个路还能磕到脚。

他把差点儿让他摔倒的东西挖出来，一时间震惊地瞪大了眼："我的娘哎，我这辈子是注定跟剑有仇是吗？不行，我今天非把这玩意儿碎尸万段不可。"

傅长生在旁边无奈扶额："流光，薛师姐还在等我们呢。"

卫念笙在旁边翻个白眼，毫不留情："碎尸万段，得了吧，就你那点儿力气掰它都掰不断。"

卫流光恼羞成怒，瞪她："你不是都嫁人了吗！不待在家里祸害顾小白脸，跟过来干什么？"

卫念笙："顾郎去冀州安顿流民了，我一个人无聊啊。"

卫流光气得不行，抓着手里的剑想打人。

可是目光在上面一停，又顿住了，这把剑给他的感觉很奇怪……他手中一颤，拿袖子胡乱擦了下上面的泥，不情不愿地说："算了，去城里当个好价钱。"

卫念笙翻个白眼，吐了下舌头，转头跟同门的师妹聊天去了。

她当年被上清派所救，对薛扶光崇拜得不得了，那时候除了嫁给顾郎，第二个愿望就是成为和薛师姐一样的人。

陵光城破后，世家贵族与市井草民无异，安顿好家人，她和卫流光齐齐拜入了上清派。她虽然比不上卫六那种恐怖的天赋，可在同龄人中也算佼佼者，没有什么太大的野心，不求大道长生，只求能护着自己所爱的人平平安安。

卫六小时候被算命的说天生剑骨，她当时以为是忽悠，没想到居然是真的，但是她听薛师姐说，世上对剑术最有天赋的人，是薛师姐的小师弟。卫念笙想，那位小师弟，真的当得起惊才绝艳四字了，要是有他在，天下或许能太平不少。

一群人往东洲主城走，本来以为会被鲛妖阻拦的，谁料一路上畅行无阻，看不到人，也看不到妖。他们走到最后，到了城门前，卫流光还没来得及骂骂咧咧，傅长生便忽然轻喝一声。

"小心！"

只见天地间罡风四起，黑色的雾在青灰的空中弥散。

"砰！"一声巨响，城墙"轰隆隆"往下塌！

紧接着，一道卷着树叶子的青色剑气劈开魔障，和那熟悉的木灵震响的声音一起，响彻旷野。

所有人在墙下愣怔抬头。城门大开，主城里站满了人，有鲛人，有道士，鲛人一些受了伤，匍匐在地，眼中满是恨意。

"宋归尘，你疯了吗？"虚空之中，薛扶光拿着剑，风卷过苍灰的发，她静静地望着他。

宋归尘跟谁都能装模作样地微笑，若无其事，和煦温柔，唯独面对薛扶光时，全部的力气都用来阻止心中翻涌的情绪，于是根本顾不上表情。他永远不会对薛扶光出手，所以在剑气扫过来时没有躲，硬生生遭了一击。

他苦笑道："我真没想到，你会在这里。"

薛扶光开口："我若是不在这里，你就要屠城吗？和当年鲛族在青岚城所做的事一样？"

宋归尘说："我不是为了报复当年。"

薛扶光疲惫得不再说话。

宋归尘擦掉嘴角的血，说："我入魔了。"

薛扶光霍然抬头，死死地看着他。

宋归尘道："我修的是杀戮道，入魔后只会变成个杀人不眨眼的疯子。"他低头看着手里的思凡剑，恍惚了下，苍白地笑笑，"我就想着，造了那么多孽，还是在死前给人族做件好事吧……"

他的命不值钱，他的尊严不值钱。

如果可以，他恨不得跪在楼观雪面前，自拆骨自抽魂，千刀万剐下地狱，来消除"神"的恨。

可是楼观雪不需要这些，高高在上无情无欲的神明，怎么会在意蝼蚁的生死？

到最后，是他的小师弟，跪坐阵中魂飞魄散，替他承担了所有的恩怨，承担了本该属于他的罪。

夏青啊……宋归尘恍惚了片刻。

他们每个人都算是看着夏青长大的。师父给小师弟取名为青，取自"已识乾坤大，犹怜草木青"。

刚开始那个孤僻、懒得搭理任何人的白团子，到一逗就炸毛的小男孩，再到长大后意气风发出走天下的小少年。蓬莱的往事历历浮现眼中，他的小师弟，本是阿难剑主，修的是太上忘情道，一辈子与红尘没太大羁绊，是他将小师弟牵扯进这纷扰不休的恩怨里。

"真的没骗你们！我真的被一个白头发的人救了，不是鲛族的圣女，他眼睛是冰蓝的。"

少年气急败坏解释的声音响在耳边。

宋归尘眼中泛起一丝血红来，短促地笑了下。

到现在他才明白，救下夏青的，原来是"神"啊。

……所以，他都做了什么呢？

他这样的罪人，连死都不配。

只是现在他要入魔了，不得不死……也终于可以死了。

（五）

入魔。

薛扶光消瘦的手紧紧握着剑，狠狠地闭了下眼，再睁开时眼眸赤红，泛起泪光。

她骤然开口，声音凄厉："宋归尘，你到底还要执迷不悟到什么时候？"

宋归尘被她语气中的崩溃所刺，愣愣抬头。

"你不悔，你当然不悔，因为后悔的是我！"

薛扶光眼中泪水瞬间夺眶，压抑一百年的情绪顷刻翻涌。

"我在这一百年里无时无刻不在想，你到底是什么时候遇到的这些事，到底是什么时候打算叛出蓬莱，到底是哪一晚你回了青岚城，到底是哪一刻你恨上了鲛族。"

她任由热泪滚过脸颊："我后悔了三万个日夜，后悔我当初没能发现你的心结，后悔没有阻止你。要是我早一点儿发现，要是我——"她越说越绝望，喉间猛地涌出鲜血，止住了所有的话。

"扶光……"宋归尘脸色一白，想要走过去。

可是薛扶光已经擦去嘴边的血，剑破长空，剑尖直指着他，逼得他不得靠近。

宋归尘站在离她不远处，看着她猩红含泪的眼眸，只觉得那眼神如刀刃，一点一点将他所有的伪装粉碎。那些谦和、温柔、从容的表象纷纷瓦解，露出一个苍白脆弱的灵魂，疲惫无措地站在天地间。

他藏在紫衫袖中的手指颤抖，恨不得用思凡剑自残，去缓解现在心中的酸涩和痛楚，沉默很久，他僵硬地笑了下说："你没必要为我哭。"

薛扶光静静地看着他，凄凉一笑，开口："宋归尘，这一百年，我都在后悔，我身为你的妻子，却从来没了解过你，从来没猜透过你的想法。"

这世间，原来至亲至疏真是夫妻。

"百年前，你连同璃皇，连同珠玑，在神宫布下诛神大阵，最后，你们谁赢了？"

薛扶光泪痕干涸在脸上，讽刺地笑起来："璃皇暴毙，珠玑不得好死，鲛族百年流离，入神宫的所有人身受诅咒——你呢？你又赢了吗？你想报仇，想护天下太平，结果落到现在这个局面。

"你拿走蓬莱之灵，让蓬莱失去保护，被烈火焚烧殆尽。师父死不瞑目，流光、长生被珠玑所害，转世都不得安宁。百年后你又害得夏青魂飞魄散。"

最后这几句话说完，她眼中红色加深，浓得好像能滴出血。

她牙齿发抖，笑起来。

"你赢了吗，宋归尘？哈，什么都是代价……贪婪的代价、杀戮的代价、诛神的代价。"

宋归尘安静地看着她，没说话。

薛扶光的手骨节发白，颤抖地握着剑："你以为鲛族占城为王是坏事吗？

"如果不是当年上清派对大部分鲛族有恩……如果不是……"

她已经气血翻涌，后面的话难受得说不出来了。如果不是鲛族顾念上清派的恩情，这天下早就乱得无法掌控了。

宋归尘眼眸满是哀伤，不知道想到了什么，缓缓笑了下说："扶光，谢谢你。

"算起来，你们每个人，都是被我牵连入世的。"

他脸色苍白，墨发披散，紫衫飞扬，气质通透温和，唇角慢慢溢出鲜血来。

薛扶光身躯战栗了一下，手中轻薄的剑慢慢消散，化为草叶融于天地。

宋归尘轻声说："我本来是想来东洲救下那些道士的，没想到你在，那应该不用担心了。"

他听完寇星华的话，便知道川溪城之事是鲛族的计谋。

入魔后他早就存了自杀的心思，不愿留下再祸害这个被他拖累的人间。

只想着，死前顺便将东洲鲛人剿灭，也算是为人族做一件好事。没想到，自己最后居然还在执迷不悟……

"你说得对，我不该执迷不悟，继续造杀孽。"

宋归尘脸色苍白地勾起唇角。

他体内真气四蹿，深紫色的魔气流动周身。

魔魇在试图控制他的身躯，控制他的思维，蛊惑他去杀人。

脑海中有无数个声音在怒吼、在大喊，搅得他脑袋要炸开了——

鲛人猖狂大笑，老者轻轻哼唱，他的亲人在锅里尖叫求救，痛哭流涕。

火柴烧得"噼啪"响，锅炉里滚水沸腾。

"古古怪，怪怪古……"

"救我！归尘救我！"

"小兄弟，来不来一碗肉汤？"

"猪羊炕上坐，六亲锅里煮……"

"归尘——"

那些撕心裂肺的吼叫掀开经年累月早已结痂的伤口。

宋归尘感觉一阵冷一阵热，砭骨的冷，灼魂的热，他视野模糊，抬头望着天。

后知后觉……天地为炉，阴阳为炭，这万丈红尘中谁都在锅里煮。

宋归尘轻轻地笑了下，将眼中所有复杂的情绪都压下，重新看向薛扶光，温柔得像一泓春水："扶光，你别后悔了……对不起，扶光，我错了，现在我来后悔吧。"

薛扶光脸色白如纸，死死地看着他。

宋归尘说："该悔恨的是我，对不起。当初帝后把你交给我，是想让我好好宠着你一生的，谁料你这一生所有的劫难都来自我，对不起。"

他说了好几个"对不起"，因为心像被挖了出去，空茫茫一片，不知道该说什么。

"对不起，我若是早知你这一百年都在后悔，"他漆黑的眼珠子望着她，声音很轻，苍白地笑着认真地道，"我当初……一定、一定不会说不悔。

"扶光，对不起。"

薛扶光身躯晃了下，凝在眼中的泪终于还是落了下来。

每一个剑修修道到最后，都会和剑合二为一，思凡剑也会随他一同毁灭。

他马上要失控成为魔头，也没了活下去的必要。

宋归尘嘴角的血越流越多，后面是眼睛，是耳朵……七窍都在流血。他一辈子衣不染尘、光风霁月，一时间有些不习惯自己这种狼狈的样子，下意识去擦。

可是看向薛扶光，又淡淡一哂，缓缓放下了手。

他什么狼狈的样子没被她见过呢……他们青梅竹马，相识于微时，她见过他所有幼稚、委屈、糟糕的时候。

经过那么多年的恩怨纠缠，到最后，他临死时想起的居然不是青岚城，也不是经世殿，不是所有关于恨的执念。

只想起，当年天崩地坼之时，血阵中央那个白发神明冷冷望过来的一眼，疏冷讥诮，定下了百年前每个人的死局。如若不是夏青，或许这真的是无解的轮回。

又想起，四月桃花送春水，成亲那日他紧张得手心发汗，一直抖，薛扶光憋着笑，从嫁衣之下恶作剧地戳了他一下，他恼羞成怒，想要甩开手，却被她温柔地握住。

少年不识爱恨，一生最心动。

薛扶光看着他走火入魔，看着他自杀在城前。

脸上还有泪痕，却缓缓闭眼，一句话都没说。

城门外。

卫流光瞪大了眼，一个"不"字涌到嘴边，刚想张嘴，却被傅长生轻轻拉了过来。

傅长生脸色苍白，朝他疲惫地摇了下头。

卫流光眼中泛着血丝，嘴唇抖动，也把话咽了回去。

蓬莱的事薛扶光没和他们仔细说，可他们能猜出一些大概。那种师门间的羁绊，纵是轮回转世百年也不会消磨。

他、傅长生、夏青，每个人都是如此。他在陵光长大，却从未见过这位大祭司，只知道自己出生时，大祭司专门来了一趟，赐予他祝福……赐予了他在陵光纵横长街二十年无忧无虑的岁月。

卫念笙呆呆地睁大清澈的眼眸，张嘴："大祭司他在干什么？"

"他在毁剑自杀。"

有人在旁边回答了她。

卫念笙骤然抬眼："毁剑自杀？"她回过头，却愣住了，回答她的不是卫流光，也不是上清派任何一个熟悉的面孔。

是一个好看得让她一瞬间心悸的少年。

少年乌缎般的青丝既没有用冠束起，也没有用簪固定，就这么垂下来。皮肤带一丝病态的白，眼眸是浅褐色的，身上的黑衣随风猎猎，背脊挺拔，气质说不上是冷还是温和，就像一把立于天地的剑，却带着和光同尘的温柔。

"你……"

"夏青！"

卫念笙还没来得及问，卫流光已经震惊地大喊出声。

夏青看了卫流光一眼，见他眼睛通红，视线多停留了会儿，道："你哭了？"

第十一章 思凡

卫流光以前是蓬莱最跳脱的，也是最感性的，他吸了吸鼻子，却只盯着夏青，什么都没说。

夏青抿了下唇，有些好笑，说："别看了，我没死。"可他过来不是为了叙旧的，直接朝卫流光伸出手，"把我的剑还给我。"

卫流光一愣。

但他还没反应过来，被他塞进袖子里的阿难剑已经迫不及待地飞了出来——阿难剑抖掉了一身的灰尘，时隔百年，满是惊喜，重新回到了夏青手中。

与天地同生的天下第一剑，古朴得不像话，剑柄都是木质的，通身没有任何装饰。

夏青重新握住剑的时候，神情怔了一下。很久，他低低地笑了。

这一笑，在场所有人都愣住了。

少年姿容昳丽，笑容讽刺。

夏青重新抬起头，看过一众神色惊讶的上清派弟子，又去看东洲城内的鲛人。

他每一次出剑，好像都和鲜血眼泪结缘。

一路走来见了那么多人……每个人的执念居然都是恨。

楼观雪的恨、瑶珂的恨、燕兰渝的恨、宋归尘的恨、珠玑的恨、鲛族的恨、人族的恨……对错在岁月里模糊，只剩下无穷无尽的恩怨。

宋归尘当年没有进神宫，没有参与诛神，他不图神骨、不图神魂，可他才是罪魁祸首，是布下阵的人。

他害得楼观雪坠入地狱，害得楼观雪备受折磨，害了天下苍生，害了整个师门。

其实夏青也该恨宋归尘。

好在现在，恩怨到头，什么都结束了。

"傅师兄，带他们离开吧。"

夏青偏头对傅长生说道。

傅长生一愣，对上他的眼眸，沉默地点了下头。他再次看见夏青只觉得恍如隔世，可一声"谢谢"过于单薄，他们之间也不需要言谢。

在身中蛊毒被操纵的岁月里，他印象最深的不是温皎的哭泣，也不是在璃国皇宫内受到的屈辱折磨，而是寒月妩媚含笑的话音，如同斑斓的毒蛇，日日夜夜潜入梦中，缠住他的神魂，让他心甘情愿付出一切，卑贱到尘埃里——是夏青带他出了魔障。兜兜转转，到头来发现，寒月、珠玑，都是故人。

"放心，我会保护好他们的。"傅长生开口。

夏青点头，握紧剑，最后又望了一眼薛扶光，转身，往通天海的方向走。

城中不少鲛人蠢蠢欲动，咬紧牙关，恨不得冲上去将宋归尘挫骨扬灰。

璃国的大祭司，没有鲛人会对他陌生，那些屈辱折磨，全部拜他所赐。

如今见他这副样子，鲛人身躯发颤，心里除了恨什么都没有——当仇恨过于沉重时，哪怕你看着仇人死在面前，也不会有报复的快感，没有高兴也没有得意——只有恨，无休无止的恨，疯狂到极致，翻涌在心头。

恨不得食其血，吞其肉！

让天雷烈火将他千刀万剐！

"圣者！不能让宋归尘就这么轻易死了！"

鲛人眦目嘶吼。

灵犀没说话。

"圣者！"

"圣者！"

越来越多的鲛人开始暴躁，一双双眼睛都被仇恨蒙蔽，血红一片。

灵犀轻轻张嘴，却不知道说什么。

一位老人冲出人群，他挂着拐杖，佝偻着腰，泪水流过满是皱纹沟壑的脸。老人身躯单薄如朽木，凭一股恨意强撑着，手中的拐杖重重击地，声嘶力竭："圣者！不能让宋归尘就这么死了！他是一切的罪魁祸首！他有什么脸面对鲛族？

"无耻之徒！畜生！"

老人情绪激动，剧烈咳嗽起来，浑浊的眼中大滴大滴泪水滴落，牙关颤抖，恨恨不休："鲛族当年根本就不认识上岸的路，是东洲城中的渔民，是他们！他们先成群结队到通天海捕杀落单的幼鲛，想要剥皮拆骨卖钱。

"是他们先闯入通天海，鲛族能上岸，是那些渔船的指引！宋归尘，他以为他是什么大善人？他以为他是无辜的吗？他就是个道貌岸然的畜生！他是罪魁祸首！不能让他那么轻易死了！"

灵犀脸色发白，狠狠握住了手里的叶子。脑袋里乱七八糟，想着村长说的报应，想着薛姐姐说的轮回。

很久，灵犀艰难地张开嘴，轻声说："我，你们……"

可是不待他说话，鲛人们的怒火已经彻底燃烧理智。

鲛人们骤然发出嘶吼，齐压压朝那里冲去。

"大祭司！"

城中不少人类道士焦急地大喊！

"哗！"

突然之间，风云变色，来自通天海的狂风卷着潮湿的水汽，将整片旷野的声音掩盖——

那些呐喊都被风吹散。

天地于这一刹静音。

所有人都愣住，只看着前方——

见赤金曜日破开雾霾，照亮苍穹。

一道深邃的剑意化为实质，如长波纵横四海八荒。

锋冷、纯粹、清澈——引风雷阵阵，潮汐涨退。

用绝对的实力压制住所有的怒火、悲欢、仇恨。

山呼海啸，十六州都在震动。

卫流光喃喃："夏青……"

宋归尘被光所刺，却没有闭眼，他愣愣看着通天海上出现一个虚影，就像冥冥中的召唤。一道饱含哀伤叹息的视线，好像在注视自己，然后，他看到了……蓬莱。

夏青很小的时候，修炼太上忘情第一式，听师父的话每天盯着花花草草发呆。后来把蓬莱岛看遍了，师父就开始忽悠他，要他去看海。通天海没什么好看的，潮汐起起落落，海鸥来来去去，除了水就是水。

但每年三月五，会有些不一样，那时候的通天海会变得特别神奇。蔚蓝的天幕镶嵌满星子，海的尽头亮起幽蓝的光，夏青视力很好，会看到海尽头似乎有一朵又一朵的花，跟莲花很像，却又不是莲花。花瓣更为锋利，颜色也更为冰冷。

"咔——"一道裂缝在骨墙的正中心蜿蜒，阿难剑破开"神"的诅咒，从上到下，彻底将这堵墙摧毁。

细碎的裂痕，很快引起剧烈的毁灭，"咔咔咔"，碎骨纷落，齑灰四散。

夏青拿着阿难剑，脸色虚弱苍白，站在即将坍塌的墙上，看着空旷寂寥的大海。

随着白骨的掉落，海面上浮起了一朵又一朵的灵薇。可能是万千死于十六州的亡魂，也可能是当年就开在白骨上的花。

浩浩荡荡，遍布通天海。

——再现他小时候每一个惊蛰夜看到的场景。

骨墙在崩塌。

"轰隆隆"的声响中，夏青低头，对上楼观雪的视线。

漆黑如初，却又带着一点儿笑意。

楼观雪在等着他下来。

其实，楼观雪无论在哪个时期，性格都挺恶劣的，实在谈不上温柔。这人笑起来很神经质，不笑的时候更可怕。在璃国皇宫时看起来芝兰玉树，说话却阴损得不行，而且暴戾残酷，喜怒无常，陵光城内人人忌惮。

夏青不由一笑。

他之前在神宫内跟楼观雪提起旧事,提到瑶珂,提到鲛族,百感交集,想到什么就说什么,跟他絮叨了一堆。

而楼观雪除了当初被暗算,对世间的一切其实都拥有掌控的力量,并不能体会他的心情,漫不经心地耐着性子听。

夏青幽幽吐口气说:"大概这就是鲛族最好的去处了吧。"

楼观雪闻言抬眸看了他一眼,似笑非笑:"我发现你对这两个字挺执着的。"

夏青:"啊?"

楼观雪戏谑道:"那么,救世主,你有想过你自己的去处吗?"

见鬼的救世主!夏青被他噎住,不想说话了。

现在,夏青后知后觉,这一世,他本就是为楼观雪而来的。

魂魄系于他身,摘星楼内寸步不得离。

夏青眼中漾开笑意,扬起唇角,在墙彻底崩塌前,闭上眼,往下跳。

……楼观雪,关于来处去处的问题,我已经有答案了。

身后白骨之墙崩析——

百年恩怨,万般悲喜。

送于一剑。

蓬莱之灵最后在他耳边温柔轻喃的那句话,夏青现在终于明白了意思。

它说:"我不怪你们任何人。"

所以它挽回了他的魂魄,也封住了宋归尘体内杀戮的魔魇。

通天海上蓬莱岛重新出现,这一次它等候的却只有一个人——最后的蓬莱之主。它是他的囚笼,也是归宿。当年一柄思凡剑,浮光掠影,海惊山倾,而今再不复当年。宋归尘的罪孽太重了,死都无法作结,只能一个人守着这座孤岛,不老不死,以此赎罪。

史书对人族、鲛族一百余年仇恨的描述总是很含糊,唯独写到鲛人归乡的那一刻,会多些笔墨。

说那位仙人,一剑劈开了骨墙,斩断了轮回。

鲛族跪地痛哭。

此后,灵薇花开遍通天之海,照离人归乡。

【正文完】

番外

走啦
我要去征服天下

番外一·梦

蓬莱彻底消失在通天海上，它成了一个永久的囚笼，里面的人出不来，外面的人进不去。

这是宋归尘的归宿。

他将永生永世不死不灭，守在孤岛之上，守着这道界限——从此鲛族不得上岸，人族不得踏足海的尽头。

万般业孽，以此赎罪。

自白骨之墙跳下后，夏青做了一个很长的梦。

梦里没有这些恩怨，他和楼观雪之间没有这些纠葛。

蓬莱岛上四季如春，潮汐声不分昼夜响在耳边。

他和卫流光夜探友邻家，鸡飞狗跳地逃回来，被璇珈找上门跟他们的师父告状。

师父知道他和卫流光干的破事后，气得吹胡子瞪眼，对着他们大骂一顿，丝毫不顾师徒情谊，直接把他们丢给了璇珈。

璇珈俯身，很满意地看着两个熊孩子一脸憋屈的样子，笑吟吟地拍手说："小朋友，胆子倒是挺大的啊。神宫前的珊瑚被你们弄倒了一大片，现在缺扫地打杂的，你俩留下的烂摊子自己收拾吧。"

夏青与卫流光双双无语。

卫流光含泪望着夏青："小师弟，师兄最近受了内伤，不能走动。你应该懂什么叫尊重兄长吧？"

夏青皮笑肉不笑："这年头真是什么玩意儿都能自称师兄。你说是吧，卫师兄？"

在梦里他都能体会那种糟心。

他们在蓬莱作威作福，突然被打发过来扫地，当然是不可能安分的了，但是璇珈就跟鬼一样监督着他们，怕她再去告状，他们只能硬着头皮忍了。

后面忘返源打扫得差不多了，璇珈忽然给夏青安排了新任务，新任务是抄书。

夏青第一次走进神殿的时候，险些被里面的华贵闪瞎了眼，对比一下，蓬莱真的就是个破落地！

好在他从小就习惯了一个人待着，一个人抄书也抄得快乐。

他抄书抄累了，就睡了，醒来时，发现自己身边坐着一个人。

一个银发如雪的少年，冰蓝的眼眸好奇又含笑地看着他，声音跟玉石相撞一样好听："是你啊，你怎么会在这里？"

夏青吓了一跳，半天才找回声音："我是被璇珈带过来的。"

银发少年："这样吗？"

夏青难得有点儿紧张："你呢？你为什么会出现在这里？你不会也是被那个恶毒女人拐来抄书的吧？"

银发少年："我不是啊。"

夏青："啊？"

银发少年盯着他看了会儿，眼神天真又无辜："我一醒来就在这里了，忘了很多事。"

夏青骤然瞪大眼，差点儿被自己的口水呛着："忘了很多事？"

银发少年点头。

夏青又问："你知道自己叫什么名字吗？"

银发少年不说话。

夏青："你被困在这座神宫内出不去？每天见到的就是璇珈？"

银发少年点头。

"天啊！"夏青气得手都在抖，愤愤不平，"我只知道璇珈是个恶毒女人，没想到她恶毒至此，居然为了一己私欲把人囚禁在神宫里！"

这个人还是他的救命恩人！

"你别怕，我会带你出去的！"

银发少年唇角勾起，眨眨眼："好呀。"

为了他心中拯救小可怜的计划，夏青每天表面上乖乖抄书，暗地里到处找逃离的通道。找不到，甚至自己开始挖，每天避开人刨土。

在他不知道的地方，鲛人们一头雾水，嘴角抽搐，璇珈扶额选择装看不见。

时间久了，卫流光也发现他的不对劲："夏青，你每天上蹿下跳都在忙些什么啊？"

夏青说："我在救人！"

卫流光："啥？"

于是夏青把关于银发少年的事一五一十跟卫流光说了。

卫流光熟读民间话本，听完当即喷了："原来变态就在我身边。"

他们俩怀恨在心，把璇珈编派了个遍。

卫流光说："那少年好看吗？"

夏青："好看好看。"

卫流光："我和他谁好看？"

夏青："别自取其辱。"

卫流光语重心长："我当初看到璇珈就知道，这人表里不一，蛇蝎心肠！没想到她这么过分。我的天啊，夏青，你说璇珈这个恶毒女人会不会看中我的美貌，然后把我也关进神宫？呜呜呜呜，我不要啊，我不要被金屋藏娇，我要回蓬莱！"

夏青："……滚！"

夏青越和那个银发少年相处，越喜欢他。少年的温柔几乎渗进了骨子里，总是噙着笑听他讲话。

夏青讲东洲的灯节，讲灵薇花，一讲到这花就停不下来。

少年认真听着，随后问道："你很喜欢灵薇花？"

夏青边抄书边说："喜欢啊，你不觉得很漂亮吗？我以前每天坐在礁石上，最期待每年三月五。"

银发少年听完，笑起来轻轻道："我知道一个地方，现在就可以看，你要不要跟我来？"

夏青当然很心动，可是他又很迟疑："你这样随便出去，要是被璇珈抓到了怎么办？她会不会锁住你啊，像话本里那样，蒙住你的眼睛，把你放进金笼子，用铁链绑住你的脚？"

哇，好变态，璇珈这个毒妇。

银发少年认认真真看着夏青，语气平静，虽然笑着，却带着一股让人心寒的凉意："你看的是什么话本？谁给你看的？"

夏青："啊？我不看这种话本，卫流光喜欢看，看完爱跟我说，我就知道了。"

"哦。"银发少年笑意更深。

后来卫流光的话本全被烧了，他还被璇珈"格外"照顾，每天起早贪黑地在神宫忙来忙去，苦不堪言，天天跟夏青哭号。

当然这些都是后话，现在夏青和小可怜一起去了神宫禁地。

夏青看着四周漆黑的雾，小心翼翼："你真的不怕璇珈吗？"

少年："你怕吗？"

夏青："我当然不怕。"

少年说："前面的路会有点儿绕，把手给我。"

夏青心里奇怪，但还是没有拒绝。

他在黑暗中想要睁大眼去看清少年的样子，却只能借助微微的光，看到那银白的发和一抹水红色的唇。

黑暗中，少年牵着他的手聊天，漫不经心地问："你之前说你每天坐在礁石上，为什么？"

夏青有问必答："因为我师父让我看天地。"

少年笑起来："看天地，那你知道有人在看你吗？"

夏青："谁？卫流光？他真是阴魂不散啊。"

也就只有卫流光这个人喜欢看他的笑话了。

少年不说话。

夏青感觉手腕一痛。

少年加大了力气，甚至有点儿泄愤的感觉。

夏青蒙了："怎么了？"

少年淡淡地道："没什么。"

少年带他去的地方，在神宫的后面，也就是传说中海的尽头。一道深渊如同巨口，吞没了光线，也吞没了风声。

"这是哪里？"夏青被这古怪诡异的场景吓得哆嗦了下。

少年说："魔渊万冢。"

夏青："啊？"

少年道："鲛族轮回的地方。"

夏青睁着清澈的眼睛，心里有些好奇可又有些害怕。

少年将他的每个表情收入眼中，笑起来："别怕，跟我来。"

夏青心乱了，咳了声："哦，好。"

他跟着少年往下走，最后真的在深渊底部看到了漫天的灵薇花。

"天啊。"夏青伸出手，难以置信地摸上了一片冰凉的花瓣，"原来真的长这样。"

少年说："想去海面上看看吗？"

夏青："这也可以？"

少年勾唇："只要你想，什么都可以。"

浮出海面，惊蛰夜才会出现的微光漫布整个通天海。

夏青浅褐色的眼眸瞪大，惊艳过后，反应过来不对劲。

他道："不对啊！"

夏青难以置信："我没日没夜地挖地道，想避开那些鲛人，以后带你出去，结果你想出来就出来了？"

夏青瞪大眼："你到底是谁？你不是璇珈养在神宫的男宠？你骗我！"

银发少年垂眸，微笑："我好像从来没承认过这一点。"

夏青还没来得及发火，一道恭恭敬敬的声音已经从后面传来。

"尊上。"

夏青回头，就看到璇珈那个恶毒女人立在海面上。

璇珈蹙着眉，似乎有些惊讶。

"尊上，您怎么不在神宫待着？"

少年说:"陪他。"

璇珈愣住,银蓝的眼眸打量着夏青,想起尊上这几日莫名其妙的举动,神情越发古怪。

夏青现在对上她就是尴尬,贼尴尬。

他感觉自己没脸在神宫混了,扯了下少年的袖子,恶狠狠地说:"不管你是谁!现在放我回去!听到没有?我要回蓬莱!"

少年反问:"我对你不好吗?为什么要回去?"

夏青气鼓鼓:"我就要回去!"

少年微笑,那种温温和和的表象脱落,露出本质的恶劣来:"不行哦,你师父已经把你送给我了。"

卫流光被剥夺了看话本的权利后,开始自力更生,自产自足,写的第一个话本就是以自己的小师弟为原型的,夏青知道以后,想把他的头摁进通天海。

不过,夏青醒来后,只想把自己的头摁进地缝里。

这是什么乱七八糟的梦啊!

后来有天晚上,他跟楼观雪说了这个梦的大概,省略了自己的一些傻操作。

夏青:"再怎么说,也是我长大以后拿着阿难剑杀上神宫,去见你啊。"

他被自己逗乐,眼中都是笑意,凑上去在楼观雪耳边说话:"仙女,我想见你,你答应吗?"

楼观雪轻笑道:"是我之幸。"

番外二·小满

夏青的生日在小满。

在南方,"满"字指的是雨水之盈,小满是一年中降水开始之时;而在北方,"满"字指的是小麦的饱满,小满代表作物初成熟、丰收之始。

他师父很喜欢这个节气,同时觉得小满很适合他。太上忘情讲究不为情牵、不为情绊,而小满,就是一种超然脱俗的道家态度。人生不求圆满,但求小满,一切止于将盈未盈之时最好。

夏青知道自己的生日,还是从薛扶光口中。

薛扶光了却天下之事后选择隐居,跟他道别时,夏青发现她鬓边的头发苍白如霜雪,竟然是一夜白头。宋归尘以身祭岛,此后不死不灭守着蓬莱,眺望白骨之墙,一剑思凡再不能归凡。

结发夫妻,最后还是殊途陌路。

薛扶光离开前,眼眸恍惚地望着他,轻声说:"青青,师父以前说小满是个好日子,我不信,但现在我觉得,小满确实是个好日子。万事万物到了极致都会被反噬,小满才是最好的状态。

"慧极必伤,情深不寿。你的生日就是在小满啊,师姐希望……你永远永远在见天地众生前,先见自己。"她说完最后一句话,抿了下唇,苍白地一笑,转过身去,踏上孤舟。

芦苇花纯白如雪,纷纷扬扬。孤鹜飞入落霞深处,薛扶光单薄瘦弱的身影立于船头,消失在天际线。

夏青沉默着立在渡口,他看着江面,夕阳给波光镀上一层粼粼金粉,所有的遗憾好似都消融于这个黄昏。他这一路走过来,见过太多的鲜血和眼泪。

来摘星楼的第一天，先听到坠楼舞女的尖叫，后听到鲛人的哭声。

房梁上，跟那个样貌诡艳出众的少年帝王四目相对时，夏青看到他眼里毁天灭地的阴狠疯魔。

认识那么多人，居然没有谁是在这世道里无忧无虑、快乐成长的。

百年的命盘，无休无止的轮回。

谁的恨都不是无缘无故的，可最后，又有谁的恨得以释然？

夏青将阿难剑化为星尘收入袖中，抿了下嘴唇，回头，看到了立在旁边的楼观雪。

楼观雪手里把玩着一枝柳枝，雪衣墨发，神色冷淡，见他回头，注意到他的表情，愣了片刻后，才开口问道："你在不舍？"

夏青摇头："没有。"

他的七情六欲从出生开始就淡薄，所有喜怒哀乐也都浮于表面。

他现在就是有些郁闷。

楼观雪丢掉手里的东西，好整以暇地看着他头上立起的一根呆毛，笑了下，走上前说："走吧。现在所有事都解决了，天下十六州，你想去哪里，我都陪着你。"

夏青说："嗯。"

他小时候握剑的梦想，就是去征服天下，可是等到真的有能力踏遍山河，夏青却发现，这天下不是用来征服的，是用来"看"的。

大概是察觉到夏青心情不好，晚上坐船的时候，楼观雪给他引来了一片灵薇花海。夏青抬眸，愣愣地看着那一朵一朵冰蓝色的小花。

凉风徐徐，海天一色，皎洁的月亮照出一路的浮花浪蕊，好像回到了小时候一个人坐礁石上抱剑看天地的时候。

旧日如梦。夏青没忍住笑起来，问道："楼观雪，你以前看我时想的是什么？"

他在看天地，而有人在看他。

楼观雪说："在想你是不是傻子。"

夏青面无表情："好的，你可以闭嘴了，当我没问。"

楼观雪低笑一声说："小傻子。"

陵光在重建，百废在振兴。卫流光终于不用被逼着去练剑了，可以自由自在当他的纨绔子弟，他快乐得想放鞭炮。傅长生流落街头时，被一个卖豆腐的眼盲姑娘所救，最后为了照顾她，选择留下。

蓬莱不在，故人不在。此间事了，每个人都回到了自己原来的轨迹上。

夏青告别陵光，却一点儿都不觉得孤独。

因为有人陪着他看千山万水。

师父说得对：人生不可能事事圆满，唯求小满。

楼观雪的生日在惊蛰。

虽然楼观雪对于惊蛰没有一点儿情感，但是夏青依旧对于当初障中灵薇夜火的一晚心情复杂，总想做些什么事当作补偿。

刚好他们游历到一个小山村，住在一户农家。夏青专门早起打算去做一碗长寿面，他之前没有恢复记忆，完全没有古代生火的经验，才手忙脚乱地叫人看了笑话。

现在生火对他来说简直就是轻而易举的事。他先砍柴生火，然后切菜和面。长寿面的特色在于"一碗只有一根面"，夏青忙活了好久，一碗热气腾腾的长寿面才出锅。他放上煎蛋，放上肉末，放上蔬菜，端详了好久，才得意扬扬地把这碗面端到了桌上。

楼观雪边走边束发，看到桌上的长寿面时，神色一愣，垂下眸，不知道在思索什么，安安静静地坐到了桌边。汤汁浓稠，面条软白细腻，鸡蛋金黄，蔬菜和肉末增添了不少食欲。

夏青双手交叠在桌上，一副骄傲等夸的神情，眼眸里满是笑意，在楼观雪吃第一口的时候，开口说："楼观雪，生日快乐！"

楼观雪握筷子的手一顿，随后淡淡"嗯"了声。他这碗面吃得非常慢，当初金尊玉贵的陵光珠玉，面对山珍海味都不屑一顾，只饮杯中酒，现在对着这碗面却一口一口细心地吃了很久。

夏青其实只是想跟他说"生日快乐"这句话而已。

对于当初"障"中那个男孩来说，出生的目的就是死亡，好像他是在阴谋算计中诞生的，没有人真心实意欢迎他来到这个世上。

夏青想告诉那个男孩，不是这样，有一个人因为你的诞生而开心。

虽然楼观雪恢复了所有的记忆，跟这一百年的恩怨纠缠比起来，当年冷宫的事显得那么微不足道。

可是夏青毕竟入过他的"障"，这个遗憾，还是想自己了结。

从村庄离开后，五月，他们来到了冀州。

冀州现在算是十六州里最繁华的城市，他们刚好赶上冀州的百花节。冀州素有簪花、赠花的习惯，青春年华的少男少女衣着光鲜，戴着面具行于街上，见到心仪的对象就含羞带怯地将手里的鲜花赠予那人。

赠花结缘，定情于月下。

夏青对于这类风俗有点儿兴趣，但他并不想参与，只喜欢看热闹，坐在客栈靠窗的座位上，眼也不眨地看着外面的车水马龙、如流灯火。

夏青突然兴致勃勃："楼观雪，这里比之陵光当初的灯宴怎样？"

楼观雪懒懒地看了一眼说："差远了。"

夏青："你能不能以后少说点儿扫兴的话？"

楼观雪看他一眼，说："你想再看一遍灯宴？"

认识那么久，他一说这句话，夏青就知道他的意思，立刻瞪大清瞳，出声阻止他说："我不想！你别随便动手，这是人家冀州的百花节，他们有自己的风俗习惯！"

他就怕楼观雪一挥手，给他点明千家万户灯。

楼观雪不置可否。

等到街上的人散得差不多了，夏青才走出客栈去凑热闹。

冀州最出名的应该就是皮影戏了。大街旁边就有一位老人，在众人面前表演皮影戏，旁边围着不少小孩子。

老人嘿嘿一笑说："今天我要讲的，是鲛人和人的事。"

动乱结束后，夏青知道楼观雪其实对天下的仇恨都进行了淡化。当年人吃鲛、鲛吃人的苦痛岁月，被风、被月、被时光淡去。重提旧事，人人好像都是历史的旁观者。

老人和自己的儿子坐在白色幕布之后，操纵着一个穿黄袍佩宝剑的人，缓缓道："故事的最开始，是璃皇贪婪，为寻长生不老，远征通天之海……"

夏青听到第一句话，就笑了。

他浑身上下的气质如流风似草木，眼里却有淡淡的唏嘘。

最开始就错了啊。

故事的最开始，是东洲旁边的渔村村民出海捉鱼，想到传说里鲛人落泪成珠，心中起了贪欲，鬼迷心窍，驶入鲛人的领域。紧接着是凶残暴虐的鲛人看到人类，骨子里的嗜血因子蠢蠢欲动，一路尾随上岸，展开喋血的屠杀。

百年的时光模糊真相对错，十六州、通天海，现在被白骨之墙隔绝，此后再不能相见。

楼观雪说："既然不喜欢听这些故事，为什么还要坐在这里？"

夏青道："不是不喜欢，就是觉得有点儿好笑。"

楼观雪说："薛扶光离开后，你就一直有点儿不开心。"

夏青："有吗？"

楼观雪点头，淡淡地说："你骗不了我。"

夏青抿唇，眼眸出神，看着白幕上意气风发的璃皇和紫衣佩剑的大祭司，海浪一波一波，鲛人们对月而歌。

沉默很久，夏青闷闷地说："楼观雪，我只是在想，如果鲛人和人的相遇没有那么多贪婪和罪恶，这一百年会不会有点儿不同？"

楼观雪静静地看着他，没有说什么。

五月。

春末夏初。

冀州下起了淅淅沥沥的雨。夏青早上起床的时候，看到客栈的雨滴滴答答掉入青石函里,溅起的水花打湿了不少仆役的裤腿。

空气中满是潮湿的草木清香,黑瓦白墙,回廊曲折。他懒洋洋打了个哈欠,打算继续去跟昨天认识的那一群人聊近日山中出现的猛兽。

但是楼观雪拦住了他。

"今天别去凑热闹。"

夏青嘀咕:"为什么?"

楼观雪:"跟我去一个地方。"

夏青:"啥?"

楼观雪带他去了一个渡口。

上船的时候,夏青一脸茫然。

船夫收了钱后把船租给他们,乐呵呵地说:"两位客官,虽然咱冀州没有东洲那么得天独厚的临海优势,可是我们离通天海也不远。沿着东方走,一路直行,晚上也能到达海中。"

夏青不知道说什么,勉强地朝船夫笑笑。

等船夫走后,他难以置信地问:"你想带我去通天海,还需要坐船?"

楼观雪去通天之海不跟回家一样轻松?

楼观雪说:"上来。"

夏青虽然不知道他要做什么,但还是认命地从渡口跨到船上。

船身轻微摇晃,荡起一圈又一圈的涟漪。

这里应该是冀州最大的渡口,不少运货载人的巨船就停在旁边。

远行的游子在船板上和家人依依惜别,杨柳十里,依依似挽留。

离开渡口往东走,又是一片芦花地。

天色青灰阴暗,山河与湖泊静谧无言,朦朦胧胧的细雨从天而降打湿芦花,夏青回过头,看着渡口各种哭啼、吵闹的人和高声大笑的少年,愣了片刻,随后心境慢慢变得格外开阔。

他想到了自己第一次从蓬莱岛离开的时候。

在山海呼啸间意气风发。

"走啦,我要去征服天下!"

原来,年少误我是轻狂。

到达通天海之时，真的如船家所言，已经是晚上。皓月当空，碧海如一只通透的玉盘。夏青刚要说话，楼观雪忽然摁住他的肩膀，而后轻声说："闭眼。"

夏青愣住，闭眼的瞬间，他感到一阵凉风拂面，鼻尖开始萦绕那股熟悉的花香，荒芜冰冷。那是在魔渊万冢、生死之所诞生的白骨之花，潮湿、馥郁、腐朽、新生。

有什么刺目的光芒打在眼皮上。

"可以了。"

睁开眼的瞬间，夏青看到了一座在通天之海上安静矗立的仙山岛屿，草木葳蕤，月色流辉。

蓬莱。

夏青错愕地回头。

楼观雪笑着说："夏青，生日快乐。"

生日快乐。

生日。

原来今天是五月二十一，小满。

夏青张嘴想要说什么，楼观雪说："我的神力应该可以让你回到过去一个时辰。"

他殷红的唇随意一勾，语气漫不经心。

"其实你之前的猜测就是错误的。鲛人的血液里与生俱来就有侵略和残暴，而人对于价值连城的鲛珠也很难抑制住贪婪。人和鲛族之间，最好的相处方式，是从一开始就不要见面。

"生日快乐，小满这日，我想圆你的遗憾。"

夏青愣愣地看着他。楼观雪耗费神力，扯唇一笑，神色苍白，从眉宇间看得出并不好受，但还是对他轻声说："去和蓬莱道个别吧。"

"楼观雪……"夏青感觉自己的身体慢慢变轻，漆黑的长发流泻于身，宽大的衣袂翻飞。他自空中回头，好像回到了在摘星楼第一次见楼观雪的时候。

在摘星楼的房梁上，在冷宫的高墙上。

楼观雪笑着望向他。

蓬莱，去和蓬莱道个别。

是啊。

薛扶光转身离开之时他在遗憾什么？行人渡口别离匆匆他又在看什么？

只是在看曾经少年轻狂的自己，遗憾自己当年那么向往外面的世界，却在蓬莱岛毁于大火之时没能和他们道别。

灵薇花，照离人。小满不比惊蛰，通天海没什么浩瀚壮丽的奇观，蓬莱岛落着细碎的雨。细雨如丝，从天而落，打湿窗外芭蕉，打湿厢房前的枇杷。夏青小时候就是个闷头苦修的性子，对于什么节日都不上心。但师姐每次都兴致勃勃，觉得"小师弟又长大了一岁"需要庆祝，特意在院子里摆上一桌好菜，还破例允许他们饮酒。

夏青和薛扶光不喜欢喝酒，傅长生和宋归尘千杯不倒，最后往往是卫流光喝蒙了以后跟不胜酒力的师父一起猜拳侃大山。

夏青以游魂的姿态来到这里时，院子里已经是一片狼藉。在师姐的吩咐命令下，大师兄乖乖去洗碗，二师兄默默地扫地。

师姐去厨房熬了两碗醒酒汤出来，给师父和卫流光喝。

师姐叉腰站在院子里，艳红长裙上的草木枯叶被风吹得直响，见她这样子，夏青就知道她要发火了，他看见小时候的自己连忙捂着耳朵跑开，回房。

这一天寿星总是有特殊待遇的。

果不其然，师姐等卫流光稍微清醒点儿，就提着他的耳朵把他拽回房。师父是个老滑头，早就溜了。

夏青在空中轻轻一笑。真要告别，他却不知道告别什么了。他修行的第一步是"见天地"，蓬莱岛上的一草一木，对他而言都是旧友。他折下月季、玉兰、凤凰花，随意用草叶捆扎，做成一个个小小的花束，放在了每一个人门前。最后来到师父门前时，他神色复杂，想到璃皇入侵通天海，宋归尘窃取蓬莱之灵、深入神殿时，师父那惊愕、诧异、悔恨又难过的眼神。

夏青推开门进去，他的身体透明虚幻，对于师父来说，就像一阵风把门吹开。

夏青只是想再看一眼师父，却没想到师父头也没回，坐在桌前，拿刀削木偶，突然出声道："回来了？"

夏青僵在原地，低声说："嗯，回来了。"

师父："回来做什么？"

夏青没说话。

师父却慢悠悠道："生死和时间是众生永远跨不过去的坎，你是阿难剑主，修的是太上忘情道，怎么就不明白呢？我既然算到你大师兄要为苍生所累，自然也算到了蓬莱一门会因他入世。青青啊，没什么需要告别的。"

夏青笑了："嗯。"

师父哼着歌曲，吊儿郎当地说："今天是你的生日，师父还没给你祝福呢。那就雕个小木偶，祝福我小徒弟，以后事事圆满吧。"他似乎想到了什么，乐呵道，"哦，不对，事事小满，小满即可。"他没有回头，大概是知道逆转时光之人不可对视。

夏青听到这话，轻轻一笑，心里所有的遗憾烟消云散。

心说：师父，我现在可不只是小满，虽然失去了很多，但我这辈子死而无憾了。

图书在版编目（CIP）数据

宫廷生存纪事.完结篇 / 妾在山阳著.-- 北京：
国际文化出版公司, 2024.3（2025.3 重印）
ISBN 978-7-5125-1483-6

Ⅰ.①宫… Ⅱ.①妾… Ⅲ.①长篇小说—中国—当代 Ⅳ.① I247.5

中国国家版本馆 CIP 数据核字 (2023) 第 000825 号

宫廷生存纪事．完结篇

作　　者	妾在山阳
责任编辑	侯娟雅
责任校对	王泓浛
出版发行	国际文化出版公司
经　　销	全国新华书店
印　　刷	河北鹏润印刷有限公司
开　　本	880 毫米 ×1230 毫米　　32 开 9.5 印张　　　　　　　　264 千字
版　　次	2024 年 3 月第 1 版 2025 年 3 月第 2 次印刷
书　　号	ISBN 978-7-5125-1483-6
定　　价	49.80 元

国际文化出版公司
北京市朝阳区东土城路乙 9 号　邮编：100013
总编室：（010）64270995　　传真：（010）64270995
销售热线：（010）64271187
传真：（010）64271187-800
E-mail：icpc@95777.sina.net